U0153151

凝煉知識品味閱讀

凝煉知識品味閱讀

進階
西班牙語文法速成

◎ 王鶴巘 著 ◎

五南圖書出版公司 印行

序　言 (Prefacio)

本書《進階西班牙語文法速成》感謝五南圖書出版公司多年來對第二外語西班牙語的支持與鼎力相助，今年重新編排和印製第三版，本人亦再利用此改版機會，將這段時間授課時發現的缺失與錯誤，逐一補齊與改正，特別是每章後面的練習題，本人亦逐題錄製影片解說，希望幫助學習者更能掌握進階程度的西班牙語文法。

本書仍如初版序文所言，是配合作者編著的《基礎西班牙語文法速成》一書（五南圖書出版公司出版），將西班牙語文法從基礎到進階範疇作一完整清楚的解說。因此，讀者若能熟稔這兩本書的內容，並確實去做每章後面的練習題，我們相信整個西班牙語的文法架構可以很扎實地建立起來。以下我們就西班牙語基礎與進階文法兩本書的語法內容作一簡單說明：

在《基礎西班牙語文法速成》一書裡，我們從簡單句的角度依序介紹了構成句子的九個詞類：名詞、形容詞、冠詞、代名詞、動詞、副詞、介詞、連接詞和感嘆詞。其中的名詞、形容詞、冠詞、代名詞和動詞是有形態變化的詞類。本書《進階西班牙語文法速成》我們則從複合句的角度去解釋句子裡「子句和子句之間的關係」，其中最重要的是動詞，也是最複雜的詞類，原形動詞雖只有三種形式：【-ar】、【-er】、【-ir】，但是每個原形動詞都有六個人稱的詞尾變化，而詞尾變化又可再分成規則變化與不規則變化，加上藉由語法上的十四個「時態」來表達動作發生的時間、可能性、假設性，還有肯定與否定的命令式詞尾變化等等，所以語言學家稱它為句子的靈魂並不為過。我們以動詞 Salir（離開）為例：動作 Salí（我離開）時態上是一簡單過去式（indefinido），表達的是該動作已結束完成，而 Salía（我離開）是一未完成過去式（imperfecto），語法概念上強調動作的持續、反覆經常的習慣。Salí（我離開）和 Salía（我離開）都是發生在過去的動作，不過，說話者想要表達的重點是兩者「動作發生的過程」，西班牙語文法家稱為「動貌（aspecto）」；句法上，這個動作如何發展的過程才是「動貌」的真正意義。從這裡我們可以看出，西班牙人透過動詞的詞尾變化想傳達的訊息可以說是相當清楚明白的。語法功用上除了具備時態、語氣、動貌這三種本質外，它還可以表達第一、二、三人稱之單複數。

其次，複合句裡另一個扮演重要角色的詞類是連接詞。連接詞用來連接簡單句裡的相等成分或複合句裡的各個組成句子，表明它們之間在語法上和邏輯上的關係。連接詞的使用有時會因同一動詞用不同的語氣產生不一樣的語意。例如：

▶ Explicó el problema *de modo que* todos lo entendieran.
連接詞表目的　*未完成虛擬式*

他解釋問題好讓全部的人都了解。

▶ Explicó el problema *de modo que* todos lo entendieron.
連接詞表結果　*簡單過去式*

他把問題解釋了，所以全部的人都了解了。

文法的部分，不論是對老師教學與學生學習都是一項考驗。它非常重要，教起來卻不容易。我們若從比較語言的角度來看中文與西班牙文，不難發現這兩個語言文字形態差距極大。句法上，前者既沒有冠詞、也沒有名詞子句；後者則有複雜的時態。詞法上，西班牙語有豐富的語尾變化，且一些詞類有「陰陽性、單複數、人稱和格」等的變化，這些對於母語是中文的人來說都是新的語法概念。作者在編寫本書時亦加入了原文的西語文法名稱，同時為了讓學習者清楚知道句子的結構和單字或詞組彼此之間的關係，我們會做句子的語法分析解釋。簡而言之，《進階西班牙語文法速成》不僅是配合《基礎西班牙語文法速成》將西班牙語的文法做更進一步完整詳盡的介紹，也希望學習者能從句法學的角度去認識和了解這個承襲拉丁文的古老語言，它在說話時所表達的明確性、情感、時間等等，在在顯示西班牙人雖然常常被認為是熱情、浪漫、不拘小節的民族，但是他們透過語言表達的心思和情境其實是很細膩嚴謹的。如果你和西班牙人交談，你會感覺他們很健談，說話時字字句句響亮有聲，這一方面是本身民族性格使然，另一方面則是西班牙語本身的語音結構，對我們講中文的人來說，讓我們體會更深。中文的「早」或「早安」，在西文裡同義的詞 Buenos días 變成了較長的音節，聽起來好像是話（音節）多說的人，多些活潑熱情。語言還有一現象就是發音容易的，其語法結構就複雜些。我們拿英語和西班牙語發音做比較，後者發音簡單多了，初學者大概了解幾個發音規則就可以開始說西班牙語，即使唸出的單字不知道它的意義，也能正確發音。但英語就不一樣了，想要掌握其發音技巧，可能得花更多時間，然而相對的英語文法就沒有西班牙語那麼繁瑣。這是我們臺灣學生在學第二外語西班牙語之前，首先必須體認的事實，特別是英語的學習在臺灣已降至小學，甚至幼稚園時就開始，這跟一個人到了十六、十七、十八歲才開始學另一個新的外語，兩者比較起來，西班牙語的學習過程其困難度和挫折感有時是滿大的。不過，話說回來，語言的學習，尤其是起步慢的時候，花更多的努力和心血是自然的，且是必需的。

總而言之，語言「聽、說、讀、寫」的訓練與學習應視為一個整體，不可分開。就好像學游泳一樣，儘管換氣、手划、腳踢三個測驗項目分開考都沒問題，但是這並不代表這個人一定會游泳，只有把他丟到水裡，看他到底會不會游才算數。我們希望《基礎西班牙語文法速成》、《進階西班牙語文法速成》，加上後續編寫的《實用西班牙語會話》、《圖解西班牙語發音》能提供學習者清楚的西班牙語文法知識和實用的會話句型與字彙。常言道：「師父領進門，修行在個人」，想要扎實地培養外語「聽、說、讀、寫」四項能力實際上仍由學習者本身決定，畢竟一分耕耘一分收穫，天下沒有不勞而獲的事。

最後，我們說明有關本書與《基礎西班牙語文法速成》這兩本教學用書和目前搭配的線上課程。首先，練習題答案的部分，本人已親自錄製教學影片，逐題講解。讀者可以上網點閱本人在南臺科技大學已錄製的開放式課程：「基礎西班牙語文法速成練習題解說」和「進階西班牙語文法速成練習題解說」[註]配合聆聽。此外，本人在南臺科技大學從100學年度開始已先後完成錄製「初級西班牙語一」、「初級西班牙語二」、「初級進階西班牙語」、「基礎西班牙語會話」、「進階西班牙語」和製作「西班牙語圖解與動畫發音學習」，讀者可以透過此一教學平台，從西班牙語發音，到基礎、進階文法的解說、實用會話句型的介紹等等，都能搭配書本自主學習，學習者不必像過去那樣擔心下課後就聽不到西班牙語，碰到字母、單字或句子不知道如何發音。西班牙語是世界第二大官方語言，是有潛力的語言。作者希望這些年來努力撰寫的書和製作的西語線上課程能幫助想學好西班牙語的莘莘學子。

王鶴巘

2018年於臺南

[註] 請點閱南臺開放式課程http://ocw.stust.edu.tw/tc/node/spanish10602.

Prefacio

Estas palabras preliminares, escritas por quien ha sido durante años directora coordinadora de los *Cursos de español para extranjeros* de la universidad Complutense de Madrid y es actualmente profesora del departamento de *Lengua española, Teoría de la Literatura y Literatura Comparada* de esa universidad, quieren destacar con una mirada externa, el valor y la significación de esta obra. Efectivamente, el desafío que supone la adquisición de una lengua extranjera es aún mayor si se trata de una lengua que, como la española, carece de parentesco con la lengua materna del alumno taiwanés. El hecho de que la estructura sintagmática del taiwanés sea más bien cerrada y corta, frente a la estructura sintagmática del español que es mucho más libre, abierta y larga por el uso que hace de elementos conjuntivos, crea dificultades especiales a los estudiantes taiwaneses de español. Por ello resulta necesaria y de gran ayuda la presencia de un libro de consulta sobre dudas de gramática española, como el del profesor Carlos Wang, quien gracias a su estancia en España para la realización de su meritoria tesis doctoral, pudo conocer de forma más profunda los elementos comunes y distintos entre los dos idiomas y entender el porqué de las dificultades que tienen los estudiantes taiwaneses al aprender español. En el libro afronta el difícil tema de las oraciones compuestas en español y de los errores más generales que cometen los sinohablantes en la conjugación verbal y en las correlaciones temporales. Gracias a los ejercicios prácticos que ofrece en cada capítulo y a las claves que constan al final de la obra, el resultado es muy satisfactorio. Por todo lo anteriormente expuesto, quiero expresar una cálida felicitación al autor de este libro.

Alicia Puigvert Ocal
Universidad Complutense de Madrid
apuigver@filol.ucm.es

目錄 (Índice)

1 句子的種類（Clases de oraciones）

西班牙語的動詞會因為說話者語氣的不同而使用不同的時態，亦即藉由動詞的詞尾變化來表達說話者不同的態度。

■ 本章重點

- 陳述句
- 感嘆句
- 祈願句
- 懷疑句
- 祈使句、命令句
- 疑問句

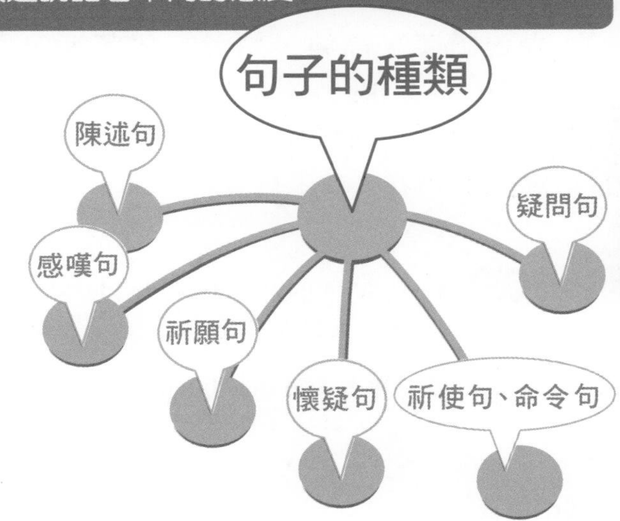

中文與西班牙文都可以按說話者的態度將句子分為「陳述句」、「感嘆句」、「祈願句」、「懷疑句」、「命令句」、「疑問句」。不過，西班牙語的動詞會因為說話者語氣（語言學上或稱為「情態（modalidad）」）的不同而使用不同的時態，亦即藉由動詞詞尾變化來表達說話者不同的態度，例如：說話時若帶有祈望、懷疑的口吻，不同時態的動詞詞尾變化可以讓聽話者分辨出說話者內心渴望程度的高低、懷疑態度的強弱。接著我們將句子的種類分述如下：

● 陳述句

單純地陳述事實，不帶有說話者主觀意念時，句法上西班牙語使用陳述句（modo indicativo）。

範例 ►Ayer el termómetro marcó 37ºC sobre cero.
昨天氣溫三十七度。*（昨天溫度計指著三十七度）*

● 感嘆句

表達讚美、高興、驚訝、痛苦等句型時，中文會使用「啊」（表驚訝）、「呀」（表驚訝）、「嗳」（表呻吟）、「哼」（表憤怒）等嘆詞；西班牙語則在書寫上句子前後皆打上驚嘆號，且句首之驚嘆號必須反過來寫。

範例 ❶ ¡Cuánta gente hay en la plaza!
廣場上好多人啊！

❷ ¡Vaya vino más bueno!
真是好酒！

● 祈願句

表達希望、高興、驚訝、痛苦等句型時，中文會使用「真」、「希望」、「好」等字眼表達祈願；西班牙語則使用ojalá、que、así、si等字表達之，且句法上使用虛擬式（modo subjuntivo）。

範例 ❶ ¡Ojalá *llueva*!
真希望下雨！

注意
此範例的動詞llueva是原形動詞llover（下雨）的現在式虛擬式（presente de subjuntivo），用於表達祈願；希望下雨的可能性雖不大，但仍高於範例❷的動詞lloviera未完成過去虛擬式（imperfecto de subjuntivo）。

❷ ¡Ojalá *lloviera*!
真希望下雨！

注意
此範例的動詞lloviera是原形動詞llover（下雨）的未完成過去虛擬式（imperfecto de subjuntivo），也可用於表達祈願，但希望下雨的機率微乎其微，幾乎是零。

❸ ¡Que me *salga* bien el examen!
希望我考試考得好！

● 懷疑句

中文會使用「可能」、「或許」、「也許」、「難道」等字眼表示懷疑、猜測；西班牙語則使用a lo mejor、tal vez、quizá、quizás、acaso、puede que、es posible que等字或句型表達之。句法上使用現在式虛擬式（modo subjuntivo）（表示可能性低）或陳述式（modo indicativo）（表示可能性高），則視說話者態度或情況而定。

❶ *Tal vez* nieva esta noche.
今晚可能會下雪。

注意
此範例的動詞nieva是原形動詞nevar（下雪）的現在式（presente de indicativo），用於表達懷疑、猜測，表示可能性很高。

❷ *Quizá* la carta se haya perdido.
那封信可能不見了。

注意

此範例的動詞haya perdido是原形動詞perder（丟掉、遺失）的現在完成虛擬式（perfecto de subjuntivo），與quizá, quizás、puede que副詞搭配，可用於表達懷疑、猜測，且表示可能性有點高，但是低於範例❸。

❸ *A lo mejor* la carta se ha perdido.
那封信可能不見了。

注意

此範例的動詞ha perdido是原形動詞perder（丟掉、遺失）的現在完成式（perfecto de indicativo），與a lo mejor、tal vez副詞搭配，可用於表達懷疑、猜測，且表示可能性很高。

❹ *Probablemente* haya terminado el examen.
Probablemente ha terminado el examen.
考試可能已經結束了。

注意

此範例兩句使用同一個副詞Probablemente，第一句動詞haya terminado是原形動詞terminar（結束）的現在完成虛擬式（perfecto de subjuntivo），表示可能性有點高；但是低於第二句ha terminado的現在完成式（perfecto de indicativo），表示可能性很高。

祈使句、命令句

範例 明天你們把做好的練習帶來。

❶ Mañana *traed* los ejercicios hechos.

❷ Mañana *traéis* los ejercicios hechos.

❸ Mañana *traeréis* los ejercicios hechos.

西班牙語的命令式稱為modo imperativo，它自有其動詞變化，但是西班牙語的命令式亦可使用陳述式（modo indicativo）來表達。請注意上述範例❸的動詞使用未來式traeréis的命令式口氣比範例❷的動詞使用現在式traéis來得強烈，而範例❷的口氣又強於單純使用命令式traed的範例❶。

● 疑問句

中文會使用「什麼」、「哪兒」、「如何」等疑問代詞以及「嗎」、「吧」等語助詞表示疑問；西班牙語也使用quién、dónde、cuándo、cómo等疑問代詞，並在書寫上，句子前後都打上問號，且句首的問號必須反過來寫。整體來說，西班牙語和中文疑問句可以分為：「是非問句」（Interrogativas absolutas）、「選擇問句」（Interrogativas disyuntivas）、「正反問句」（Interrogativas de confirmación）、「疑問詞疑問句」或稱為「特指問句」（Interrogativas parciales）。我們分述如下：

1. 是非問句

「是非問句」又稱為「語助詞問句」，中文會使用「嗎」、「吧」、「啊」、「呢」等語助詞表示疑問，同時要求肯定 sí 或否定 no 的回答。

範例 ❶ 你有電腦嗎？
¿**Tienes** ordenador?

❷ 你從來沒有喝過威士忌嗎？
¿**Nunca** has tomado whisky?

❸ 外面很冷吧？

¿Hace frío afuera?

「吧」表示猜測。

❹ 我喝咖啡，你呢？

Yo tomo café, ¿y tú?

「呢」可以避免語法上「謂語」部分重複，也就是：「你喝什麼？」

西班牙語沒有中文的語助詞做問句，不過，按 M. V. Escandell Vidal（1999:3952）的說法，西班牙語是非問句的結構若是【動詞＋主詞】，表示「非有標記的」（no marcado）。

範例 ▶ ¿Conoce tu marido a alguien del Ministerio?
你先生認識部裡什麼人嗎？

相反的，若是【主詞＋動詞】，則表示「有標記的」（marcado）。

範例 ▶ ¿El ministro ha dimitido?
部長辭職了嗎？

中文的是非問句結構永遠是【主詞＋動詞】，且主詞只有在說話者與聽話者都了解所指的對象時才可以省略。此外，中文和西班牙語「是非問句」的語調都是句尾上揚。

2. 選擇問句

「選擇問句」是在疑問句裡提出兩個或兩個以上的項目，讓聽話者選擇其中一個項目回答。中文使用「還是」，西班牙語則以字母o做為選擇性連接詞，連接兩個語法上相等的項目。

範例 ❶ 你不懂法文還是不懂德文？
¿No entiendes francés o (no entiendes) alemán?

❷ 他喜歡滑雪還是游泳？
¿A él, le gusta esquiar o nadar?

❸ 是他還是你不對？
¿Es él o tú quien está equivocado?

❹ 他這個禮拜還是下個禮拜考試？
¿Él tiene examen esta semana o la semana que viene?

❺ 房子是新的還是舊的？
¿La casa es nueva o antigua?

❻ 你跟他還是跟李老師學？
¿Aprendes con él o con el profesor Lee?

「選擇問句」不管是中文還是西班牙文語法上都可以當主要動詞的受格。不過，在西班牙語句法分析上，我們解釋為名詞子句（也就是選擇問句）當另一個動詞的直接受詞。

▶你覺得〔我們去溜冰還是不去溜冰〕？
¿Tú crees que vamos a patinar o no (vamos a patinar)?
名詞子句當動詞crees的直接受詞

同樣的，「選擇問句」無論是中文還是西班牙文語法上都可以當句中的主詞，在西班牙語句法分析上，我們也是解釋為名詞子句（也就是選擇問句）當句中的主詞。

範例 ▶〔我們看電影還是不看電影〕都一樣。

Es igual que vayamos al cine o no.

名詞子句當主詞

3. 正反問句

「正反問句」是中文比較特別的選擇問句，它的句子結構很簡單：先是一陳述句或命令句，緊鄰著由動詞、助動詞、形容詞的肯定與否定的並列方式來提供選擇。

範例 ❶ 他是醫生，對不對？

Él es doctor, ¿verdad?

❷ 不要吵，行不行？

No hagas ruido, ¿vale?

❸ 晚餐九點開始，是不是？

La cena empieza a las nueve, ¿no?

❹ 我們去看電影，好不好？

Vamos al cine, ¿de acuerdo?

中文常用的「正反問句」也可以是【動詞＋疑問助詞「嗎」或「吧」】。例如：「對嗎？」「行嗎？」「是嗎？」「好嗎？」「對吧？」西班牙語通常用下面的表達語來做「正反問句」：¿verdad?、¿no es cierto?、¿no?、¿vale?、¿de acuerdo?。

範例 ❶ 他是醫生，對吧？

Él es doctor, ¿verdad?

❷ 不要吵，行嗎？

No hagas ruido, ¿vale?

❸ 晚餐九點開始，對嗎？

La cena empieza a las nueve, ¿no?

❹ 我們去看電影，好嗎？

Vamos al cine, ¿de acuerdo?

4. 特指問句

中文和西班牙語的「特指問句」都包含下列疑問代名詞：

中文	西文
什麼	¿qué ...?
為什麼	¿por qué ...?
哪裡	¿dónde ...?
幹嘛	¿para qué ...?
什麼時候	¿cuándo ...?
誰	¿quién ...?、¿quiénes ...?
{幾／多少}	¿cuánto ...?、¿cuánta ...? ¿cuántos ...?、¿cuántas ...?
哪個	¿cuál ...?
哪些	¿cuáles ...?
{怎樣／怎麼／如何}	¿cómo ...?

西班牙語的「特指問句」的結構是【疑問代名詞＋動詞＋主詞？】。中文的「特指問句」之疑問代名詞並不一定出現在句首，有的出現在陳述句裡受詞的位置，有的緊跟在主詞後面。請看下面的範例，並比較中文、西班牙語句子結構裡疑問代名詞的位置。

❶ ¿Qué has comprado?
你買了什麼？

❷ ¿Dónde está el restaurante?
餐廳在哪兒？

❸ ¿Cuándo vas a España?
你什麼時候會去西班牙？

❹ ¿Cómo ha sucedido?
怎麼發生的？

❺ ¿Cómo es María?
瑪麗亞這個人如何？

❻ ¿Quién ha llamado?
誰打（電話）來的？

❼ ¿Quiénes son ellos?
他們是誰？

❽ ¿ A cuál de ellos prefieres?
他們當中你喜歡哪一個？

❾ ¿Cuáles escoges?
你選哪些？

❿ ¿Por qué no quieres ir a clase?
你為什麼不去上課？

⓫ ¿Qué te pasa?
你怎麼了？

⓬ ¿Para qué madrugas tanto?
你幹嘛這麼早起？

⓭ ¿Cuántos años tienes?
你幾歲？

⓮ ¿Cuánto vale?
多少錢？

西班牙語跟中文的「疑問代名詞」還有一個地方不一樣，就是「形態學上」西班牙語的疑問代名詞有些有單、複數兩種形式，例如：誰（quién、quiénes）；哪個（cuál）、哪些（cuáles）；多少（cuánto、cuántos）。而且，西班牙語的疑問代名詞「多少」，除了有單、複數兩種形式外，還有陰、陽性之分：cuánto、cuánta、cuántos、cuántas。

練習題

請在下列各句中填入適當的字或動詞變化，使之成為合乎語法、句法的句子。

1. ¡ ________ gente hay en la plaza!
2. Ayer el termómetro ________ (marcar) 7ºC sobre cero.
3. ¡________ (ir) vino bueno!
4. ¡Ojalá ________ (llover)!
5. ¡ ________ *lloviera*!
6. ¡Que me ________ (salir)bien el examen!
7. ________ nieva esta noche.
8. ________ la carta se haya perdido.
9. ________ la carta se ha perdido.
10. Probablemente ________ (haber) terminado el examen.
11. ________ ha terminado el examen.
12. Mañana ________ (traer, vosotros) los ejercicios hechos. (請填入命令式動詞變化)
13. ¿ ________ (tener, tú) ordenador?
14. ¿Nunca ________ (tomar, tú) whisky?
15. ¿ ________ (hacer) frío afuera?
16. ¿ ________ (conocer) tu marido a alguien del Ministerio?
17. ¿El ministro ________ (dimitir) ?
18. ¿No entiendes francés ________ (no entiendes) alemán?
19. ¿ ________, le gusta esquiar o nadar?
20. ¿Es él o tú ________ está equivocado?
21. ¿Él tiene el examen esta semana ________ la semana que viene?
22. ¿La casa es nueva ________ antigua?
23. ¿Aprendes con él ________ con el profesor Lee?
24. ¿Tú ________ (creer) que vamos a patinar o no (vamos a patinar) ?
25. Es ________ que vayamos al cine o no. (請填入意義上是「一樣的」形容詞)

26. Él es doctor, ¿ ________ ? (請填入正反問句疑問代詞)
27. No hagas ruido, ¿ ________ ? (請填入正反問句疑問代詞)
28. La cena empieza a las nueve, ¿ ________? (請填入正反問句疑問代詞)
29. Vamos al cine, ¿ ________? (請填入正反問句疑問代詞)
30. ¿ ________ has comprado? (請填入特指問句疑問代名詞)
31. ¿ ________ está el restaurante? (請填入特指問句疑問代名詞)
32. ¿ ________ vas a España? (請填入特指問句疑問代名詞)
33. ¿ ________ ha sucedido? (請填入特指問句疑問代名詞)
34. ¿ ________ es María? (請填入特指問句疑問代名詞)
35. ¿ ________ ha llamado? (請填入特指問句疑問代名詞)
36. ¿ ________ son ellos? (請填入特指問句疑問代名詞)
37. ¿A ________ de ellos prefieres? (請填入特指問句疑問代名詞)
38. ¿ ________ escoges? (請填入特指問句疑問代名詞)
39. ¿ ________ no quieres ir a clase? (請填入特指問句疑問代名詞)
40. ¿ ________ te pasa? (請填入特指問句疑問代名詞)
41. ¿ ________ madrugas tanto? (請填入特指問句疑問代名詞)
42. ¿ ________ años tienes? (請填入特指問句疑問代名詞)
43. ¿ ________ vale? (請填入特指問句疑問代名詞)

簡單句（Oración simple）

構成簡單句的基本條件是句子本身可以表達清楚完整的概念，同時具有句子的結構，獨立的語調。

■本章重點

- 表語簡單句
- 謂語簡單句
- 主詞
- 名詞詞組
- 量詞
- 形容詞
- 冠詞
- 動詞
- 無人稱句子
- 主動與被動語態句型

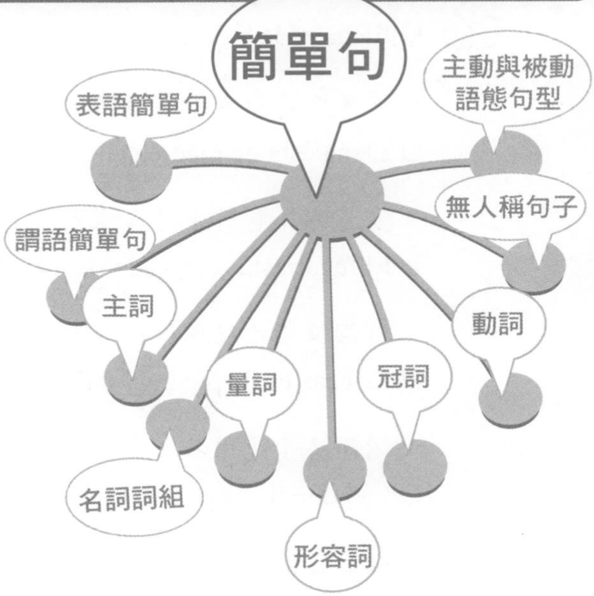

按句子的結構，中文、西班牙語可以分為簡單句（oración simple）、並列句（oración compuesta）和複合句（oración compleja）。本章我們先介紹西班牙語的簡單句。

構成簡單句的基本條件是句子本身可以表達清楚完整的概念，同時具有句子的結構，獨立的語調。西班牙語因動詞本身就隱含人稱的指涉，所以像Ha venido這句話，儘管只有表人稱的動詞出現，也是一個簡單句。簡單句的結構可以分成兩大類：【主詞 + 表語】、【主詞 + 謂語】。我們依序描述如下：

表語簡單句

簡單句中，西班牙語動詞ser、estar後面所接的字群，在句法功用上稱為「表語」，形式上是一個名詞詞組（sintagma nominal）。動詞ser、estar語法上稱為verbos copulativos，中文則稱為連繫動詞，例如：「是」，其功用在連繫兩個名詞詞組（請看範例❶、❷）。動詞ser用來表示人或事物固有的本質及特性；動詞estar則用來表示暫時性或狀況可能改變，中文若要強調可將副詞「暫時」加上去。

範例 ❶ Elena es la médica de la clínica hospital San Carlos.（表語：la médica de la clínica hospital San Carlos）

愛蓮娜是聖卡洛斯醫院的醫生。

❷ Elena está de médica en el hospital.（表語：de médica en el hospital）

愛蓮娜（暫時）是這家醫院的醫生。

❸ El lugar está reservado para Pepe.（表語：reservado para Pepe）

這個位置已經保留給貝貝。

❹ La casa es de piedra y ladrillo.（表語：de piedra y ladrillo）

這間房子是用石頭和磚塊建造的。

❺ La película es para morirse de risa.（表語：para morirse de risa）

這部電影很好笑。

❻ El color es tirando a verde.（表語：tirando a verde）

這個顏色很綠。

❼ Los chicos son listos (= inteligentes).（表語：listos）

這些男孩都很聰明。

❽ Los chicos están listos (preparados).（表語：listos）

這些男孩準備好了。

西班牙語動詞ser跟estar是該語言特有的。舉例來說，有個人很胖，要說出來又不想得罪他時，我們就會用estar這個動詞來表達「他還有機會瘦下來」，例如：Juan está gordo。反之，如果用動詞

ser則表示與生俱來的、不可改變的本質，例如：Juan es gordo，自然人家聽起來就不大舒服，頗有冒犯之意。不過，要注意的是西班牙語這兩句話中文在翻譯的時候都翻成「璜很胖」，西班牙語動詞ser跟estar個中的差異也只有在學習語法時才能了解體會。

● 謂語簡單句

「謂語」的語法功用是在句子中述說主詞的情況，其核心是表人稱的動詞（verbo en forma personal），後面可接受詞、補語或副詞。動詞依其後面帶或不帶受詞可以分成「及物動詞」或「不及物動詞」（請看範例❷、❸）。若動詞為及物動詞，句型又可分為主動和被動語態（請看範例❸、❹）。另外，西班牙語有一類動詞稱為「反身動詞」（verbos reflexivos），例如：llamarse（自己稱為）或（自己叫做）、lavarse（自己洗）等。反身動詞中文翻譯時會用「自己」來強調動作發生在自己身上。

範例 ❶ Elena llegó tarde a su despacho.
謂語
愛蓮娜很晚才到她的辦公室。

❷ Elena escribía.
謂語，escribir是不及物動詞
愛蓮娜寫（東西）。

注意
西班牙語動詞escribir可以是及物或不及物動詞，但是中文翻譯上仍會帶上受詞。

❸ Elena escribía una carta.
謂語，escribir是及物動詞
愛蓮娜寫一封信。

❹ La frutera vende manzanas.
那水果販賣蘋果。*（主動句型）*

❺ Las manzanas son vendidas por la frutera.
蘋果是那水果販賣的。*（被動句型：蘋果被那水果販賣。）*

謂語是表達主詞行為、功用的部分，它不同於先前我們提到的「表語」，語法結構上可以是【動詞】、【動詞 + 受詞】、【動詞 + 補語】。

範例 ❻ Esta llave abre cualquier puerta.
這把鑰匙可以打開任何門。

❼ Beatriz abre la puerta con esta llave.
貝亞提斯用這把鑰匙打開了這個門。

範例❽和❾的句子結構是承襲拉丁文，動詞的右邊帶有兩個名詞分別做直接受詞與間接受詞，當做謂語。

範例 ❽ Ellos nombraron director（直接受詞） a Fernando（間接受詞）.
他們任命費南多為主任。

❾ Elena hizo pedazos（直接受詞） la carta（間接受詞）.
愛蓮娜把信給撕毀了。

● 主詞

1. 主詞的形式

簡單句主要由主詞、動詞、受詞或補語構成，不論句法、語意、語調上皆能表現出完整的意義。西班牙語與中文的主詞可以是名詞、代名詞或動詞等，也可以是一連串的字或詞構成的「名詞詞組」當做主詞。中文的主詞若為名詞詞組，其完整的句法架構如下：

{指示代名詞／冠詞}＋數字＋量詞＋形容詞＋名詞

西班牙語的「名詞詞組」句法架構則是：

{指示代名詞／冠詞}＋數字＋（量詞）＋名詞＋形容詞

請注意，符號{ / }表示二選一。

範例 ❶ María escribió una carta.
主詞
瑪麗亞寫一封信。

❷ Ella escribió una carta.
主詞
她寫一封信。

❸ Comer mucho engorda.
主詞
吃太多會胖。

2. 主詞的形式與意義

西班牙語句中的主詞形式可依照語意上的認知分為下列幾種：

◆ 表「施事者」意義的主詞（Sujeto agente）

範例 ▶María escribe una carta.
瑪麗亞寫一封信。

◆ 表「受事者」意義的主詞（Sujeto paciente）

範例 ▶El ladrón fue detenido por la policía.
這小偷被警察抓起來了。

◆ 表「起因、產生影響」意義的主詞（Sujeto causativo）

範例 ►Felipe II construyó El Escorial.
菲力普二世建造了艾斯歌里亞皇宮。

◆ 表「間接施事者」意義的主詞（Sujeto pseudoagente）

範例 ►Me he cortado el pelo.
我剪了頭髮。

◆ 表「經歷、承擔」意義的主詞（Sujeto experimentador）

範例 ►El futbolista se lesionó en el entrenamiento.
這足球選手訓練時受傷了。

◆ 表「狀態」意義的主詞（Sujeto estativo）

範例 ►María se quedó quieto.
瑪麗亞變得安靜了。

◆ 表「心理認知」意義的主詞（Sujeto psicológico）

這類主詞位居句首，從實用語言學（pragmática）的角度來看，人們說話時將新的、重要的訊息放在句首有喚起聽話者注意的功能。在下面的範例中，句法上的主詞是las muelas，表心理認知意義的主詞是a mí，其字面上的意思是「對我而言」。這一類動詞的句子結構，文法書上通常稱為「動詞Gustar的用法」，西班牙文語法家把這些動詞稱做「缺位動詞」，我們在本章「動詞」單元會再詳細解釋。

範例 ▶A mí me duelen las muelas.

我牙齒痛。

名詞詞組

西班牙語的名詞詞組可以當主詞或受詞。構成名詞詞組的部分，西班牙文稱為「名詞詞組的補語」（Los complementos del sintagma nominal）。補語可以有下列的表現方式：

1. 所有格

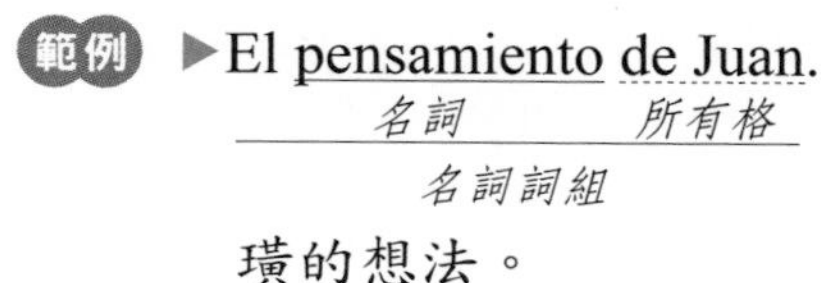

璜的想法。

2. 所有格與代名詞

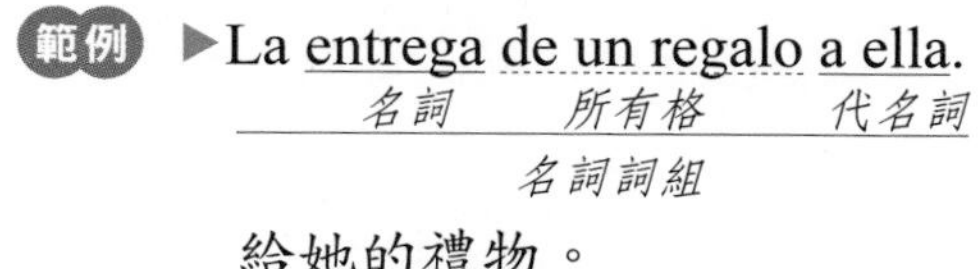

給她的禮物。

3. 副詞

範例 ❶ Una empresa con sede en Berlín.

名詞　副詞　副詞

名詞詞組

在柏林的一家企業。

❷ Su aparición en aquel momento sorprendió a nosotros.

名詞　副詞

名詞詞組

她那時候的出現讓我們都很驚訝。

4. 介系詞

範例 ▶Se necesita una persona con buena preparación.

名詞　介系詞

名詞詞組

需要一個事情準備好的人。

5. 同位語

▶Miguel de Cervantes, autor del Quijote, estuvo preso en Argel.

當主格　同位語

賽凡提斯，唐吉訶德的作者，曾在阿爾赫待過。

6. 插入語

▶El ladrón, el pobre hombre, cometió muchos errores.

插入語

= El ladrón cometió, el pobre hombre, muchos errores.

插入語

這個小偷，可憐的傢伙，犯了很多錯誤。

如本範例所見，西班牙語的插入語句法上表現得比中文有彈性：可以緊接在主詞後面，也可以緊跟在動詞後面。

● 量詞

量詞在西班牙語名詞詞組裡是可以省略的，但須看名詞本身來決定。雖然西班牙語的名詞在構詞學上有陰性、陽性與單數、複數之分，這並不表示所有的西班牙語名詞都無需量詞來搭配使用，像是咖啡（café）、糖（azúcar）、水（agua）等名詞就跟中文一樣，一定得搭配固定的量詞來表示數量。中文與西班牙語的名詞在文字構詞上不一樣，我們先前有提到過，按語言分類，中文是屬於孤立語言，其特徵是語句由一連串自由詞位組成，每一個單字只包含一個詞位，不利於詞綴來構詞，因此，中文沒有西班牙語構詞上單數、複數與陽性、陰性之分。

在比較中文與西班牙語句法上名詞的差異，我們可以把自然界的數分成兩大類：「連續性的」與「非連續性的」，或稱為「連續性的」與「離散量的」，按句法學就是「不可數」與「可數」。Ignacio Bosque（1999:19-21）將西班牙語名詞分成兩種：一是同時具有連續性（Sustantivos continuos）與非連續性（Sustantivos discontinuos）的名詞（請看表1.），另一種是只具有連續性質的名詞。前者可搭配或不搭配量詞，後者則一定需要一固定量詞搭配來表示數量（請看表2.）。請注意，符號「＝」表示中文、西班牙語意義相等。

表1. 連續性與非連續性的名詞

西班牙語同時具有 連續性與非連續性名詞		西班牙語可數名詞做量詞 與其中文對等之意義	
papel	紙	trozo, hoja	＝張
cristal	玻璃	trozo, pedazo	＝塊
madera	木板	trozo, pedazo	＝塊
pan	麵包	pedazo, rebanada	＝片
merluza	鱈魚	pedazo, rodaja	＝片
salchichón	大香腸	pedazo, rodaja	＝片
tela	布	pedazo, palmo	＝塊
melón	香瓜	pedazo, tajada	＝塊
jamón	火腿	pedazo, loncha	＝片
queso	乳酪	pedazo, loncha	＝片
ajo	大蒜	diente	＝瓣
uva	葡萄	grano	＝顆

西班牙語同時具有連續性與非連續性名詞		西班牙語可數名詞做量詞與其中文對等之意義	
tiza	粉筆	barra	＝條
jabón	香皂	pastilla	＝片
cerveza	啤酒	vaso, botella	＝杯
vino	酒	vaso, botella	＝杯
naranja	柳丁	trozo, gajo	＝顆
limón	檸檬	trozo, gajo	＝顆
hierba	草	brizna	＝根
hilo	線、紗	hebra	＝絲
terreno	土地	parcela, palmo	＝塊

表2.　連續性的名詞

西班牙語連續性名詞		西班牙語離散量名詞做量詞與其中文對等之意義	
mantequilla	奶油	tableta, pastilla	＝片
turrón	果仁糖	tableta, pastilla	＝片
azúcar	糖	terrón	＝塊
café	咖啡	grano	＝粒
trigo	小麥	grano	＝粒
azafrán	番紅花	hilo	＝朵
polvo	灰塵、粉末	mota, brizna	＝粒
ganado	牲畜	cabeza	＝頭
nieve	雪	copo	＝堆
avena	燕麥	copo	＝堆

西班牙語連續性名詞		西班牙語離散量名詞做量詞與其中文對等之意義	
agua	水	gota, tromba	＝滴
aire	空氣	bocanada	＝口
humo	煙、蒸氣	bocanada	＝口
oro	金	lingote	＝錠
platino	白金	lingote	＝錠
maíz	玉米	mazorca	＝粒
risa	微笑	golpe, ataque	＝陣
tos	咳嗽	golpe, ataque	＝陣

從表1.跟表2.「連續性的」與「非連續性的」西班牙語名詞中，我們可以發現中文的名詞皆為「連續性的」，亦即「不可數的」。若要說中文的名詞可以清楚地表達數量，那是因為搭配量詞來表示，因此，我們必須說「一本書」、「兩匹馬」、「三棵樹」，而不能說「一書」、「兩馬」、「三樹」。所以，中文的名詞本身皆為連續性的、不可數的；但是，中文的名詞詞組因為量詞的存在卻表現出非連續性的、可數的性質。

中文的否定字「不」是用來否定連續量詞，而「沒有」則是用來否定非連續量詞。有趣的是我們也注意到西班牙語中像是ajo（大蒜）、avellana（榛子）、bestia（牲畜）、muda（啞的）、blanca（一種古代貨幣）、bledo（野莧）、cabello（頭髮）、castaña（栗子）、corteza（樹皮、果皮）、espina（刺）等字彙可以跟否定字連用來表達沒有價值的東西，或表示「無」的觀念，例如：decir ajos（說粗話），bestia de carga（替人做牛做馬〈的人〉），letra muda（不發音的字母〈指西班牙語字母h〉），no tener blanca或estar sin blanca（身無分文），no importar un bledo（分文不值），asirse de un cabello（找藉口、撈稻草），estar pendiente de un cabello（千鈞一髮）、traído por los cabellos（牽強附會、文不對題）、sacarle a uno de las castañas del fuego（替某人火中取栗）、considerar a uno como una espina en el costado（把某人視為眼中釘、肉中刺），這些都是西班牙語日常生活中常聽到的用語。

中文也有類似的字彙，像是「介」、「絲」、「塵」、「錢」、「毛」等，跟否定的字連用來表達沒有價值的東西或表示「極少」、「無」的概念。這些字彙我們也可以在中文的成語裡找到與西班牙語相似的表達情境，例如：「一介不取」、「一絲不苟」、「一絲不掛」、「一語不發」、「一塵不染」、「一錢不值」、「一毛不拔」、「一絲沒兩氣」。

形容詞

1. 形容詞的用法

中文的形容詞與上述名詞一樣，沒有西班牙語構詞上單數、複數與陽性、陰性之分。我們把中文與西班牙語的「名詞詞組」句法架構重新列出如下：

中文名詞詞組的句法架構：

{指示代名詞／冠詞}＋數字＋量詞＋形容詞＋名詞

西班牙語名詞詞組的句法架構：

{指示代詞／冠詞}＋數字＋（量詞）＋{名詞+形容詞／形容詞+名詞}

中文的形容詞皆位於名詞的前面，也就是左邊，來修飾後面的名詞。西班牙語的形容詞則可以出現在名詞的前面，也可以出現在後面來修飾該名詞。所不同的是：前者【形容詞＋名詞】的詞序表示名詞本身固有的性質，而後者【名詞＋形容詞】是描述該名詞代表的人或事物的狀態，不過狀態會改變。由此可知，西班牙語形容詞藉由句法上不同的位置表現出上述兩種特質。請看下面三組西班牙語形容詞的比較：

Pobre chico 可憐的男孩	Chico pobre 貧窮的男孩（窮小子）
Blanca nieve 雪白	Nieve blanca 白色的雪
Gran madre 偉大的媽媽	Madre grande （外型）很大的媽媽

我們以「雪白」和「白色的雪」舉例來說明。「雪白」代表雪本身的顏色潔白，「白色的雪」表示雪的顏色現在看起來是白色的，但是會改變，也許待會兒夕陽西下，白色的雪就被染成金黃色了。另外，西班牙語同樣的形容詞搭配動詞ser或estar也會表達不同的意義。請看下面的例子：

ser verde 綠的	estar verde 年輕沒經驗的
ser listo 聰明的	estar listo 準備好的
ser negro 膚色黑的	estar negro 生氣的
ser bueno 心地好的	estar bueno 健康的、味道好的
ser malo 心地壞的	estar malo 生病的，味道壞的
ser católico 信仰天主教的	estar católico 身體微恙的

我們以形容詞listo舉例說明。請看範例❶、❷：

 ❶ Los chicos son listos.

這些男孩都很聰明。

❷ Los chicos están listos.
這些男孩準備好了。

2. 形容詞的補語

形容詞後面可接【介系詞 + 名詞（詞組）】，西班牙語稱為「形容詞的補語」。補語的功用在修飾、補充說明形容詞的性質與狀況。

範例 ❶ Estoy seguro de tu amistad.
形容詞　介系詞+名詞（詞組）做形容詞的補語
我對你的友誼堅定不移。

❷ María era guapa de cara.
形容詞 介系詞+名詞
瑪麗亞的臉很漂亮。

3. 形容詞的陰陽性與單複數

西班牙語的形容詞和名詞一樣有陰陽性和單複數的形式，要注意的是形容詞的陰陽性和單複數是配合它所修飾的名詞:名詞若是陽性、單數，形容詞就必須是陽性、單數。雖然文法書會整理出一些規則幫助學習者，不過，無論是名詞或形容詞，若要確定究竟是陰性或陽性，最好的辦法還是查字典累積經驗。例如：女生的名字多為a結尾：María、Luisa、Antonia、Josefina。但也有例外：el tema（主題）、el problema（問題）、el mapa（地圖）等等。請看範例❶、❷：

範例 ❶ Este libro es bueno.
這　書　是　好的
這本書很好。

❷ Estos libros son buenos.
這些　書　是　好的
這些書很好。

第一句主詞libro（語法上稱為核心名詞）是單數，其它詞類若本身有陰陽性、單複數的變化（☞指示形容詞este；形容詞bueno）就必須和核心名詞libro的陰陽性、單複數一致。
當第二句的主詞變成複數libros，動詞（es → son）必須變成複數，指示形容詞（Este → Estos）和形容詞（bueno → buenos）也必須變成陽性複數，因為它們所修飾的核心名詞libros是陽性複數的形式。
請再看範例❸、❹。請注意核心名詞casa是陰性單數，所以句中其它詞類的陰陽性單複數變化必須與之配合。

❸ Esta casa es blanca.（casa是陰性名詞）
這　房子 是　白色的

❹ Estas casas son blancas.
這些　房子　是　白色的

冠詞

1. 定冠詞和不定冠詞的用法

中文沒有冠詞，若要表達西班牙語「定冠詞」和「不定冠詞」兩者所表達之限定與非限定的概念，只能靠「詞序」來區別。西班牙語定冠詞與不定冠詞如下列表3.與表4.所示：

表3.　定冠詞

	陽性	陰性
單數	El libro（書）	La cosa（東西）
複數	Los libros（書）	Las cosas（東西）

表4.　不定冠詞

	陽性	陰性
單數	Un libro（書）	Una cosa（東西）
複數	Unos libros（書）	Unas cosas（東西）

西班牙語表示陽性、單數的不定冠詞是uno，該不定冠詞後面接陽性、單數名詞時，字母 o 要去掉，如上面圖表所示。

限定與非限定的概念與中文「主題」的功用息息相關，請先看下列範例：

範例 ❶ 書，我一直想買。
El libro, llevo mucho tiempo pensando comprarlo.

❷ 我一直想買本書。
Llevo mucho tiempo pensando en comprar un libro.

❸ 我一直想買書。
Llevo mucho tiempo pensando en comprar libros.

範例❶ 中，「書」放在句首表示主題的功用，是限定用法，說話者與聽話者都知道是哪本書。西班牙語同樣表達主題功用的句型，也可以把直接受詞「書」提到句首，帶上定冠詞，亦即El libro，但是句法上後面的及物動詞comprar必須帶上代名詞lo做直接受詞，兩個字合寫成comprarlo。

範例❷ 中，「書」放在及物動詞後面，若不帶任何指示代詞像是「這」、「那」，即表非限定的用法，說話者沒有確切指出是哪本書。另外，中文的量詞「本」表示書的數目是一本。西班牙語同樣的句型在及物動詞後面，若要表示非限定哪一本書，則須帶上不定冠詞uno，亦即un libro。

範例❸如同範例❷，說話者沒有限定是哪本書。不過省略了量詞「本」，暗示說話者不確定買書的數目。西班牙語同樣的句型若要表示非限定哪本書與非限定的數量，用複數名詞且不帶任何冠詞來表達，亦即libros。
中文既然沒有冠詞，「詞序」在表達限定與非限定兩個概念就顯得非常重要。請再看下面兩個例句：

範例 ❶ 人來啦！

❷ 來人啦！

範例❶，「人」在句首與動詞的左邊表示限定。譬如說，我們在車站等朋友，等了好久，他終於來了，當我們看到他時，就會說：「人來啦！」
範例❷，「人」在動詞的右邊，表示非限定。有可能發生在下面的主僕對話：「來人啦！送客。」說話者可能有很多僕人，不過他喊這一句話時，不管是哪一個僕人，只要來一位幫忙送走客人就可以了。

2.一些名詞與冠詞句法上的搭配

按照前面我們的介紹，陽性單數的名詞，例如：libro，就應該搭配陽性單數的定冠詞或不定冠詞，也就是el libro或un libro。語法上句子裡各個詞類的陰陽性單複數，只要能變化者，都要與核心名詞的陰陽性單複數一致。但一些名詞會有所改變：

aula（教室）：el aula、una aula
águila（鷹）：el águila、una águila

aula（教室）和águila（鷹）都是陰性名詞。我們看到若搭配不定冠詞寫成una aula、una águila。但是，若搭配定冠詞則寫成el aula、el águila。原因是aula、águila兩個單字的重音都在起首音節，若仍用原陰性定冠詞：

*la aula、*la águila（*表錯誤）

母音a，因連音的關係，會聽不清楚名詞aula、águila前是否有說出定冠詞la，所以改用陽性定冠詞el，變成el aula、el águila。這樣就很清楚聽到有唸出定冠詞，表達限定的概念。不過要注意的是aula、águila兩個單字本身仍是陰性的名詞。

● 動詞

1. 西班牙語動詞形式

中文與西班牙語動詞形式上最大的差異就是構詞上西班牙語是以附著詞位加於詞根而成，而中文是孤立語言，每一個單字只包含一個詞位，不利用詞綴來構詞。以西班牙語動詞estudiar為例，就它的詞尾-ar變化可以表達人稱性、數與表達時態的變化。請注意，底下劃線部分為詞尾-ar的變化。

◆ 表達人稱性、數

動詞原形estudiar（用功）			
estudio	我用功	estudiamos	我們用功
estudias	你用功	estudiáis	你們用功
estudia	{他/她/您}用功	estudian	{他們/她們/您們}用功

◆ 表達時態的變化

以第一人稱「我用功」為例，做不同時態與虛擬式的動詞變化。請注意，表格內中文的解釋雖然都是「我用功」，但是在翻譯西班牙語句子的時候，動詞estudiar使用的時態必須仔細考慮，配合適當的中文時間副詞做正確的翻譯。

現在式	estudio	我用功
未完成過去式	estudiaba	我用功
簡單過去式	estudié	我用功
未來式	estudiaré	我用功
簡單條件式	estudiaría	我用功
現在虛擬式	estudie	我用功
未完成虛擬式	estudiara	我用功

以西班牙語動詞estudié（我用功）為例，說話者除了告訴我們動詞本身的意義（用功），同時指出人稱為第一人稱單數（我），更重要的是動詞詞尾變化-é還指出動作發生的時間是在過去。因此，中文翻譯estudié這個字時，應加上「過去」、「那時」等表示過去的時間副詞，讓讀者清楚知道estudié的真正意義是：「我那時在用功」。

在中文的對話裡，如果想要知道動作發生的時間就必須從上下文去判斷。舉例來說，甲問乙：「你去哪？」乙回答說：「我去吃飯。」西班牙語在翻譯時就必須注意到動作發生的時間究竟是過去還是未來。因此，動作的時態有下列兩種可能：

範例 ❶ 甲：¿A dónde vas?

「你去哪？」

乙：Voy a comer.

「我去吃飯。」*(表示將要)*

❷ 甲：¿A dónde fuiste?

「你去哪？」

乙：Fui a comer.

「我去吃飯。」*(表示過去)*

2. 缺位動詞

西班牙語中有一類動詞在語法上稱為「缺位動詞」，例如：competer（屬於…職權）、concernir（涉及、對…有關）、atañer（牽涉）、acontecer（發生）、acaecer（發生）。這些動詞只能以第三人稱的形式出現，因此也就只能有單數或複數變化。

範例 ❶ Eso compete al ayuntamiento.
那歸市政府管。

❷ Esto concierne a los intereses de la nación.
這關係到國家的利益。

❸ Esto no me atañe.
這與我無關。

❹ Aconteció lo que suponíamos.
我們料想的事發生了。

3. gustar等的用法說明

還有一些西班牙語動詞在句法結構上與中文不同，例如：bastar（足夠）、gustar（喜歡）、encantar（令人高興）、importar（對…重要）。這些動詞除了與上述「缺位動詞」一樣，只能以第三人稱單數或複數的形式出現外，它們的主詞出現在動詞右邊，受詞反而是在左邊。請看下面範例，並比較中文、西班牙語的句法結構。

範例 ❶ Me gusta el español.
受詞　　*主詞（單數）*
我喜歡西班牙語。

❷ Me gustan los chocolates.
受詞　　*主詞（複數）*
我喜歡巧克力。

❸ No me gusta que vengas tan tarde.
受詞　主詞（名詞子句當主詞視為單數）

我不喜歡你這麼晚來。

這一類動詞，我們以範例❶，動詞gustar為例，在語法上可以解釋成「西班牙語令我喜歡」，「西班牙語」一詞是單數名詞做主詞，因此，動詞gustar用第三人稱單數gusta，「我」在西班牙語句子裡當受詞。

西班牙語跟中文語法上最大的差異在於西班牙語有豐富的詞尾變化，句法上各詞類之間的關係緊密，一切依句法規則來造出合乎語法的句子。請先看以下範例：

範例 ►El número de personas que hablan español en el mundo
核心主詞　關係形容詞子句修飾personas
介系詞補語補充說明número
主詞

es de unos 400 millones.
動詞　表語

世界上說西班牙語的人數大約四億多人。

此範例的主詞可以說相當長，從El número......到......en el mundo都是整個句子的主詞。語意上這句話的主詞應該是複數，因為從介系詞de所引導的介系詞補語表達的意義是「世界上說西班牙語的人」應不只一位。但是句法上核心主詞是El número，位於句子左邊，在句首，儘管後面接的介系詞補語de personas que hablan español en el mundo具有關係形容詞子句的結構que hablan español en el mundo，核心主詞El número是單數，句法結構上位居「主詞」內部結構最高層，因此動詞用單數es。

從這句範例可以看出西班牙語是一個句法十分嚴謹的語言，句子裡各個組成份子彼此關係密切。舉例來說，名詞一般是做主詞的核心份子，若主詞句法上是名詞詞組，那麼名詞詞組裡的指示代名詞、所有格、形容詞等就跟核心名詞存在著單數、複數，陰性、陽性一致的關係。了解語法的現象對語意上的翻譯十分重要。請再看下面的範例：

範例 ❶ María tiene un libro. Este es su libro.
瑪麗亞有一本書。這是她的書。

❷ María tiene dos libros. Estos son sus libros.
瑪麗亞有兩本書。這些是她的書。

❸ María y José tienen un coche. Este es su coche.
瑪麗亞和荷西有一部車。這是他們的車。

❹ María y José tienen dos coches. Estos son sus coches.
瑪麗亞和荷西有兩部車。這些是他們的車。

範例❶、❷ 和範例❸、❹ 是西班牙語翻譯成中文時必須仔細考慮句法和語意之間的非關聯性。範例❷ 主詞María是單數，所有格sus用複數是因為句法上必須跟後面的名詞libros單複數同形。但是翻譯成中文時可別弄錯，以為所有格sus是複數就翻成「她們的」。同樣的，範例❸主詞María y José是複數，所有格su用單數也是因為句法上必須跟後面的名詞coche單複數同形。但是翻譯成中文時仍須看上一句的主詞來決定。

4. 虛擬式和陳述式

從西班牙語動詞的詞尾變化，可以看出西班牙語的句法結構是相當嚴謹的，它清楚地告訴你動詞代表的人稱及動作發生的時間；在虛擬式和陳述式的句型裡，它也明白告訴你說話者心裡對事情抱持的態度。因此，同樣一句話，在中文裡，說話者與聽話者必須彼此互相揣摩所言何意，但是在西班牙語的句子裡，動詞的詞尾變化（請看以下範例動詞劃線部分）就斬釘截鐵地告訴你說話者心裡的想法。

範例 ▶如果沒有下雨，比賽會繼續。

❶ Si no llueve, el partido sigue.

（現在式、可能性高）

❷ Si no lloviera, el partido seguiría.

（虛擬式、可能性低。與現在事實相反）

❸ Si no hubiera llovido, el partido habría seguido.

（虛擬式、可能性低。與過去事實相反）

由此範例，我們看到中文的條件句在西班牙語裡可以有三種不同的釋義：西班牙語動詞用現在式（presente de indicativo），表示可能性高（請看範例❶）；動詞用過去式虛擬式（imperfecto de subjuntivo），表示與現在事實相反（請看範例❷）；動詞用愈過去式虛擬式（pluscuamperfecto de subjuntivo），表示與過去事實相反（請看範例❸）。由此可知，在中文翻譯成西班牙語的過程中，上下文的理解對於句法時態與時式的使用格外重要。請再看下面範例：

❶ No conozco a ninguna persona que se llame Elena.
動詞用現在式虛擬式

我不認識什麼人叫愛蓮娜。

❷ No conozco a alguien que se llama Elena.
動詞用現在式

我不認識什麼人叫愛蓮娜。

此範例中，兩句中文的意思完全一樣，但是虛擬式和陳述式的動詞詞尾變化在西班牙語關係形容詞子句裡卻分別傳達不同的訊息。第❶句西班牙語關係形容詞子句裡動詞使用現在式虛擬式llame，有表示「任一」、「任何一位」叫愛蓮娜的人；而第❷句關係形容詞子句裡動詞使用現在式llama，則強調「單一」、「某位」叫愛蓮娜的人，說話者預設大家知道的那一位。請再看下面的範例：

 ❶ Siempre que venga será bien recibido.
動詞用現在式虛擬式
只要您來都會受到很好的款待。

❷ Siempre que viene es bien recibido.
動詞用現在式
每次您來都會受到很好的款待。

此範例中，兩句的意思差別在siempre que後面接現在式虛擬式venga，表示條件「只要」的意思；若接現在式viene，則表示習慣、經常性。請再看下面的範例：

 ❶ Cuando llegan se apoderan de todo.
動詞用現在式
他們到時就占據一切。

❷ Cuando lleguen se apoderarán de todo.
動詞用現在式虛擬式
他們到時就占據一切。

此範例中，兩句的意思差別在時間連接詞cuando後面接現在式虛擬式lleguen，表示未來將發生的動作；若接陳述式llegan，則表示習慣、經常性。

5. 動詞的補語

動詞的補語可分成單純動詞補語（complementos del verbo）和句子的補語（complementos periféricos o complementos de oración）。前者必須依附在動詞詞組（請看下一段之範例），後者在句中則有較大的活動空間。請看下面範例：

 ▶很幸運地，巴可通過考試了。

❶ Por suerte, Paco aprobó los exámenes.
句子的補語

❷ Paco aprobó los exámenes, por suerte.
句子的補語

❸ Poco, por suerte, aprobó los exámenes.
句子的補語

❹ d. Paco aprobó, por suerte, los exámenes.
句子的補語

◆ 做動詞的直接受詞（El complemento directo）

動詞必須是及物動詞（verbo transitivo）。若直接受詞是有生命體，則須在前面加上介系詞a。請看範例❸。

範例 ❶ Estoy escribiendo una novela.
動詞 直接受詞
我正在寫一本小說。

❷ Desde mi ventana veo los árboles.
動詞 直接受詞
從我的窗戶可以看到樹木。

❸ Desde mi ventana veo a Elena.
動詞 直接受詞
從我的窗戶可以看到愛蓮娜。

❹ Busco un amigo.
動詞 直接受詞
我在找朋友。

❺ Busco a un amigo.
動詞 直接受詞
我在找一位朋友。

範例❹和❺差別在直接受詞如果是有生命、非限定的，就不需加上介系詞 a和冠詞。

◆ 做動詞的間接受詞（El complemento indirecto）

在句中，動詞若為及物動詞，且後面帶有人和事物做受詞，從文法功用的角度解釋，事物做直接受詞，人則當間接受詞。若沒有事物做直接受詞，則由人當直接受詞。請看下面範例：

範例 ❶ Hugo da un beso a Beatriz.
動詞 直接受詞 間接受詞
雨果親了一下貝亞提斯。

❷ El cartero le regaló un collar a María.
動詞 直接受詞 間接受詞
這個郵差送給瑪麗亞一個項圈。

❸ A Marcos le tocó la lotería.
直接受詞 主詞
馬可士中了彩券。

❹ A mí, me gusta la música clásica.
直接受詞 主詞
我喜歡古典音樂。

接著來看看Te presento a Juan.這句話如何翻譯？
首先，我們可以把這句話再寫成右邊的句子：

範例 ❶ Te presento a Juan. = Te presento a ti a Juan.
你 我介紹 給璜

這句話究竟是「我把璜介紹給你認識」還是「我把你介紹給璜認識」？
語法上，人是當間接受詞，所以Te是間接受詞。句法上當受詞的如果是有生命體，前面要加上介系詞a，這句話特別的是Te（主格是tú）和Juan都是有生命，因此前面都有a。
我們再看另一句：

範例 ❷ Te presento a ti este libro.
間接受詞 間接受詞 直接受詞
我把這本書介紹給你。

句法上，事物都是當直接受詞，人是間接受事者，所以當間接受詞。第二句裡，este libro（這本書）是直接受詞，Te（你）是間接受詞。從第二句可以了解第一句Te presento a Juan，在這句話裡，a Juan其實等於este libro 的位置，換句話說，【我把Juan介紹給你認識】才是正確的語意，而不是「*我把你介紹給Juan認識」。

◆ 做動詞的副詞補語（Complementos adverbiales del verbo）

 ❶ Vivo cerca del colegio.
動詞　副詞補語
我住得很靠近學校。

❷ Eso pasó antes de la manifestación.
動詞　副詞補語
這個發生在示威遊行之前。

◆ 做動詞的介系詞補語（Suplemento）

介系詞補語的特點是補語為一名詞詞組，經由介系詞引介附加在動詞後面。以下是常用到的介系詞做為引介動詞的補語，形式上是動詞片語：

disponer de	支配	hablar de	談論
quejarse de	抱怨	acordarse de	記得
avergonzarse de	羞愧	olvidarse de	忘記
confiar en	信任	convertirse en	變成
aficionarse a	熱中	acabar con	結束

範例 ❶ Me acuerdo del viaje a Alemania.
動詞　介系詞補語
我記得德國之旅。

❷ Ana se aficionó a la pesca.
動詞　介系詞補語
安娜熱愛釣魚。

❸ El presidente amenazó al consejo con su dimisión.
動詞 直接受詞 介系詞補語

總統以辭職威脅顧問團。

6. 副詞性補語

副詞性補語主要在修飾謂語，與之前只修飾動詞的補語不同。副詞性補語可以表示地方、時間、方式、目的、原因、讓步、伴隨、工具、數量、施事者。

◆ 地方（Complementos circunstanciales de lugar）

範例 ▶Carolina se casó con Hugo en Santander.
謂語 地方

卡洛琳跟雨果在桑坦德。

◆ 時間（Complementos circunstanciales de tiempo）

範例 ▶Carolina y Hugo hicieron un viaje en diciembre.
謂語 時間

卡洛琳跟雨果十二月份去旅行了一趟。

◆ 方式（Complementos circunstanciales de modo）

範例 ▶Carolina cuidaba a los heridos con mucho cariño.
謂語 方式

卡洛琳很親切地照顧受傷者。

◆ 目的（Complementos circunstanciales de finalidad）

範例 ▶Las muchachas iban a la fuente a fin de coger agua.
謂語 目的

這些小女生去噴水泉邊取水。

◆ **原因（Complementos circunstanciales de causa）**

範例 ▶La cosecha se perdió con las heladas.
謂語 原因

因為寒凍所以沒有收成。

◆ **讓步（Complementos circunstanciales de concesión）**

範例 ▶Hubo una buena cosecha pese a las heladas.
謂語 讓步

儘管天寒，收成還是很好。

◆ **伴隨（Complementos circunstanciales de compañía）**

範例 ▶Carlos se fue a Valencia con Elena.
謂語 伴隨

卡洛斯跟愛蓮娜去瓦倫西亞。

◆ **工具（Complementos circunstanciales de instrumento）**

範例 ❶ Mandé la carta por correo aéreo.
謂語 工具

我寄了一封航空信。

❷ Ella iba a la oficina en coche.
謂語 工具

她開車去辦公室。

◆ **數量（Complementos circunstanciales de cantidad）**

範例 ▶He comprado este diccionario por treinta euros.
謂語 數量

我花了三十歐元買這本字典。

第二章 簡單句 動詞

◆ **施事者（Complements circunstanciales agente）**

範例 ▶El delincuente fue condenado a prisión por un jurado.
謂語　施事者

這個罪犯被法官判刑入獄。

● 無人稱句子

「無人稱句子」的特徵是句中沒有主詞，動詞以第三人稱單數或複數的形式表現。

❶ Nieva.
下雪。

❷ Ha llovido.
下雨了。

❸ Ayer granizó en varios sitios de la ciudad.
昨天城裡幾處下冰雹。

❹ Hay mucha gente en la calle.
街上有好多人。

❺ Hace mucho frío.
好冷。

❻ Dicen que va a llover.
聽說會下雨。

注意
無人稱主動句型，動詞decir使用第三人稱複數dicen表示無人稱，意思是「聽說」。

❼ Se dice que va a llover.
聽說會下雨。

注意

使用反身代名詞SE與第三人稱單數動詞dice表示無人稱。

❽ Se necesita empleados.
誠徵雇員。

使用反身代名詞SE與第三人稱單數動詞necesita表示無人稱。empleados為一複數名詞當受詞，前面不帶介系詞表示非限定、非特指的對象。

❾ Se necesita a unos empleados nuevos.
需要一些新的雇員。

注意

使用反身代名詞SE與第三人稱單數動詞necesita表示無人稱。與範例❽相同，empleados為一複數名詞當受詞，但是前面帶介系詞表示限定、特指的對象。也就是說，「新的雇員」在說話者心理已認定哪些人了。

綜合前面我們看到的例句，範例❼、❽、❾使用反身代名詞SE表示無人稱，其動詞永遠是單數。此外，在範例❽、❾，名詞若為限定、特定的對象則須帶上冠詞，且受詞若為有生命體，則前面須帶上介系詞 a。

● 主動與被動語態句型

1. 被動語態的句子結構

中文使用被動語態的句型不多，一般是在表示倒楣、不幸的情況才會用到「被」字。另外，「得到」、「獲得」、「叫」、「讓」、「使」、「給」等，也常用來表示被動的概念，甚至中文句法上使用主動語態的句型，西班牙語反而較習慣用被動語態的句型。試比較下列範例❶至❺之例句。

西班牙語句子結構為被動語態的句型有兩種：一是用動詞SER，另一個是用反身代名詞SE。我們把被動語態的句子結構分別描述如下：

◆主詞＋SER＋動詞之過去分詞（當形容詞）＋por＋施事者（agente）

請參考範例❷、❸。

◆主詞＋SE＋動詞（單複數須跟主詞一致）＋por＋施事者（agente）

用反身代名詞SE表示被動語態的句型通常不在乎施事者是誰，所以介系詞por後面一般都省略。請參考範例❹、❺。

❶ Muchos compañeros de clase <u>admiran</u> a Elena.
動詞

班上許多同學欽佩愛蓮娜。

西班牙語句子結構為主動語態句型。

❷ Elena <u>es</u> admirada <u>por</u> muchos compañeros de clase.

愛蓮娜得到班上許多同學的欽佩。

西班牙語句子結構為被動語態句型。

❸ Los heridos en el accidente <u>son</u> atendidos <u>por</u> la enfermera.

車禍中的傷患得到護士的照料。

西班牙語句子結構為被動語態句型。

❹ El museo <u>se cierra</u> a las seis de la tarde.
博物館下午六點關。

西班牙語句子結構為使用反身代名詞SE之被動語態句型，其動詞之單複數必須跟主詞一致。

❺ <u>Se necesitan</u> empleados nuevos.
誠徵新的雇員。

西班牙語句子結構為使用反身代名詞SE之被動語態句型，其動詞之單複數必須跟後面的名詞一致。這句話裡empleados nuevos有些文法家認為是主詞，有些則認為是受詞。

2. 反身代名詞SE

反身代名詞SE在西班牙語句子裡常看到，它的用法我們整理如下：

◆ 表示「無人稱」（SE en oraciones impersonales）

範例 ❶ Se compra pan.
買麵包。

❷ Se trabaja mucho aquí.
這裡很多工作要做。

◆ 表示「被動語態」（SE en oraciones pasivas）

SE雖是表示「被動語態」，但仍可視為「無人稱」的句型。

❶ Se necesitan empleados nuevos.
誠徵新雇員。

❷ Se venden pisos.
房屋出售。

◆ 文法功用為間接受詞（SE en oraciones reflexivas）註

SE在下面範例中表示小男孩自己，文法功用上是間接受詞，直接受詞為「手」（las manos）。

▶ El niño se lava las manos antes de comer.
這小男孩吃東西前洗手。

註 有關反身代詞 SE 與非重讀人稱代名詞 LE 當間接受詞時的替換，我們做如下說明。請看範例並注意 C.D. 表示直接受詞，C.I. 表示間接受詞。

- Le doy los libros (a Juan). = Se los doy (a Juan). 我把書交給璜。
C.I. C.D. = los C.I. C.D. = los libros
他 我給 書 （給璜） 他 書 我給（給璜）

在範例裡，左邊是原本完整的句子，Le 是間接受詞，指的是他，也就是璜。因為 le 可替代第三人稱他（或她）或您（usted）這幾種可能，後面的 a Juan（給璜）有強調或補充說明，避免混淆以為是給您（a usted）。los libros（書）是直接受詞。當說話者第二次說同樣內容的句子時，會用代名詞替代所指涉的人、事、物。所以，los libros 就用非重讀人稱代名詞 los 替代，原本 a Juan 應該用 le，寫成 *Le los doy (a Juan)。Le los 照一些西語文法家的解釋認為聽起來不好聽，像單字 tonto（笨蛋），所以把 le 改成 se。這樣形成右邊的句子：Se los doy (a Juan)。語法上，這是反身代名詞se當間接受詞的唯一用法。

◆ 文法功用為直接受詞（SE en oraciones reflexivas）

SE在下面範例中表示「我」自己本身，其第一人稱單數的形式是me，文法功用上是做直接受詞。

 ▶Me he aburrido en la reunión.
會議中我很無聊。

◆ 反身動詞搭配介系詞（Verbos pronominales）

西班牙語有些反身動詞會固定搭配一介系詞，例如：abstenerse de（戒除）、arrepentirse de（後悔）、atreverse a（敢）、enterarse de（知悉）、quejarse de（抱怨）。

範例 ▶Él se queja de dolores de cabeza.
他抱怨頭痛。

◆ 與移動動詞搭配（SE con verbos de movimiento）

SE與移動動詞IR搭配，強調移動時的出發點。

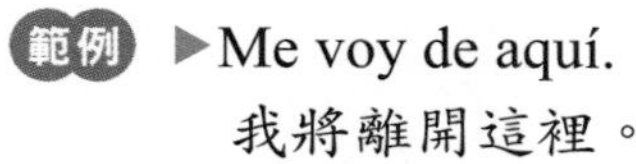

範例 ▶Me voy de aquí.
我將離開這裡。

◆ 表示「非出於本身意願的、有利害關係的」（SE involuntariedad）

反身代名詞SE「非出於本身意願、有利害關係的」句型是西班牙語算是文化反應在語言的一種現象。該句型都使用第三人稱單數動詞，語意上受影響的人稱me（我）插入反身代名詞SE和動詞詞組之間。以下面範例為例，「飯燒焦了」按常理應是我煮飯煮得燒焦了，「我」是造成飯燒焦的主要原因。但是，西班牙語用第三人稱單數、反身動詞陳述，意味著「飯燒焦」是事實，且這件事情影響到「我」，「我」反而成了受害者。

範例 ▶Se me ha quemado el arroz.
飯燒焦了。

◆表示「強調、多餘」（SE enfático o expletivo）

SE在「表強調、多餘」的句型可以省略而不影響句意。中文翻譯時用「自己」、「本身」加強語氣。

範例 ▶Él (se) fuma tres cajetillas diarias.
他自己每天抽三包煙。

◆表示「動作開始、起始」（SE incoativo）

SE與動詞dormir（睡覺）連用表示動作開始。

範例 ▶Él se durmió inmediatamente.
他馬上睡著了。

練習題

填入適當的字或動詞變化，使之成為合乎語法、句法的句子。

1. Elena ________ (ser) la médica de la clínica hospital San Carlos.
2. Elena ________ (estar) de médica en el hospital.
3. El lugar ________ (estar) reservado para Pepe.
4. La casa ________ (ser) de piedra y ladrillo.
5. La película ________ (ser) para morirse de risa.
6. El color ________ (ser) tirando a verde.
7. Los chicos ________ (ser) listos (= inteligentes) .
8. Los chicos ________ (estar) listos (preparados) .
9. Elena ________ (llegar) tarde a su despacho.
10. Elena ________ (escribir) .
11. Elena ________ (escribir) una carta.
12. La frutera ________ (vender) manzanas.
13. Las manzanas ________ (ser) vendidas ________ la frutera.
14. Esta llave ________ (abrir) cualquier puerta.
15. Beatriz abre la puerta ________ esta llave.
16. Ellos nombraron director ________ Fernando.
17. Elena ________ (hacer) pedazos la carta.
18. El ladrón fue ________ (detener) por la policía.
19. Felipe II ________ (construir) El Escorial.
20. El futbolista ________ (lesionarse) en el entrenamiento.
21. María ________ (quedarse) quieta.
22. A mí me ________ (doler) las muelas.
23. El ladrón, el pobre hombre, ________ (cometer) muchos errores.
24. Él ________ (estar) seguro de su poder.
25. María ________ (ser) guapa de cara.
26. El libro, llevo mucho tiempo pensando ________ (comprar) .
27. Llevo mucho tiempo pensando en ________ (comprar) un libro.

28. Llevo mucho tiempo ________ (pensar) en comprar libros.
29. Los dos países ________ (competir) en fuerzas.
30. Esto ________ (concernir) a los intereses de la nación.
31. Esto no me ________ (atañer) .
32. ________ (Acontecer) lo que suponíamos.
33. Me ________ (gustar) el español.
34. Me ________ (gustar) los chocolates.
35. No me gusta que ________ (venir, tú) tan tarde.
36. María tiene un libro. Este es ________ (de ella) libro.
37. María y José ________ (tener) un coche. Este es ________ (de ellos) coche.
38. María y José tienen dos coches. Estos son ________ (de ellos) coches.
39. Si no ________ (llover) , el partido sigue.
40. Si no ________ (llover) , el partido seguiría.
41. Si no ________ (llover) , el partido habría seguido.
42. No conozco a ninguna persona que ________ (llamarse) Elena.
43. No conozco a ningún lugar que ________ (ser) tan bonito como éste.
44. Siempre que ________ (venir) será bien recibido.
45. Siempre que ________ (venir) es bien recibido.
46. Cuando ________ (llegar) se apoderarán de todo.
47. Estoy ________ (escribir) una novela.
48. Desde mi ventana ________ (ver, yo) los árboles.
49. Desde mi ventana ________ (ver, yo) Elena.
50. Busco ________ amigo. (indeterminado)
51. Busco ________ amigo. (determinado)
52. Hugo da un beso ________ Beatriz.
53. El cartero le regaló un collar ________ María.
54. A Marcos ________ tocó la lotería.
55. ________, me gusta la música clásica.
56. Vivo cerca ________ colegio.

57. Eso pasó ________ la manifestación.
58. Me acuerdo ________ viaje a Alemania.
59. Ana se aficionó ________ la pesca.
60. El presidente amenazó al consejo ________ su dimisión.
61. Carolina se casó ________ Hugo en Santander.
62. Carolina y Hugo hicieron un viaje ________ diciembre.
63. Carolina cuidaba ________ los heridos con mucho cariño.
64. Las muchachas iban a la fuente ________ coger agua.
65. La cosecha se perdió ________ las heladas.
66. Hubo una buena cosecha ________ las heladas.
67. Carlos se fue a Valencia ________ Elena.
68. Mandé la carta ________ correo aéreo.
69. Ella iba a la oficina ________ coche.
70. He comprado este diccionario ________ treinta euros.
71. El delicuente fue condenado a prisión ________ un jurado.
72. Ayer ________ (granizar) en varios sitios de la ciudad.
73. ________ (haber) mucha gente en la calle.
74. ________ (hacer) mucho frío.
75. ________ (decir) que va a llover.
76. ________ (decirse) que va a llover.
77. ________ (necesitarse) empleados.
78. ________ (necesitarse) unos empleados nuevos.
79. Muchos compañeros de clase admiran ________ Elena.
80. Elena es admirada ________ muchos compañeros de clase.
81. Los heridos en el accidente ________ (ser) atendidos por la enfermera.
82. ________ (comprarse) pan.
83. ________ (trabajarse) mucho aquí.
84. ________ (necesitarse) empleados nuevos.
85. ________ (venderse) pisos.
86. El niño ________ (lavarse) las manos antes de comer.

87. ________ (aburrirse) en la reunión.
88. Él ________ (quejarse de) dolores de cabeza.
89. Me voy ________ aquí.
90. Se ________ (a mí) ha quemado el arroz.
91. Él ________ fuma tres cajetillas diarias.
92. Él ________ (dormirse) inmediatamente.
93. ¿ ________ lengua habla Carlos de Inglaterra?
94. ¿ ________ está la calle Goya?
95. ¿ ________ stá tu familia?
96. ¿ ________ es usted?
97. ¿ ________ son estos chicos?
98. ¿ ________ es tu número de teléfono?
99. ¿ ________ escoges?
100. ¿ ________ cuesta este libro?
101. ¡ ________ gente hay en la calle!
102. ¿ ________ años tiene Laura?
103. ¿ ________ mesas hay en esta aula?
104. ________ es mi libro. (這)
105. ________ es mi casa. (這)
106. ________ son mis libros. (這些)
107. ________ son mis libros. (這些)
108. ________ es nuestro libro. (這)
109. ________ es nuestra casa. (這)
110. ________ es vuestro libro. (這)
111. ________ es vuestra casa. (這)
112. María tiene un libro. Este es ________ libro. (de ella)
113. María tiene dos libros. Estos son ________ libros. (de ella)
114. María y José tienen un cohce. Este es ________ coche. (de ellos)
115. María y José tienen dos coches. Estos son ________ coches. (de ellos)
116. Este vaso es ________ (de mí 我的).

117. Esta camisa es ________ . (de mí 我的)

118. Estos vasos son ________ . (de mí 我的)

119. Estas camisas son ________ . (de mí 我的)

120. Este vaso es ________ . (de nosotros)

121. Esta camisa es ________ . (de nosotros)

122. Estos vasos son ________ . (de nosotros)

123. Estas camisas son ________ . (de nosotros)

124. María tiene un abrigo. Este es ________ . (de ella)

125. María tiene dos abrigos. Estos son ________ . (de ella)

126. María y Luis tienen una bicicleta. Esta es ________ . (de ellos)

127. María y Luis tienen dos bicicletas. Estas son ________ . (de ellos)

128. Esta chaqueta americana es mía, ________ es tuya.

129. ________ (auxiliarse a) los heridos en el accidente.

130. ________ (esperarse) que mejore el tiempo.

131. ________ (pensarse) que acudirán a los tribunales.

132. ________ (leerse) poco en España.

133. ________ (escribirse) en abundancia en estos tiempos.

134. Aquí no ________ (fumarse) .

135. No ________ (vivirse) mal aquí.

136. ________ (castigarse) a los culpables.

137. ________ (perdonarse) a los acusados.

138. No se permite ________ (fijar) carteles.

139. Se prohíbe ________ (*arrojar*) objetos a la vía pública.

140. Necesito ________ mis antiguos empleados.

141. Necesito ________ empleados nuevos.

142. ________ (alquilarse) habitaciones.

143. ________ (necesitarse) piso alquiler.

144. La camisa ________ (mancharse) de pintura.

145. ________ (adormecerse a él) el dolor.

146. ________ (apresurarse a mí) el pulso al verla. (involuntariedad)

147. ________ (averiarse a nosotros) el coche. (dativo posesivo)
148. ________ (cerrarse a mí) los ojos.
149. ________ (enfriarse, nosotros) en el camino.
150. El niño se lava tres veces ________ día.
151. Va ________ (vestir, él) de mala manera.
152. Va ________ (decir) tonterías por ahí.
153. Va ________ (descalzar) por todo el pueblo.
154. ________ (ir a, yo) estudiar.
155. ________ (amarse, ellos) con locura.
156. Entre ________ (tú) y ________ (yo) haremos un trabajo estupendo.
157. Según ________ (tú) , ¿cómo se pronuncia esta palabra?
158. No entiendo por qué nunca quieres salir con ________ (nosotros) .
159. Supongo que eso depende ahora de ________ (tú) .
160. Según ________ (ella) , la despidieron por su impuntualidad.
161. No están contra ________ (yo) , están contra ________ (tú) .
162. ________ (a ella) conocimos en un restaurante.
163. El cartero ________ (a nosotros) entregó todas las cartas que tenía.
164. ¿Has visto esa película? No, no ________ he visto.
165. (a vosotros) ________ daremos los regalos más tarde.
166. ¿Encontraremos las llaves? No ________ sé.
167. ¿Estás cansada? Sí, ________ estoy.
168. ________ dije al tapicero que prefería otro color.
169. ________ dije a él que prefería otro color.
170. Deberías traérmelo ya. = ________ ________ deberías traer ya.
171. Nos estamos informando. = Estamos ________________.
172. ________ (vestirse, él) normalmente con ropa muy deportiva.
173. -Vamos a comer la paella. ¿Vienes con nosotros?
    -Sí, de acuerdo. Vamos a ________.
174. -Juan, echa esta carta al buzón, por favor.
    -¿Cómo? ¿Que echo la carta al buzón?

-Sí, ________, por favor.

175. -Luis, ¿has visto a María?

-No, no ________ he visto.

176. -Luis, ¿has visto a ellos?

-No, no ________ he visto.

177. -¿Qué película estáis viendo?

-Estamos viendo la película 'Ronin'.

-¿Que estáis viendo la película 'Ronin'?

-Sí, estamos ______________.

178. Juan: ¿Qué estás haciendo? .

Ana: Estoy cantando la canción de Luis Miguel.

Juan: ¿Que estás cantando la canción de Luis Miguel?

Ana: Sí, estoy ________________.

179. Juan: ¿Qué estás haciendo?

Ana: Estoy tomando un café.

Juan: ¿Que estás tomando un café?

Ana: Sí, estoy________________.

並列複合句（Oraciones compuestas）

並列複合句是由兩個或多個句子形成的複合句。句子彼此間具有同樣的句法結構，但各自獨立，有時不需要連接詞連接。

■本章重點

- 並列複合句
- 並列複合句之排列順序
- 並列複合句的句型

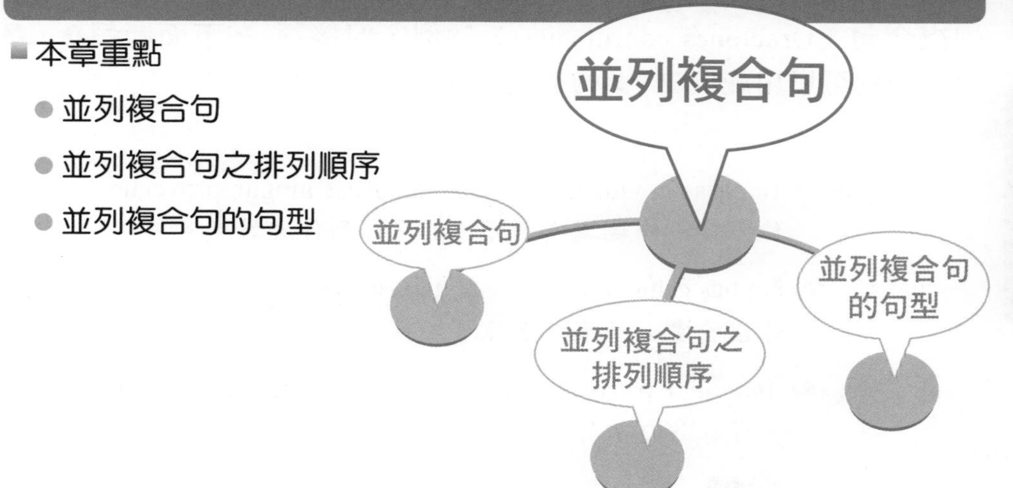

● 並列複合句

並列複合句是由兩個或多個句子形成的複合句。句子彼此間具有同樣的句法結構，但各自獨立，有時不需要連接詞連接。

在並列複合句中，各子句若無任何連接詞連接，書寫時用逗號分開，西班牙語稱為yuxtaposición。各子句從句法角度來看，同屬相同之結構層次，不過語意上有可能各自獨立，也可以具有連貫性。

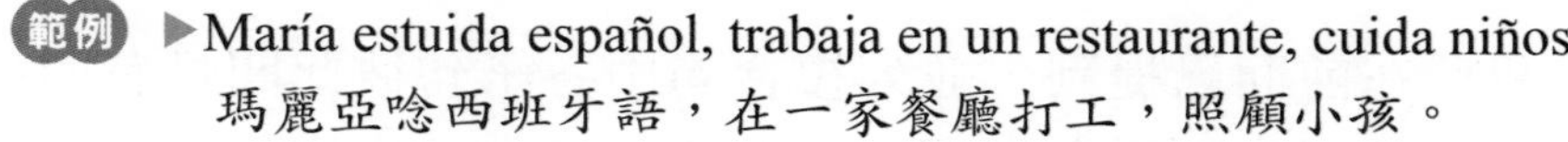

範例 ▶María estuida español, trabaja en un restaurante, cuida niños.
瑪麗亞唸西班牙語，在一家餐廳打工，照顧小孩。

並列複合句中，如果最後一個子句由連接詞連接，並承接上一句之句意，西班牙語稱此句型為coordinación。

範例 ▶María estuida español, trabaja en un restaurante y cuida niños.
瑪麗亞唸西班牙語，在一家餐廳打工，照顧小孩。

要注意的是，連接詞的使用可以讓句意更加豐富些，也就是說，同一個句子的解釋，我們可以有多種釋義方式（semánticamente），儘管句子結構上（sintácticamente）並不一樣。以累積式並列複合句（Oraciones coordinadas）為例，連接詞y在下面範例❶、❷中，分別可以用範例❸、❹的從屬連接詞做另一種說明。

範例 ❶ Te pasas la vida trabajando *y* no sacas ningún provecho.
你終日不停地工作，可是也沒得到什麼好處。

❷ No has estudiado nada *y* te han suspendido.
你沒唸書，結果被當掉了。

❸ *Aunque* te pasas la vida trabajando, no sacas ningún provecho.
儘管你終日不停地工作，可是也沒得到什麼好處。

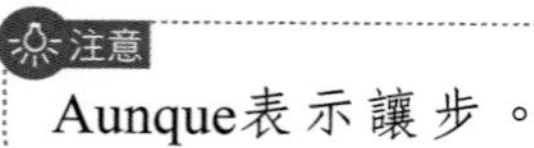

Aunque表示讓步。

❹ *Como* no has estudiado nada, te han suspendido.
因為你沒唸書，結果被當掉了。

Como表示原因。

● 並列複合句之排列順序

我們在前面已提到，並列複合句中各子句彼此間具有同樣的句法結構，語意上可以各自獨立，有時排列之順序亦可以改變而不會影響整個句子的意義。下面範例❶，不論句法、語意上都等於範例❷。

範例 ❶ María trabaja en un restaurante, cuida niños y estudia español.
瑪麗亞在一家餐廳打工，照顧小孩和唸西班牙語。

❷ María estudia español, cuida niños y trabaja en una oficina.
瑪麗亞唸西班牙語，照顧小孩和在一家餐廳打工。

不過也有排列順序不可以改變的情形，主要是基於下列幾點因素：

1. 事件的發生有因果關係

語意上（semánticamente），事件的發生有因果關係時，不能前後倒置。如下面範例❷的情形應該不會發生（符號⊗表錯誤）：

範例 ❶ Él contrajo una grave enfermedad y se murió.
他感染了嚴重的疾病後死了。

❷ ⊗ Él se murió y contrajo una grave enfermedad.
他死後感染了嚴重的疾病。

2. 事件的發生若前後倒置意義就完全不同

語意上（semánticamente），事件的發生若前後倒置，意義上就完全不一樣。如下面範例❶語意上不等於範例❷：

範例 ❶ Él se sintió mal y tomó un medicamento.
原因 結果
他感覺不舒服，然後吃了藥。

❷ Él tomó un medicamento y se sintió mal.
原因 結果
他吃了藥，然後感覺不舒服。

3. 前後句之主格相同

語法上（gramaticalmente），前後句之主格相同，人稱代名詞應出現在首句。下面範例❷的錯誤是語法上的問題（符號⊗表錯誤）：

範例 ❶ La madre besaba a su hijo y lo acariciaba.
主格
子句1　子句2
這位母親親吻她的兒子並撫摸他。

❷ ⊗ Lo acariciaba y la madre besaba a su hijo.
主格
子句1　子句2
撫摸他，這位母親親吻她的兒子。

● 並列複合句的句型

以下我們依序介紹並列複合句的四種句型：累積式（Oraciones coordinadas）、選擇式（Oraciones coordinadas disyuntivas）、反義式（Oraciones coordinadas adversativas）、推理式（Oraciones coordinadas consecutivas）。

1. 累積式

並列複合句中，由累積式連接詞 y（和）、e（和）、no ...... ni（既不……也不）、no sólo... sino que también（不只……而且）等連接並列的語言單位。

範例 ❶ María trabaja en una oficina y estudia idiomas.
句子1　句子2
瑪麗亞在辦公室上班，而且她有在學語文。

❷ Te pasas la vida trabajando y no sacas ningún provecho.
句子1 句子2
你終日工作，什麼好處也沒得到。

❸ María no sólo trabaja en una oficina, sino que también estudia idiomas.
句子1 句子2
瑪麗亞不僅是在公司上班，而且還學語文。

累積式連接詞前面可以有*aun*（仍然）、*hasta*（甚至）、*incluso*（包括）、*además*（此外）等副詞修飾，表示強調。

範例 ❶ María trabaja en un restaurante, cuida niños y *aun* estudia español.
瑪麗亞不僅是在餐廳打工，照顧小孩，還學西班牙語。

❷ María trabaja en un restaurante, cuida niños y *hasta* estudia español.
瑪麗亞不僅是在餐廳打工，照顧小孩，甚至還學西班牙語。

❸ María trabaja en un restaurante, cuida niños y *además* estudia español.
瑪麗亞不僅是在餐廳打工，照顧小孩，此外還學西班牙語。

❹ María trabaja en un restaurante, cuida niños *e incluso* estudia español.
瑪麗亞不僅是在餐廳打工，照顧小孩，而且還學西班牙語。

注意

範例❹的累積式連接詞e是連接詞y的音素變體（alomorfo）。如果連接詞y後面緊接著的單字起首音是母音[i]，例如incluso，連接詞y就必須要改成e，以避免連音（enlace）而聽不到連接詞本身的字母發音。

2. 選擇式

並列複合句中，由表示選擇性連接詞 o（或者）、u（或者）、o bien（或者）等連接並列的的語言單位。

範例 ❶ Por las mañanas, *o bien* leían, *o bien* estudiaban un poco, *o bien* veían la televisión.
每天早上他是唸書，或者是看報紙，或者是看電視。

❷ *O* no lo sabe, *o* no lo quiere decir.
要嘛他不知道，要嘛他不想說。

❸ ¿Es usted alemán *u* holandés?
您是西班牙人或是荷蘭人？

> 注意
> 範例❸的選擇式連接詞u是連接詞o的音素變體。如果連接詞o後面緊接著的單字起首音是母音[u]，例如：holandés、once，連接詞o就必須要改成u，以避免連音而聽不到連接詞本身的字母發音。

3. 反義式

並列複合句中，反義的連接詞可以分為兩大類：

◆ **Adversativas restrictivas**

表示非排除前句意義的連接詞，例如：pero（但是）、empero（可是）、sin embargo（然而）、con todo（儘管如此）、sólo que（只是）、salvo que（除非）、excepto que（除了）、fuera de que（況且）、no obstante（儘管）、aunque（雖然）、por lo demás（此外）。這類連接詞所引導的第二個子句，意義上並未排除前一個子句所要表達的內容。

❶ Juan no es inteligente, pero trabaja mucho.
璜不聰明，可是很勤奮。

❷ La película es buena, pero lo mejor es la música.
這部電影很好，不過最好的部分是音樂。

◆ **Adversativas excluyentes**

表示排除前句意義的連接詞，例如：antes bien（相反地）、sino（而是）、más bien（與其說……倒不如說）。這類連接詞所引導的第二個子句，意義上不是反駁前一個子句所要表達的意思，而是限定與強調所指的內容。

範例 ❶ Mi novia no es rubia, sino que es morena.
我的女朋友不是金髮，而是黑髮。

❷ El chiquillo no acudía a la escuela, sino que se iba a los billares.
這小男生沒有去上學，而是去打撞球。

4. 推理式

並列複合句中，由表示結果、推論的連接詞，例如：así que（所以）、luego（之後）、de modo que（那麼）、de manera que（那麼）、conque（這麼說）等連接的子句，與其前面的另一個子句前後呼應，形成一個完整句意的句子。也就是說，第一個子句表達事件的原因，第二個子句表達發生的結果。

範例 ❶ Van a cerrar, así que date prisa.
他們要關門了，所以快一點。

❷ Él no ha trabajado nada, de modo que le han despedido.
他什麼事都不做，所以被炒魷魚了。

句意上前後因果關係意念的表達必須仰賴上述表示結果之連接詞。並列複合句中，前後子句語意上亦可能存在著推理式（deducción）的關係。

 ❶ Está lloviendo, conque llévate el paraguas.
子句1：原因 *子句2：結果*

下雨了，所以你把雨傘帶著。*(結果)*

❷ Se ha llevado el paraguas, luego va a llover.
子句1：原因 *子句2：推論*

雨傘拿走了，待會兒會下雨。*(推論)*

■ 練習題

請填入適當的字或動詞變化，使之成為合乎語法、句法的句子。

1. Ayer por la tarde fui al cine ________ estudié por la noche.
2. Intenté telefonearle, ________ no estuvo en casa todo el día.
3. Van a darme un certificado ________ me lo entregarán mañana.
4. Carlos es estudioso, ________ aprobará.
5. Toda la noche discutieron ________ riñieron.
6. María está triste. ________ habla ________ come.
7. ¿Vienes con nosotros ________ vas con ellos?
8. ¿Dices la verdad ________ ocultas algo?
9. Me lo prestas ________ te lo compro.
10. No te quejes, ________ debes estarle agradecido.
11. Estudia mucho, ________, no aprueba.
12. No pierde belleza, ________ cada día está más guapa.
13. La película es muy famosa, ________, no la encuentro muy amena.
14. No me parece bueno, ________ yo diría que es todo lo contrario.
15. No tengo nada que hacer, ________ echar estas cartas.
16. Tomó arsénico, ________, murió.
17. Luis es rubio ________ alto.
18. Dame unas tenazas ________ unos alicates.
19. Pensé asistir, ________ hacía frío ________ no fui.
20. Caliéntame el café, ________ está frío.
21. No sabe hacer nada, ________ dormir.
22. Ese coche no corre ________ vuela.
23. No tienes razón, ________ es que cállate.
24. Me han arreglado el reloj ________ no funciona.
25. ________ entras ________ sales pero no te quedes en la puerta.

4 動詞篇（El verbo）

西班牙語的動詞本身可表達三個內涵：時態、語氣（或稱「式」）、動貌（又稱「情狀」）。本章將就「時態」的部分介紹西班牙語的動詞變化。

本章重點

- 西班牙語動詞變化
- 十四個時態與動詞變化
- 十四個時態與例句
- 肯定與不確定語氣時態的使用與比較
- 簡單過去式和未完成過去式比較
- 動詞時態一致性
- 動詞短語

西班牙語動詞變化

西班牙語動詞本身可表達三個內涵：時態（Tiempo）、語氣（或稱「式」）（Modo）、動貌（又稱「情狀」）（Aspecto）。這三個內涵我們將在第五章有完整詳細的解釋。本章我們只就「時態」的部分介紹西班牙語的動詞變化（Conjugación verbal）。

如果我們按動作發生的時間點，可以簡單地分成過去式、現在式與未來式。句法上，西班牙語則可以再細分成十四個時態，與法語、德語、俄語、英語等其它歐洲語言比較起來，西班牙人透過動詞的詞尾變化（inflexión）——也就是外在形式（Forma）——想傳達的訊息可以說是相當清楚明白的。語法功用上除了具備時態、語氣、動貌這三種本質，它還可以表達第一、二、三人稱之單複數。

我們也可以和中文做比較就會發現：中文是屬於表意的語言，文字外在形式上的表現不像西班牙語那樣清楚，有時候需要仔細斟酌說話時的語言環境（Contexto），才不會發生一語多義、會錯意的情況。例如：中文「我去吃飯」這句話，翻成西班牙語就可能有下面幾種說法：

❶Voy a comer.（表示將要、未來）
❷He ido a comer.（表示剛剛、靠近現在的過去式）
❸Fui a comer.（表示過去）
❹Había ido a comer.（表示時間距離現在更遠的過去）

● 十四個時態與動詞變化

句法上，西班牙語動詞變化配合時態、語氣可以有十四種詞尾變化（Conjugación verbal）。以下我們逐一介紹這十四種動詞變化形式與其使用的時機。請注意您（*Usted*）、您們（*Ustedes*）使用第三人稱單、複數的動詞變化。

1. 現在簡單式

Verbos	Singular		Plural	
TRABAJAR 工作	Yo Tú *Usted*, Él, Ella	trabajo trabajas trabaja	Nosotros Vosotros *Ustedes*, Ellos, Ellas	trabajamos trabajáis trabajan
COMER 吃	Yo Tú *Usted*, Él, Ella	como comes come	Nosotros Vosotros *Ustedes*, Ellos, Ellas	comemos coméis comen
ABRIR 打開	Yo Tú *Usted*, Él, Ella	abro abres abre	Nosotros Vosotros *Ustedes*, Ellos, Ellas	abrimos abrís abren

◆ 表示當下發生的事件、動作

範例 ►Te llamo para que no te olvides.
我打電話給你，避免（你）忘記。

◆ 表示習慣、經常性

範例 ►Ella me cuenta sus problemas.
她告訴我她的問題。

◆ 表示認知上的事實

範例 ►María es muy estudiosa.
瑪麗亞很用功。

◆ 描述歷史事件

使用現在式來描述歷史上的事件，有讓聽話者栩栩如生、歷歷在目的感覺。

範例 ►Cristóbal Colón descubre el Nuevo Continente en 1492.
哥倫布一四九二年發現新大陸。

◆ 代替未來式

如果將要發生的動作就在眼前，可用現在式代替未來式。

範例 ►Vamos a ver si hay este modelo; si lo hay, me lo compro.
我們看看有沒有這個款式；如果有，我買。

◆ 表命令式的語氣

 ▶Tú te vas ahora y no me esperas.
你現在就走，不要等我。

2. 未來式

Verbos	Singular	Plural
TRABAJAR 工作	trabajaré trabajarás trabajará	trabajaremos trabajaréis trabajarán
COMER 吃	comeré comerás comerá	comeremos comeréis comerán
ABRIR 打開	abriré abrirás abrirá	abriremos abriréis abrirán

◆ 表示未來

 ▶Saldré para comprar una ropa.
我出門去買一件衣服。

◆ 表示現在的想像、臆測

 ❶ Tendrá unos sesenta años.
他大概六十歲左右。

❷ Su aspecto es sospechoso, porque tendrá algo que ocultar.
他的外表可疑，因為好像隱瞞了什麼。

◆ **代替命令、禁止**

說話者心理存有對未來動作的期許。

 ►No mentirás a nadie.
你不能欺騙任何人。

◆ **表示驚訝或指責**

未來式用疑問句或感嘆句的結構表示驚訝或指責。

 ►¿Serás capaz de hacerlo tú solo?
你可以自己做這件事？

◆ **表示讓步**

在有未來式的子句裡表示可能，後面緊接著表讓步、反義的連接詞pero引導另一個子句。

 ►Será muy simpático contigo pero con nosotros es insoportable.
他跟你可能很親切，不過對我們可就難以忍受了。

未來式的動詞詞尾變化，除了上述列出的規則變化，還有一些動詞是以不規則變化的形式出現。請看下列表格動詞範例：

	Caber 包含	**Hacer** 做	**Poder** 能
Yo	cabré	haré	podré
Tú	cabrás	harás	podrás
Él, Ella, Usted	cabrá	hará	podrá

	Caber 包含	Hacer 做	Poder 能
Nosotros	cabremos	haremos	podremos
Vosotros	cabréis	haréis	podréis
Ellos, Ellas, Ustedes	cabrán	harán	podrán

	Poner 放	Querer 要	Saber 知道
Yo	pondré	querré	sabré
Tú	pondrás	querrás	sabrás
Él, Ella, Usted	pondrá	querrá	sabrá
Nosotros	pondremos	querremos	sabremos
Vosotros	pondréis	querréis	sabréis
Ellos, Ellas, Ustedes	pondrán	querrán	sabrán

	Decir 說	Tener 有	Venir 來
Yo	diré	tendré	vendré
Tú	dirás	tendrás	vendrás
Él, Ella, Usted	dirá	tendrá	vendrá
Nosotros	diremos	tendremos	vendremos
Vosotros	diréis	tendréis	vendréis
Ellos, Ellas, Ustedes	dirán	tendrán	vendrán

3. 未來完成式

Verbos	Singular	Plural
TRABAJAR 工作	habré trabajado habrás trabajado habrá trabajado	habremos trabajado habréis trabajado habrán trabajado
COMER 吃	habré comido habrás comido habrá comido	habremos comido habréis comido habrán comido
ABRIR 打開	habré abierto habrás abierto habrá abierto	habremos abierto habréis abierto habrán abierto

◆ 時態

時態上，兩個動作發生在未來，但是其中一個動作早於另一個。

▶Para cuando tú llegues, habré comido.
等你到時，我應該已經吃完了。

◆ 語氣

未來完成式除了表達時間上的未來，語氣上還包含可能性與猜測。

▶Ya habrá llegado a casa a estas horas.
這時候他大概已經到家了吧。

4. 現在完成式

Verbos	Singular	Plural
TRABAJAR 工作	he trabajado has trabajado ha trabajado	hemos trabajado habéis trabajado han trabajado
COMER 吃	he comido has comido ha comido	hemos comido habéis comido han comido
ABRIR 打開	he abierto has abierto ha abierto	hemos abierto habéis abierto han abierto

◆ **情感上表示說話者言語的當下**

 ▶Últimamente he trabajado mucho.
最近我工作很多。

◆ **表示從未有過的經驗**

 ▶Todavía no he estado en Granada.
我還沒去過格蘭那達。

◆ **表示剛剛發生的動作**

 ▶Acabo de comer, por eso no tengo hambre.
我剛剛吃過，所以不餓。

◆ **在說話者心理上感覺恍如昨日才剛發生的事情**

使用現在完成式表達的動作，雖然很明確地是發生在過去的時間，但在說話者心理上卻感覺恍如昨日才剛發生的事情。

 ►He vuelto de España hace unos meses.
我從西班牙回來好幾個月了。

我們在《基礎西班牙語文法速成》第五章已說明現在完成式的句法結構是「Haber + 動詞過去分詞」。動詞過去分詞的形式是固定的，因此，人稱的指涉是藉由助動詞〈Haber〉的變化來表示。

Yo	he	+ { trabajado / comido / vivido}
Tú	has	
Él, Ella, Usted	ha	
Nosotros / Nosotras	hemos	
Vosotros /Vosotras	habéis	
Ellos, Ellas, Ustedes	han	

動詞的過去分詞除了上述的規則變化，還有一些過去分詞是不規則變化。請看下列範例動詞：

原形動詞	不規則變化的過去分詞
abrir 打開	abierto
descubrir 發現	descubierto
decir 說	dicho
escribir 寫	escrito
describir 描寫	descrito

原形動詞	不規則變化的過去分詞
hacer 做	hecho
deshacer 拆開	deshecho
satisfacer 滿意	satisfecho
poner 放	puesto
componer 組成	compuesto
disponer 安排	dispuesto
ver 看	visto
volver 回來	vuelto
morir 死	muerto
romper 打破	roto

另外，還有一些動詞的過去分詞有規則變化和不規則變化兩種形式。請看下列範例動詞：

原形動詞	規則變化	不規則變化
bendecir 祝福	bendecido	bendito
ferír 炸	freído	frito
maldecir 咒罵	maldecido	maldito
salvar 救	salvado	salvo
soltar 解開	soltado	suelto

5. 未完成過去式

Verbos	Singular	Plural
TRABAJAR 工作	trabajaba trabajabas trabajaba	trabajábamos trabajabais trabajaban
COMER 吃	comía comías comía	comíamos comíais comían
ABRIR 打開	abría abrías abría	abríamos abríais abrían

◆ 表示過去的習慣或反覆的行為

 ▶Nos veíamos todos los días.
以前我們每天都會見面。

◆ 描寫過去的情景或狀況

說話者有意讓聽話者感覺事件的發生就在眼前。使用未完成過去式（imperfecto）有如置身在過去的現在式，說話者只傳達動作發生的過程，並未明確指出該動作是否已經結束。

範例 ❶ Entonces llovía y hacía mucho frío.
那時都在下雨，天氣很冷。

❷ A eso de las seis de la mañana (yo) llegaba a Madrid.
大約早上六點鐘我到達馬德里。

◆ **表示客氣的語氣**

 ▶¿Qué deseaba (usted)?
您要什麼？

◆ **使用在條件語句中主要子句裡的動詞時態**

有時候口語裡我們會使用未完成過去式（imperfecto）代替條件式（condicional），語氣上有傳達時間上更迫切的情形。

 ▶Si pudiera, me iba ahora mismo.
可以的話，我現在馬上去。

◆ **時態**

時態上，兩個動作發生在過去，其中一個動作發生的期間，另一個動作正好也發生。

 ▶Yo comía cuando entraron ellos.
他們進來時，我正在吃（東西）。

未完成過去式的動詞詞尾變化，除了上述列出的規則變化，還有一些動詞是以不規則變化的形式出現。請看下列表格動詞範例：

	Ser 是	**Ir 去**
Yo	era	iba
Tú	eras	ibas
Él, Ella, Usted	era	iba
Nosotros	éramos	íbamos
Vosotros	erais	ibais
Ellos, Ellas, Ustedes	eran	iban

6. 簡單過去式

Verbos	Singular	Plural
TRABAJAR 工作	trabajé trabajaste trabajó	trabajamos trabajasteis trabajaron
COMER 吃	comí comiste comió	comimos comisteis comieron
ABRIR 打開	abrí abriste abrió	abrimos abristeis abrieron

◆ 表達一個動作發生在過去，且已經結束

必須注意的是動作發生的時間點是準確的、意念上視為短暫的。

範例 ❶ Ayer me levanté a las siete de la mañana.
我昨天早上七點起床。

❷ Nació el 1 de abril de 1976.
他出生在一九七六年四月一日。

❸ Estuve trabajando allí durante 10 años.
我在那兒工作了十年。

◆ 代替現在完成式

在西班牙北部、南部與中南美洲地區，多半使用簡單過去式（indefinido）代替現在完成式（perfecto）。

 ▶Hoy me levanté a las siete de la mañana.
= Hoy me he levantado a las siete de la mañana.
我昨天早上七點起床。

◆ 明確指出動作已經結束

使用簡單過去式，說話者明確指出該動作已經結束。請看下列兩組範例，同時與未完成過去式（imperfecto）做比較。

範例 ❶ Estuvo muy enfermo, *se moría*.
他病得很重，快死了。*（但是不知道是不是已經死了）*
Estuvo muy enfermo, *se murió*.
他病得很重，死了。

❷ No pude salir porque *nevaba* copiosamente.
我無法出門，因為雪下得很大。*（描述當時情景）*
No pude salir porque *nevó* copiosamente.
我無法出門，因為雪下得很大。*（大雪可能結冰阻礙了我出門）*

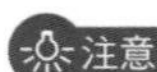
使用簡單過去式動詞pude暗示由於外在的因素。若使用未完成過去式動詞podía則表示內在因素、本身的意願。

此外還有一種情形：如果我們說“Ayer cuando íbamos al cine, nos encontramos con María.”（昨天我們去看電影時，遇到瑪麗亞）。也許別人會問：“¿Fuisteis al cine o no?”（你們到底去看電影沒？）回答時若使用簡單過去式就很清楚了：“Sí, fuimos al cine.”（是的，我們去看電影）。

◆ 敘述（estilo narrativo）動作一個接著一個發生

範例 ▶Llegué a casa, tomé un baño y me dormí.
我回到家，洗個澡，然後睡覺。

◆ **陳述過去發生的事實**

 ►Las primeras elecciones democráticas después de la muerte de Franco tuvieron lugar en 1977.

佛朗哥死後最早的選舉是在一九七七年。

簡單過去式的動詞詞尾變化，除了上述列出的規則變化，還有一些動詞是以不規則變化的形式出現。請看下列表格動詞範例：

	Averiguar 調查	**Andar** 走	**Dar** 給
Yo	averigüé 註1	anduve	di
Tú	averiguaste	anduviste	diste
Él, Ella, Usted	averiguó	anduvo	dio
Nosotros	averiguamos	anduvimos	dimos
Vosotros	averiguasteis	anduvisteis	disteis
Ellos, Ellas, Ustedes	averiguaron	anduvieron	dieron

	Leer 唸	**Caber** 包含	**Carer** 跌倒
Yo	leí	cupe	caí
Tú	leíste	cupiste	caíste

註1 西班牙語 -gue- 的發音是[ge]，六個人稱的動詞詞尾變化都必須和原形動詞詞尾 -guar-[guar] 保持一致。因此第一人稱的動詞詞尾變化字母 u 要改成 ü，也就是 -güe-，這樣才能發成 [gue]。否則 -gue- 是唸做 [ge]，少了母音 u 的音，與原形動詞詞尾發音不符。

	Leer 唸	**Caber** 包含	**Carer** 跌倒
Él, Ella, Usted	leyó 註2	cupo	cayó
Nosotros	leimos	cupimos	caímos
Vosotros	leísteis	cupisteis	caísteis
Ellos, Ellas, Ustedes	leyeron	cupieron	cayeron

	Hacer 做	**Poder** 能	**Poner** 放
Yo	hice	pude	puse
Tú	hiciste	pudiste	pusiste
Él, Ella, Usted	hizo	pudo	puso
Nosotros	hicimos	pudimos	pusimos
Vosotros	hicisteis	pudisteis	pusisteis
Ellos, Ellas, Ustedes	hicieron	pudieron	pusieron

	Querer 要	**Saber** 知道	**Ver** 看
Yo	quise	supe	vi
Tú	quisiste	supiste	viste
Él, Ella, Usted	quiso	supo	vio
Nosotros	quisimos	supimos	vimos
Vosotros	quisisteis	supisteis	visteis
Ellos, Ellas, Ustedes	quisieron	supieron	vieron

註2 以 leyó 為例，原本應拼寫作 leió，母音 i 位在另外兩個母音之間，此時的字母 i 必須改用 y 替代。

	Pedir 要求	**Corrgir 修改**	**Seguir 繼續**
Yo	pedí	corregí	seguí
Tú	pediste	corregiste	seguiste
Él, Ella, Usted	pidió	corrigió	siguió
Nosotros	pedimos	corregimos	seguimos
Vosotros	pedisteis	corregisteis	seguisteis
Ellos, Ellas, Ustedes	pidieron	corrigieron	siguieron

	Reír 笑	**Sentir 感覺**	**Dormir 睡**
Yo	reí	sentí	dormí
Tú	reíste	sentiste	dormiste
Él, Ella, Usted	río	sintió	durmió
Nosotros	reímos	sentimos	dormimos
Vosotros	reísteis	sentisteis	dormisteis
Ellos, Ellas, Ustedes	rieron	sintieron	durmieron

	Traducir 翻譯	**Decir 說**	**Ir 去 / Ser 是**
Yo	traduje	dije	fui
Tú	tradujiste	dijiste	fuiste
Él, Ella, Usted	tradujo	dijo	fue
Nosotros	tradujimos	dijimos	fuimos
Vosotros	tradujisteis	dijisteis	fuisteis
Ellos, Ellas, Ustedes	tradujeron	dijeron	fueron

	Oír 聽	Tener 有	Venir 來
Yo	oí	tuve	vine
Tú	oíste	tuviste	viniste
Él, Ella, Usted	oyó	tuvo	vino
Nosotros	oímos	tuvimos	vinimos
Vosotros	oísteis	tuvisteis	vinisteis
Ellos, Ellas, Ustedes	oyeron	tuvieron	vinieron

7. 條件簡單式

Verbos	Singular	Plural
TRABAJAR 工作	trabajaría trabajarías trabajaría	trabajaríamos trabajaríais trabajarían
COMER 吃	comería comerías comería	comeríamos comeríais comerían
ABRIR 打開	abriría abrirías abriría	abriríamos abriríais abrirían

◆ 表達過去將要發生的動作

時態上，主句和子句的動詞都是過去式，亦即兩個動作都發生在過去，但是，子句裡的動詞使用條件簡單式（Potencial simple），所要表達的是過去將要發生的動作。

範例 ▶Él dijo que vendría hoy.
他（那時）說今天會來。

◆ 語氣上帶有可能性與猜測

若條件簡單式表達的時間是過去，語氣上則帶有可能性與猜測。

範例 ▶Él pretendería ayudarme, supongo.
我想那時他有試著幫我。

◆ 表示與未來事實相反的假設

若條件簡單式表達的時間是未來，則表示與未來事實相反的假設。

範例 ▶Te ayudaría si pudiera.
如果可以，我會幫你。

◆ 表達禮貌、客氣

使用條件簡單式表達禮貌、客氣（Cortesía）時。可與未完成過去式（imperfecto）交互使用，意義上一樣。

範例 ▶¿Podría decirme si hay un aparcamiento por aquí cerca?
您能告訴我這附近有停車場嗎？

◆ 表達可能、臆測

動詞使用條件簡單式與其它過去式時態（imperfecto或indefinido）

的動詞連用，有對過去發生的事件表達可能、臆測之意思。

 ▶Antes me gustaba más viajar, sería porque era más joven.
以前我比較喜歡旅行，可能是因為那時候比較年輕。

> 比較
>
> 動詞若使用未來式並與其它現在式動詞連用，則表達對現在的臆測。例如：
>
> Ahora me gusta más quedarme en casa, será porque soy mayor.
>
> 現在我比較喜歡待在家裡，可能是因為年紀大了。

◆ 表達讓步

使用條件簡單式表達讓步（Concesivo）時，其後跟著的子句通常由反義詞pero引導，必須注意的是時間上指的是過去。

 ▶Tendría muchos defectos pero no se puede negar que era un valiente.
他可能有很多缺點，但不可否認的是他很勇敢。

◆ 表達更客氣、更謙恭

動詞deber、querer、poder使用條件簡單式，也就是debería、querría、podría，表達禮貌、客氣，若改用未完成虛擬式（imperfecto de subjuntivo），亦即debiera、quisiera、pudiera，表達更客氣、更謙恭。

 ▶¿{Podría / Pudiera} pedirle un favor?
我可以請您幫個忙嗎？

條件簡單式的動詞詞尾變化，除了上述列出的規則變化，還有一些動詞是以不規則變化的形式出現。請看下列表格動詞範例：

	Hacer 做	Poder 能	Poner 放
Yo	haría	podría	pondría
Tú	harías	podrías	pondrías
Él, Ella, Usted	haría	podría	pondría
Nosotros	haríamos	podríamos	pondríamos
Vosotros	haríais	podríais	pondríais
Ellos, Ellas, Ustedes	harían	podrían	pondrían

	Querer 要	Saber 知道	Decir 說
Yo	querría	sabría	diría
Tú	querrías	sabrías	dirías
Él, Ella, Usted	querría	sabría	diría
Nosotros	querríamos	sabríamos	diríamos
Vosotros	querríais	sabríais	diríais
Ellos, Ellas, Ustedes	querrían	sabrían	dirían

8. 條件完成式

Verbos	Singular	Plural
TRABAJAR 工作	habría trabajado habrías trabajado habría trabajado	habríamos trabajado habríais trabajado habrían trabajado

Verbos	Singular	Plural
COMER 吃	habría comido habrías comido habría comido	habríamos comido habríais comido habrían comido
ABRIR 打開	habría abierto habrías abierto habría abierto	habríamos abierto habríais abierto habrían abierto

◆ 時態

時態上，句子裡的動詞都是過去式，但是，子句裡的動詞所要表達的是過去將要發生的動作，且其中一個動作（使用條件完成式者）早於另一個動作。

►Usted me dijo que, cuando yo llegara, ya me habría preparado el certificado.
您（那時）跟我說，我到達時，您會幫我準備好證書。

◆ 語氣上帶有可能性與猜測

條件完成式若表達的時間是過去，則語氣上帶有可能性與猜測。

範例
❶ Al terminar el estudio, habría gastado más de un millón de pesetas.
他完成學業時，大概已經用掉一百萬以上西幣了吧！

❷ José ya habría llegado a la estación.
荷西恐怕已經到車站了。

◆ 表達該做而未做的行為

❶ Lo habría entregado a tiempo pero luego quise cambiar cosas.
我原本可即時交出去，但是後來我想改些東西。

❷ (A él) Le habría gustado ser periodista.
他應該有想當一位記者。*（當時有想過，但後來沒做記者這一行。）*

比較

動詞使用條件簡單式gustaría，表達目前的意願或想法。例如：

(A él) Le gustaría ser periodista.
他想當一位記者。

◆ 使用於與過去事實相反的假設語句

► Si yo hubiera tenido más tiempo, habría visitado el Museo Prado.
那時如果有更多時間，我會去參觀普拉多美術館。

9. 現在虛擬式

Verbos	Singular	Plural
TRABAJAR 工作	trabaje trabajes trabaje	trabajemos trabajéis trabajen
COMER 吃	coma comas coma	comamos comáis coman
ABRIR 打開	abra abras abra	abramos abráis abran

◆ 表達現在或未來即將發生的事情

複合句（Oraciones complejas）裡，主要子句（proposición principal）的動詞是現在式或現在完成式，且用來表達願望、命令、勸告、使役、要求、可能、許可、禁止、忠告、疑惑、情感（例如：高興、悲傷、遺憾）、必要、重要、目的、讓步等意義時，從屬子句（proposición subordinada）裡的動詞使用假設法現在虛擬式，表達現在或未來將發生的事情。

範例 ▶Te aconsejo que comas más verduras.
我勸你再多吃點蔬菜。

◆ 有些連接詞常使用假設法

例如：aunque（即使）、quienquiera que（不論誰）、dondequiera（不論哪裡）、por......que（縱使那麼地）、sea lo que sea（不管怎麼樣）。

範例 ▶Por mucho que trabajes, no serás millonario.
不管你怎麼工作也無法變成富翁。

◆ 主要子句裡有不定代名詞

主要子句裡有不定代名詞，關係子句中的動詞多用現在虛擬式。

範例 ▶Hay alguien que hable español?
有哪一位會說西班牙語的？

◆ 否定命令式

否定命令式一定要用現在虛擬式。

 ❶ No comas mucho.
你不可以吃太多。

❷ No digas estas tonterías.
不要胡說八道。

◆ 主要子句是否定時

主要子句是否定時，當受詞的名詞子句之動詞多用假設法。

 ►No entiendo que José gaste su dinero en cosas tan inútiles.
我無法理解荷西那樣無益地使用金錢。

◆ 無人稱句型 I

無人稱句型【Es + Adj. + que......】，連接詞que後使用現在虛擬式。不過表示肯定的形容詞仍用陳述式。

 ❶ Es necesario que yo vaya allí.
我必須往那兒去。

❷ Es seguro que él no se ha marchado todavía.
他肯定還沒有走。

◆ 無人稱句型 II

無人稱句型【Es + Adj. + que ......】中，形容詞若是表示肯定、正面意義的，仍使用現在陳述式。

範例 ❶ Es cierto que hace mucho frío aquí en el invierno.
這裡冬天很冷是真的。

❷ Es verdad que no es fácil aprender el alemán .
德語不容易學是真的。

現在虛擬式的動詞詞尾變化，除了上述列出的規則變化，還有一些動詞是以不規則變化的形式出現。請看下列表格動詞範例：

	Pagar 付給	**Atacar** 攻擊	**Cruzar** 穿越 註3
Yo	pague 註4	ataque	cruce
Tú	pagues	ataques	cruces
Él, Ella, Usted	pague	ataque	cruce
Nosotros	paguemos	ataquemos	crucemos
Vosotros	paguéis	ataquéis	crucéis
Ellos, Ellas, Ustedes	paguen	ataquen	crucen

	Averiguar 調查	**Pensar** 想	**Negar** 否定
Yo	averigüe	piense	niegue
Tú	averigües	pienses	niegues
Él, Ella, Usted	averigüe	piense	niegues

註3 原形動詞cru[z]ar的子音z [θ] 在作六個人稱虛擬式的動詞變化時，改用子音c。c + e = ce 仍發成[θe]的音。

註4 有些西班牙語法家認為動詞pagar的虛擬式變化只是為了配合原形動詞pa[g]ar發音的一致，因此在拼寫上作出這樣的改變：pa[gu]e。因為若不加上字母u或者說加上母音[u]，按page的寫法是發成[paxe]，[x]與[g]是不同的子音。動詞atacar也是同樣道理，只有拼寫成ataque [atáke]，才能發成與原形動詞atacar [atakar]裡的子音[k]。

	Averiguar 調查	Pensar 想	Negar 否定
Nosotros	averigüemos	pensemos	neguemos
Vosotros	averigüéis	penséis	neguéis
Ellos, Ellas, Ustedes	averigüen	piensen	nieguen

	Trocar 掉換	Avergonzar 慚愧	Jugar 玩
Yo	trueque	avergüence	juegue
Tú	trueques	avergüences	juegues
Él, Ella, Usted	trueque	avergüence	juegue
Nosotros	troquemos	avergocemos	juguemos
Vosotros	troquéis	avergoncéis	juguéis
Ellos, Ellas, Ustedes	truequen	avergüencen	jueguen

	Coger 取、拿	Vencer 征服	Nacer 出生
Yo	coja 註5	venza	nazca
Tú	cojas	venzas	nazcas
Él, Ella, Usted	coja	venza	nazca
Nosotros	cojamos	venzamos	nazcamos
Vosotros	cojáis	venzáis	nazcáis
Ellos, Ellas, Ustedes	cojan	venzan	nazcan

註5 原形動詞co[g]er的子音g [x] 在作六個人稱虛擬式的動詞變化時，改用子音j。j + a = ja 仍發成 [xa] 的音。若仍用字母g + a = ga，其發音是 [ga]，與原形動詞詞尾 -ger- 發音不相符合。

	Conocer 認識	**Cocer 煮**	**Caber 包含**
Yo	conozca	cueza	quepa
Tú	conozcas	cuezas	quepas
Él, Ella, Usted	conozca	cueza	quepa
Nosotros	conozcamos	cozamos	quepamos
Vosotros	conozcáis	cozáis	quepáis
Ellos, Ellas, Ustedes	conozcan	cuezan	quepan

	Caer 掉落	**Hacer 做**	**Oler 嗅、聞**
Yo	caiga	haga	huela
Tú	caigas	hagas	huelas
Él, Ella, Usted	caiga	haga	huela
Nosotros	caigamos	hagamos	olamos
Vosotros	caigáis	hagáis	oláis
Ellos, Ellas, Ustedes	caigan	hagan	huelan

	Poder 能	**Poner 放**	**Querer 要**
Yo	pueda	ponga	quiera
Tú	puedas	pongas	quieras
Él, Ella, Usted	pueda	ponga	quiera
Nosotros	podamos	pongamos	queramos
Vosotros	podáis	pongáis	queráis
Ellos, Ellas, Ustedes	puedan	pongan	quieran

	Saber 知道	**Ver 看**	**Seguir 繼續**
Yo	sepa	vea	siga
Tú	sepas	veas	sigas
Él, Ella, Usted	sepa	vea	siga
Nosotros	sepamos	veamos	sigamos
Vosotros	sepáis	veáis	sigáis
Ellos, Ellas, Ustedes	sepan	vean	sigan

	Reír 笑	**Sentir 感覺**	**Dormir 睡**
Yo	ría	sienta	duerma
Tú	rías	sientas	duermas
Él, Ella, Usted	ría	sienta	duerma
Nosotros	riamos	sintamos	durmamos
Vosotros	riáis	sintáis	durmáis
Ellos, Ellas, Ustedes	rían	sientan	duerman

	Decir 說	**Ir 去**	**Venir 來**
Yo	diga	vaya	venga
Tú	digas	vayas	vengas
Él, Ella, Usted	diga	vaya	venga
Nosotros	digamos	vayamos	vengamos
Vosotros	digáis	vayáis	vengáis
Ellos, Ellas, Ustedes	digan	vayan	vengan

10. 未完成虛擬式

Verbos	Singular	Plural
TRABAJAR 工作	trabajara trabajaras trabajara	trabajáramos trabajarais trabajaran
COMER 吃	comiera comieras comiera	comiéramos comierais comieran
ABRIR 打開	abriera abrieras abriera	abriéramos abrierais abrieran

動詞變化除了上述內容以外，還有另一組，如下列表格所示。

Verbos	Singular	Plural
TRABAJAR 工作	trabajase trabajases trabajase	trabajásemos trabajaseis trabajasen
COMER 吃	comiese comieses comiese	comiésemos comieseis comiesen
ABRIR 打開	abriese abrieses abriese	abriésemos abrieseis abriesen

◆ 時態

按前述現在虛擬式的用法，時態上，主要子句的動詞是直說法過去式（indefinido），從屬子句裡的動詞就使用未完成虛擬式（imperfecto de subjuntivo）。

 ❶ Yo le aconsejé que no fumara tanto.
我勸他不要抽太多煙。

❷ Nos dijo que fuéramos a cenar a su casa a las siete de la noche.
他跟我們說，要我們晚上七點去他家吃晚餐。

◆ 假設

與現在、未來事實相反的假設，或假定現在、未來都不可能發生的事情，條件句（Oración condicional）中「主要子句」（Apódosis）的動詞用條件簡單式，「從屬子句」（Prótasis）的動詞用未完成虛擬式。

 ❶ Si yo tuviera dinero, compraría un Merced Benz.
從屬子句　主要子句
如果我有錢，我會買一輛賓士。

❷ Si no lloviera, el partido seguiría.
如果沒有下雨，比賽會繼續。

未完成虛擬式的動詞詞尾變化，除了上述列出的規則變化，還有一些動詞是以不規則變化的形式出現。請看下列表格動詞範例：

	Andar 走	**Dar 給**	**Leer 唸**
Yo	anduviera	diera	leyera
Tú	anduvieras	dieras	leyeras
Él, Ella, Usted	anduviera	diera	leyera
Nosotros	anduviéramos	diéramos	leyéramos
Vosotros	anduvierais	dierais	leyerais
Ellos, Ellas, Ustedes	anduvieran	dieran	leyeran

	Caber 包含	**Caer 跌倒**	**Hacer 做**
Yo	cupiera	cayera	hiciera
Tú	cupieras	cayeras	hicieras
Él, Ella, Usted	cupiera	cayera	hiciera
Nosotros	cupiéramos	cayéramos	hiciéramos
Vosotros	cupierais	cayerais	hicierais
Ellos, Ellas, Ustedes	cupieran	cayeran	hicieran

	Poder 能	**Poner 放**	**Querer 要**
Yo	pudiera	pusiera	quisiera
Tú	pudieras	pusieras	quisieras
Él, Ella, Usted	pudiera	pusiera	quisiera
Nosotros	pudiéramos	pusiéramos	quisiéramos
Vosotros	pudierais	pusierais	quisierais
Ellos, Ellas, Ustedes	pudieran	pusieran	quisieran

	Saber 知道	**Ver 看**	**Ir 去**
Yo	supiera	viera	fuera
Tú	supieras	vieras	fueras
Él, Ella, Usted	supiera	viera	fuera
Nosotros	supiéramos	viéramos	fuéramos
Vosotros	supierais	vierais	fuerais
Ellos, Ellas, Ustedes	supieran	vieran	fueran

	Ser 是	**Venir 來**
Yo	fuera	viniera
Tú	fueras	vinieras
Él, Ella, Usted	fuera	viniera
Nosotros	fuéramos	viniéramos
Vosotros	fuerais	vinierais
Ellos, Ellas, Ustedes	fueran	vinieran

◆ 語法

未完成虛擬式在當直接受詞的名詞子句裡可以表達三種不同的時態。

範例 ❶ Le dije que viniera **ayer**.
主要子句　名詞子句
我跟他說過昨天要過來。

❷ Le dije que viniera **hoy**.
主要子句　名詞子句
我跟他說過今天要過來。

❸ Le dije que viniera **mañana**.
主要子句　名詞子句
我跟他說過明天要過來。

動詞viniera使用未完成虛擬式具有下列幾點含意：

(1)主要子句裡動詞的時態是過去式，名詞子句裡的動詞時態也必須搭配過去式的時態。

(2)在上述三句裡，主要子句和名詞子句的主詞不一樣，後者受到前者主觀意志的影響，也就是說，主要子句的主詞（yo）是向名詞子句的主詞（él）下達命令或要求，這時名詞子句裡的動詞必須使用虛擬式。在上述三句範例，主要子句的動詞dije（我說）是簡單過去式，名詞子句裡的動詞必須用未完成虛擬式（imperfecto de subjuntivo）。

上述的語法解釋提到了一個很重要的觀念：「動詞時態的一致性」。簡單地說，名詞子句或從屬子句裡動詞的時態必須配合主要子句動詞的時態。上面三句範例中，若主要子句的動詞變成現在式，名詞子句裡的動詞就必須使用現在虛擬式（presente de subjuntivo）。除了表達命令的含意外，還有動作將要發生的意義。

範例 ❶ Le digo que venga **ahora mismo**.
主要子句　　　　名詞子句
我跟他說現在馬上過來。

❷ Le digo que venga **mañana**.
主要子句　　　　名詞子句
我跟他說明天要過來。

既然名詞子句裡的動詞表達的是將要發生的動作，且主要子句裡的動詞是現在式，我們剛剛有提到句法上動詞時態前後必須一致這個觀念，因此名詞子句裡時間副詞「昨天」的使用造成這句話不合語法（符號⊗表錯誤）。

▶⊗ Le digo que venga *ayer*.
我跟他說昨天要過來。

11. 愈過去完成式

Verbos	Singular	Plural
TRABAJAR 工作	había trabajado habías trabajado había trabajado	habíamos trabajado habíais trabajado habían trabajado

Verbos	Singular	Plural
COMER 吃	había comido habías comido había comido	habíamos comido habíais comido habían comido
ABRIR 打開	había abierto habías abierto había abierto	habíamos abierto habíais abierto habían abierto

◆ **時態**

時態上，句子裡的動詞都是過去式，為使其前後關係明確，動作先發生的使用愈過去完成式（Pluscuamperfecto de indicativo），另一個則使用簡單過去式（indefinido）。

範例 ❶ Ya me lo habían contado, por eso no me sorprendió.
他們早就跟我說了，所以我不驚訝。

❷ Cuando llegamos a casa, ya se habían marchado.
我們回到家時，他們已經先離開了。

◆ **表達過去人物的經驗：「曾經」、「有過」**

範例 ▶Mi abuelo nunca había ido al extranjero.
我的祖父從來沒出過國。

有關「虛擬式、假設法」的使用，我們在第五章會做詳細的說明與解釋。以下我們分別介紹虛擬式的動詞變化。首先必須了解的是，虛擬式因不同的時態其動詞變化也不一樣。

12. 現在完成虛擬式

Verbos	Singular	Plural
TRABAJAR 工作	haya trabajado hayas trabajado haya trabajado	hayamos trabajado hayáis trabajado hayan trabajado
COMER 吃	haya comido hayas comido haya comido	hayamos comido hayáis comido hayan comido
ABRIR 打開	haya abierto hayas abierto haya abierto	hayamos abierto hayáis abierto hayan abierto

◆ 假設法的句型

複合句裡，主要子句被否定時，語意上有暗示不確定，此時名詞子句裡的動詞要使用虛擬式。首先，主要子句若是肯定句，其後接的名詞子句裡的動詞是使用現在完成式（perfecto）的時態，一旦主要子句被否定後，語氣上變得不確定，此時名詞子句裡的動詞就改用現在完成虛擬式（perfecto de subjuntivo）的時態。

範例 No creo que José haya venido a verme.
我不認為荷西有來見我。

比較 Creo que José ha venido a verme.
我認為荷西有來見我。

13. 愈過去完成虛擬式

Verbos	Singular	Plural
TRABAJAR 工作	hubiera trabajado hubieras trabajado hubiera trabajado	hubiéramos trabajado hubierais trabajado hubieran trabajado

Verbos	Singular	Plural
COMER 吃	hubiera comido hubieras comido hubiera comido	hubiéramos comido hubierais comido hubieran comido
ABRIR 打開	hubiera abierto hubieras abierto hubiera abierto	hubiéramos abierto hubierais abierto hubieran abierto

◆ 假設法的複合句

複合句裡，主要子句被否定時，語意上有暗示不確定，此時名詞子句裡的動詞要使用虛擬式。首先，主要子句若是肯定句，其後接的名詞子句裡的動詞是使用愈過去完成式（pluscuamperfecto）的時態，一旦主要子句被否定後，語氣上變得不確定，此時名詞子句裡的動詞就改用愈過去完成虛擬式（pluscuamperfecto de subjuntivo）的時態。

範例 Yo no creía que José hubiera venido a verme.
我不認為荷西會來見我。

比較 Creía que José había venido a verme.
我認為荷西有來見我。

◆ 使用於與過去事實相反的假設語句

範例 ▶Si me hubieras despertado, no habría perdido el tren.
如果當時你有叫醒我，我就不會錯過火車了。

= Si me hubieras despertado, no hubiera perdido el tren.

注意

第一句主要子句裡 habría perdido（條件完成式）可以用 hubiera perdido（愈過去完成虛擬式）表達，意義上都是一樣的。

◆ 愈過去完成虛擬式與未完成虛擬式的差別

愈過去完成虛擬式表達的時間是較久遠的過去，如下數線圖上B的位置，未完成虛擬式則是較靠近現在的過去，如下數線圖上A的位置。

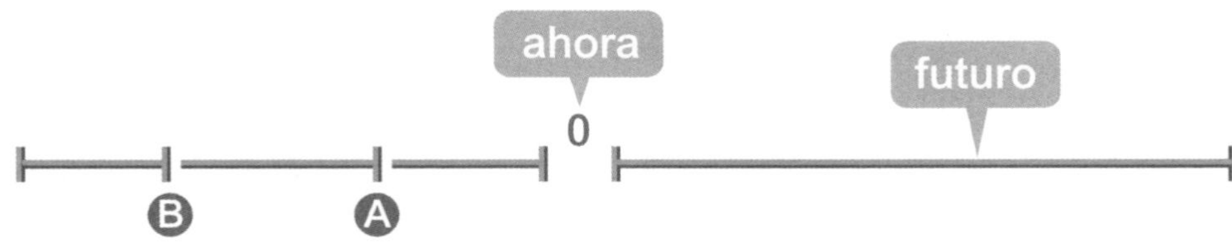

範例 ▶Me alegré de que lo **hicieras**.
主要子句　名詞子句
我很高興你做了那件事。（＝A位置）

Me alegré de que lo **hubieras hecho**.
主要子句　名詞子句
我很高興你之前有做那件事。（＝B位置）

中文在句法上無法像西班牙語可以透過動詞詞尾變化清楚地表達時間的先後順序，語意上事件發生的時間點距離說話者當下是近或遠只能藉由其它副詞補充說明。
此外，主要子句的動詞‘me alegré de’是表示情緒與感覺的動詞，後面接的名詞子句必須使用虛擬式的動詞變化，語法上‘alegrarse de’，其特點是後面一定會接一介系詞，這類動詞西班牙語言學家稱之為「Verbos pronominales反身動詞搭配介系詞」。

◆ 不能和其搭配使用的動詞

語意上，有些動詞不能和愈過去完成虛擬式搭配使用（符號 ⊗ 表錯誤）。

範例 ▶Le pedí **que viniera {ayer / hoy / mañana}**.
主要子句　名詞子句
我請他{昨天 / 今天 / 明天}過來。

▶⊗ Le pedí **que hubiera venido {anteayer / la semana pasada}**.
我請他{前天 / 上星期}過來。

第二句是錯的，因為我們不能對一項「已經完成的動作」hubiera venido（他已過來）之後才做出要求（pedí）。

14. 愈過去式

Verbos	Singular	Plural
TRABAJAR 工作	hube trabajado hubiste trabajado hubo trabajado	hubimos trabajado hubisteis trabajado hubieron trabajado
COMER 吃	hube comido hubiste comido hubo comido	hubimos comido hubisteis comido hubieron comido
ABRIR 打開	hube abierto hubiste abierto hubo abierto	hubimos abierto hubisteis abierto hubieron abierto

按西班牙皇家語言學院字典（R.A.E.）的解釋：時態上，句子裡的動詞都是過去式，動作先發生的使用愈過去式（Pretérito anterior），另一個則使用簡單過去式（indefinido）。此一說明與解釋愈過去完成式（Pluscuamperfecto de indicativo）的用法一樣，不過另一位院士Andrés Bello則進一步指出：愈過去式的使用更強調這兩個動作的發生幾乎是同時的，但仍有先後之分，且常和表同時的連接詞*apenas*, *una vez que*, *cuando*, *en cuanto*一起搭配使用，請看範例：

▶En cuanto hubo amanecido, salimos.
天一亮，我們就離開了。

時態上，〈Pluscuamperfecto de indicativo〉和〈Pretérito anterior〉在本書裡我們稱為「愈過去完成式」和「愈過去式」。後者雖然現在使用到的機會愈來愈少，但在一些文學作品裡仍可見，所以我們還是列出其動詞變化表，並對這一時態的使用時機作一說明。

愈過去式（Pretérito anterior）通常會與表示時間的連接詞，例如：apenas（一…就…）、una vez que（一…就…）、cuando（當…）或en cuanto（在…時候）連用。句中從屬子句裡的動詞使用愈過去式（Pretérito anterior），表達該動作先發生，而另一個緊跟其後發生的動作則使用簡單過去式（indefinido）。因為與上述時間連接詞使用，句意上有強調「一怎麼樣，就怎麼樣」的意思。

❶ Apenas hube terminado el trabajo, sonó el teléfono.
我一完成工作，電話就響了。

❷ En cuanto hubo terminado la entrada de datos, hizo clic en Guardar.
他一完成資料輸入就按下確認鍵。

十四個時態與例句

句法上，西班牙語動詞有十四個時態搭配使用，可以說是相當多的，這也意味著這個語言透過文字形式（morfología）與發音（articulación）的表現，能清楚準確地交待所指涉的動作、行為發生的時空背景。下面在介紹如何使用這十四個時態的同時，我們也可以用數線來解釋：在同樣一個句子裡，若有兩個或更多的動作（亦即動詞）出現，句法上如何藉由西班牙語的動詞變化傳達他們彼此間的時態關係。請注意：數字0代表現在（ahora），左邊是過去的時間（pasado），右邊是未來的時間（futuro）。另外，為了方便讀者了解，多一種思考方式，例句中，如果動詞後面出現符號箭頭向下（↓），表示該動作發生的此時此刻就結束了。例如，說（decir）、坐下（sentarse）等。符號圓圈（○）則表示經常、反覆、習慣的動作。符號箭頭向右（→），表示該動作發生了，動作的結束要看箭頭在數線上的位置。

1. 現在式（Presente de indicativo）

範例 ▶Trabajo en esta empresa.
我在這間公司上班。

2. 未完成過去式（Imperfecto de indicativo）

範例 ▶Cuando era pequeño, me levantaba (○) a las 6 de la mañana.
我小時候，早上六點起床。

3. 簡單過去式（Pretérito indefinido）

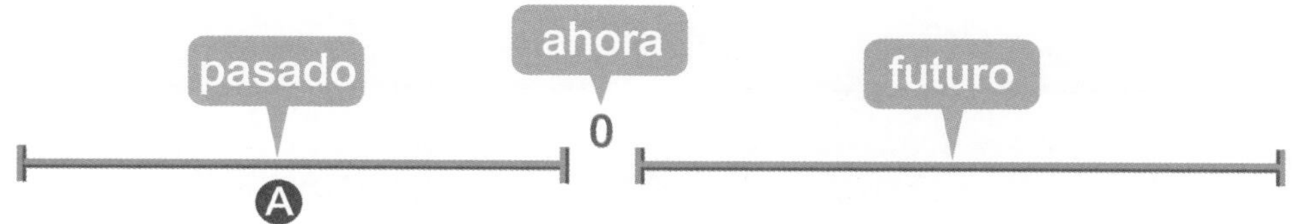

範例 ▶Ayer comí (A) a la s dos de la tarde.
我昨天下午三點吃飯。

4. 未來式（Futuro）

範例 ▶Llegaremos enseguida.
我們馬上就到了。

5. 簡單條件式（Condicional simple）

範例 ▶Te ayudaría si pudiera.
可以的話，我會幫你。*（事實是我現在沒辦法幫你。）*

6. 現在虛擬式（Presente de sujuntivo）

範例 ▶Quiero que estudies más.
我希望你多用功點。

7. 未完成虛擬式（Imperfecto de subjuntivo）

範例 ▶¡Quién pudiera volver a empezar!
真希望能重新開始！

8. 現在完成式（Perfecto de indicativo）

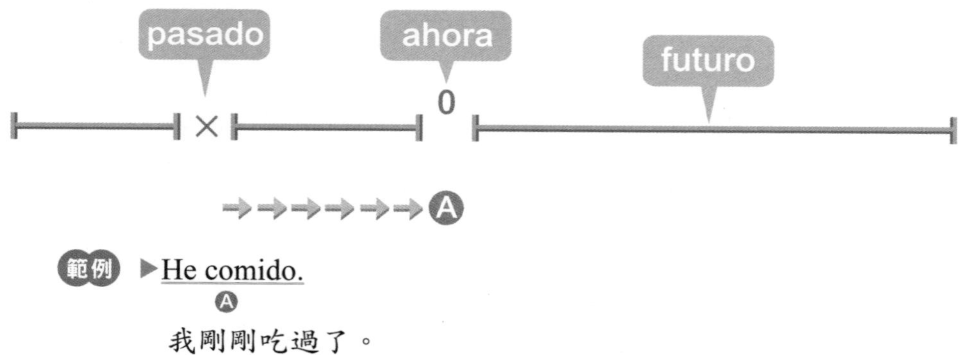

範例 ▶He comido.（Ⓐ）
我剛剛吃過了。

9. 愈過去完成式（Pluscuamperfecto de indicativo）

範例 ▶Cuando llegué a casa, se habían ido.

Ⓐ Ⓑ

我到家時，他們已經離開了。

10. 愈過去式（Pretérito anterior）

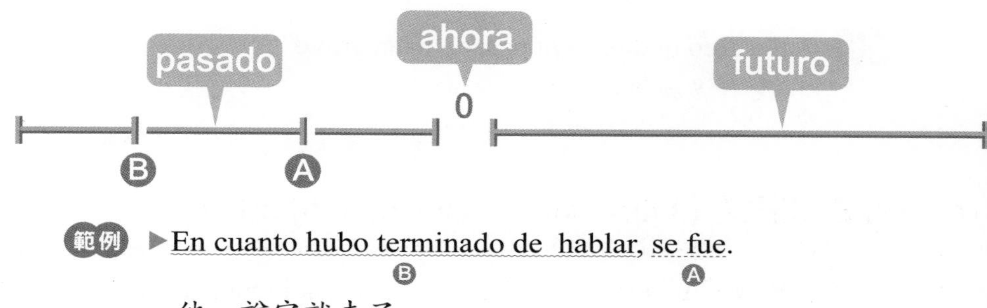

範例 ▶En cuanto hubo terminado de hablar, se fue.

Ⓑ Ⓐ

他一說完就走了。

11. 未來完成式（Futuro perfecto）

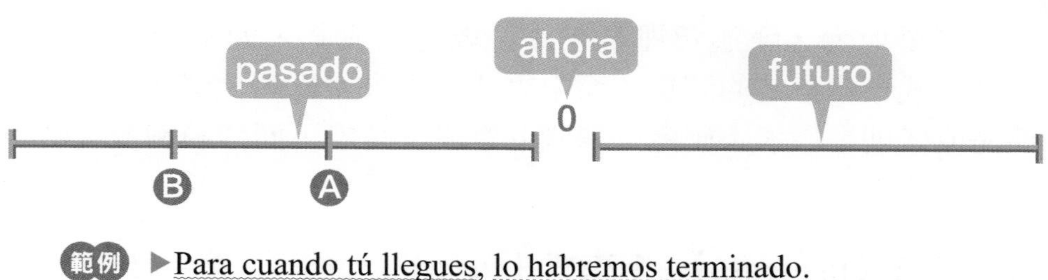

範例 ▶Para cuando tú llegues, lo habremos terminado.

Ⓐ Ⓑ

當你到時，我們應該結束了。

12. 複合條件式（Condicional compuesto）

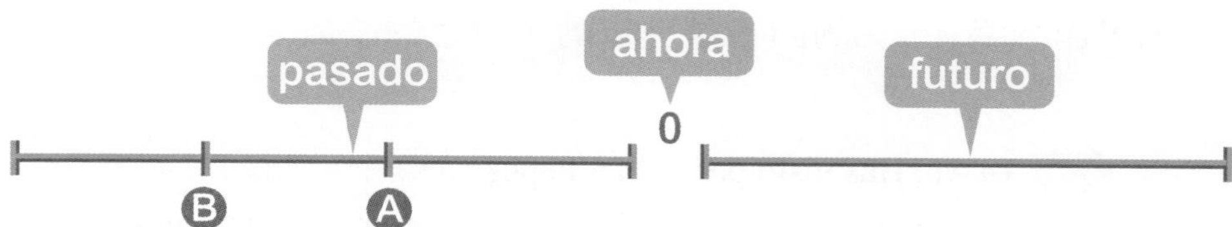

 ▶Lo habría entregado a tiempo pero luego quise cambiar cosas.

Ⓑ (Lo habría entregado a tiempo) Ⓐ (luego quise cambiar cosas)

我應該可以即時交出去，不過後來我想修改些東西。

13. 現在完成虛擬式（Perfecto de subjuntivo）

範例 ▶No creo que le haya pasado nada grave.
我不認為他發生什麼嚴重的事。

14. 愈過去虛擬式（Pluscuamperfecto de subjuntivo）

範例 ▶Si me hubiera acordado, te lo habría/hubiera prestado antes.
如果我那時候記得，我應該會先借給你。

● 肯定與不確定語氣時態的使用與比較

簡單地說，陳述句裡現在式、現在完成式、簡單過去式和愈過去完成式表達肯定的語氣；而未來式、未來完成式、條件簡單式和條件完成式則是表達不確定，猜測的意思。請看下面的範例及說明：

1. 現在式（presente）/ 未來式（futuro）

範例 ❶ A: ¿Has visto por aquí a Pepe?
B: Está estudiando en la biblioteca.

這組對話裡，A問到：「你有在這兒看見貝貝？」B回答：「他在圖書館念書。」B的回答是確定的，肯定的語氣。

範例 ❷ A: ¿Has visto por aquí a Pepe?
B: No sé, estará estudiando en la biblioteca, supongo.

這組對話裡，A一樣問到：「你有在這兒看見貝貝？」B回答：「我不知道，他應該在圖書館念書。」B的回答是不確定的語氣。

2. 現在完成式（perfecto）/ 未來完成式（futuro perfecto）

範例 ❶ A: ¿Has visto por aquí a Pepe?
B: Ha bajado a tomar una merienda.

這組對話裡，A問到：「你有在這兒看見貝貝？」B回答：「他已經下樓去喝下午茶（吃點心）。」B的回答是確定的，肯定的語氣。

範例 ❷ A: ¿Has visto por aquí a Pepe?
B: No sé, habrá bajado a tomar una merienda.

這組對話裡，A一樣問到：「你有在這兒看見貝貝？」B回答：「他可能下樓去喝下午茶（吃點心）。」B的回答是不確定的語氣。

3. 簡單過去式（indefinido）/ 條件簡單式（condicional simple）

範例 ❶ A: ¿A dónde fue (él) anoche?
B: Fue al cine con su novia.

這組對話裡，A問到：「昨晚他去哪裡？」B回答：「他和他女朋友去看電影。」B的回答是確定的，肯定的語氣。

範例 ❷ A: ¿A dónde fue (él) anoche?
B: ¡Que yo sepa! Saldría como siempre con su novia.

這組對話裡，A一樣問到：「昨晚他去哪裡？」B回答：「我怎麼會知道！他總是跟他女朋友出門。」B的回答是不確定的語氣。

4. 愈過去完成式（pluscuamperfecto）/ 條件完成式（condicional compuesto）

 ❶ A: ¿Lo habían preparado todo lo necesario?
B: Sí. Lo habían preparado todo lo necesario.

這組對話裡，A問到：「他們已經準備好所有需要的東西？」B回答：「是的，他們已經準備好所有需要的東西。」B的回答是確定的，肯定的語氣。

 ❷ A: ¿Lo habían preparado todo lo necesario?
B: ¡Pues no lo sé! Supongo que para esa hora lo habrían preparado todo.

這組對話裡，A一樣問到：「他們已經準備好所有需要的東西？」B回答：「嗯，我不知道。我猜想到時候他們應該已經準備好所有的東西了。」B的回答是確定的，肯定的語氣。

● 簡單過去式和未完成過去式比較

簡單過去式（Indefinido）和未完成過去式（Imperfecto）的使用對許多初學者來說是不容易的，一方面是中文漢字沒有詞尾變化這樣的構詞形態，像是少了一座跨越鴻溝的橋樑，無法從自身母語去體會西班牙語這兩種過去式時態的差異，另一方面，我們較熟悉的英語，它的過去式也沒有簡單過去式和未完成過去式的區別，換句話說，初學者要透過大量閱讀、練習去培養語感，才能體會到文字裡隱藏言外之意。

下面我們列舉幾段短文，加上語法解釋，希望幫助讀者在反覆朗讀，仔細思索後能掌握這兩個時態使用的時機和個別要傳達的語意。

1. fue和era語意上的差別

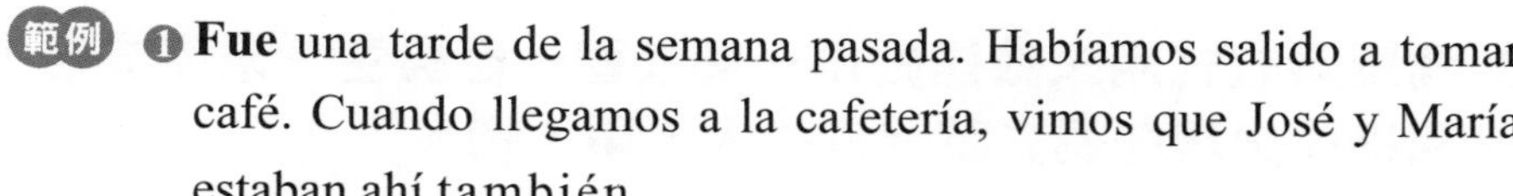

範例 ❶ **Fue** una tarde de la semana pasada. Habíamos salido a tomar café. Cuando llegamos a la cafetería, vimos que José y María estaban ahí también.

Era una tarde de la semana pasada. Habíamos salido a tomar café. Cuando llegamos a la cafetería, vimos que José y María estaban ahí también.

那是上星期的一個下午。我們出去喝咖啡。我們到咖啡店時，看見荷西和瑪麗亞也在那裡。

第一句動詞fue是簡單過去式，說話者使用這一個時態的態度是對過去發生的事件做一敘述，陳述事實。第二句使用動詞era，是未完成過去式，說話者有意把自己說話的時間點帶回當時發生事件的時空背景，讓聽話者有親身經歷，宛如置身在當下的感覺。

範例 ❷ La desesperación se adueñó de todos porque aquel tren **fue** el último.

人們內心裡充滿了絕望，因為那是最後一班火車。

La muchedumbre no respetó las consignas porque aquel tren **era** el último.

群眾都不理會標語，因為那會是最後一班火車。註6

註6 這兩句話取自 Curso de perfeccionamiento 1, p.31.

第一句我們可以想像逃難時，車站擠滿了人潮，說話者使用動詞簡單過去式fue，陳述事實：那是最後一班火車，不會再有下一班火車了。第二句語意上雖說也是最後一班火車，但動詞era是未完成過去式，使用era有描述當時最後一班火車來時的情景，並暗示「不確定是否為最後一班火車」。

2. 簡單過去式用來敘述動作一個接著一個發生，未完成過去式用來描述出現在過去時間裡的人、事、物。

範例 Abrí la puerta y vi allí un hombre. **Era** un hombre alto y delgado; **llevaba** un traje oscuro y **tenía** barba. Me pidió dinero; su voz **era** agradable y no **parecía** la voz de un mendigo. Le di el dinero y se marchó.

我打開門，然後看到一位老人。他個子高高瘦瘦；身上穿著一件暗色衣服，臉上蓄鬍。他向我要了錢；他的嗓聲愉悅，不像是個乞討人。我給了他錢，之後他就走了。註7

3. 未完成過去式除了上述第2點，用來描述出現在過去時間裡的人、事、物外；對於過去某一段時間裡，經常、持續或反覆的行為，也使用未完成過去式表達。

範例 **Íbamos** todos los días a la misma casa. **Era** una casa grande y vieja; **tenía** los cristales rotos, **estaba** muy sucia y **había** también muebles desvencijados por todas pares. **Entrábamos**, **jugábamos** un rato entre aquellos muebles, que **parecían** sombras de fanasmas y **hacía** unos ruidos extraños, y de pronto **echábamos** todos a correr.

我們每天都會去同樣那間屋子。那是一間大又老的房子；有

註7 這段短文取自 Curso de perfeccionamiento 1, p.28.

著破碎的玻璃窗，顯得很髒亂，有些搖搖晃晃的家俱散落在屋內各處。我們進到屋裡，在那些看似鬼魅，發出怪聲的家俱間嘻鬧玩耍一陣，突然間我們全部的人開始狂奔。註8

4. 簡單過去式用來敘述動作一個接著一個發生，未完成過去式表達過去某一段時間裡，經常、持續或反覆的動作。

範例 **Estaba** en casa solo y aburrido, entonces fui a mi cuarto, cogí un libro, me tiré encima de la cama y me puse a leer. Leí cuatro o cinco páginas y me quedé dormido. Mientras **dormía** oí un ruido, me desperté y me levanté de un salto; miré por todas partes, pero no vi nada.

我獨自一個人在家，覺得無聊，所以我去我的房間，拿起一本書，往床上一躺，開始看起書來。我讀了四、五頁就睡著了。就在我睡著的時候，我聽到一個吵雜聲，我醒來，立刻起身；環顧四周，但是什麼也沒看見。註9

● 動詞時態一致性

「西班牙語動詞時態一致性」指的是複合句裡，名詞子句或從屬子句裡的動詞時態（例如範例❶的Ⓑ）必須配合主要子句裡的動詞時態（例如Ⓐ）。以陳述式（Indicativo）範例❶為例，主要子句Ⓐ裡的動詞如果是現在式（presente）或未來式（futuro），名詞子句Ⓑ裡的動詞可以是現在式（presente）或現在完成式（perfecto）。名詞子句Ⓑ句法功用（función）上是當動詞（creer）的直接受詞（complemento directo）。其餘範例中，動詞時態一致性請讀者自己閱讀，若有疑問可回到前面的單元複習各個時態名稱與動詞變化。

註8 這段短文取自 Curso de perfeccionamiento 1, p.28.

註9 這段短文取自 Curso de perfeccionamiento 1, p.27.

第四章

動詞篇 → 動詞時態一致性

1. 陳述式

範例 ❶ Creo que te {*llama*① / *ha llamado*②} María.
Ⓐ Ⓑ

①我認為（現在是）瑪麗亞打電話給你。

②我認為瑪麗亞有打電話給你。

❷ {Creí / creía} que te {*llamaba*① / *llamó*② / *llamaría*③} María.

①我認為瑪麗亞一直有打電話給你。*（過去經常的行為）*

②我認為瑪麗亞有打電話給你。*（過去發生的事實）*

③我認為瑪麗亞會打電話給你。*（過去將要發生的行為）*

❸ {Creo / creí / creía} que te *había llamado* María.

我認為瑪麗亞有打電話給你。*（較久遠過去發生的事實）*

❹ {Creo / creí / creía} que te *habría llamado* María.

我認為瑪麗亞應該有打電話給你。*（對較久遠過去的行為臆測）*

❺ Creo que te *llamará* María.

我認為瑪麗亞會打電話給你。*（對將要發生的行為臆測）*

❻ Creo que te *habrá llamado* María.

我認為瑪麗亞應該有打電話給你。*（對最近發生的行為臆測）*

2. 虛擬式

若上述陳述式（Indicativo）範例中的例句，主要子句Ⓐ是否定形式，從屬子句Ⓑ裡的動詞就必須搭配相關的虛擬式（Subjuntivo）時態。其理由是：主要子句Ⓐ裡的動詞被否定後，說話者認為所表達的內容已變成不確定，而虛擬式正是表達此一不確定的內涵。

 ❶ No creo que te {*llame* ① / *haya llamado* ②} María.
Ⓐ Ⓑ

①我不認為瑪麗亞打電話給你。*(對現在或將要發生的行為臆測)*

②我認為瑪麗亞有打電話給你。*(對最近發生的行為臆測)*

❷ No {creí / creía} que te *llamara* María.
我不認為瑪麗亞會打電話給你。*(對過去將要發生的行為臆測)*

❸ No {creo / creí / creía} que te *hubiera llamado* María.
我不認為瑪麗亞有打電話給你。*(對較久遠過去的行為臆測)*

3. 虛擬式時態整理

名詞子句裡虛擬式時態的使用必須配合主要子句裡動詞的時態，下面我們整理列出所有虛擬式時態使用的時機。要注意的是：主要子句裡的動詞若使用條件簡單式：me gustaría，時態上視為過去式，因此後面接的名詞子句裡動詞也必須是過去時態的虛擬式。從語用的角度來看，me gustaría，是婉轉客氣地表達希望的意思，可用於說者的當下。

◆ presente: 說話者表達的時間是「現在」

範例 ▶ 現在虛擬式：Me encanta que se marche a España **hoy**.
我很高興他今天動身前往西班牙了。

未完成虛擬式：Me gustaría que se marchara a España **hoy**.
我希望他今天動身前往西班牙。

◆ futuro: 說話者表達的時間是「未來」

範例 ▶ 現在虛擬式：Me encanta que se marche a España **mañana**.
我很高興他明天動身前往西班牙了。

未完成虛擬式：Me gustaría que se marchara a España **mañana**.
我希望他明天動身前往西班牙了。

◆ **pasado: 說話者表達的時間是「過去」**

範例 ▶ 未完成虛擬式：Me encantó que se marchara a España **ayer**.
我很高興他昨天動身前往西班牙了。

◆ **pasado anterior: 說話者表達的時間是「較遠的過去」**

範例 ▶ 愈過去完成虛擬式：Me encantó que se hubiera marchado a España.
我很高興他已經動身前往西班牙了。

◆ **pasado próximo: 說話者表達的時間是「靠近現在的過去」**

範例 ▶ 現在完成虛擬式：Me encanta que se haya marchado a España.
我很高興他已經動身前往西班牙了。

◆ **futuro anterior: 說話者表達的時間是「未來將完成的動作」**

範例 ▶ 未來完成虛擬式：

- Me encantará que, para entonces, se haya marchado a España ya.
  我會很高興，到那時候，他已動身前往西班牙了。
- Me encantaría que, para entonces, se hubiera marchado a España ya.
  我希望，到那時候，他已動身前往西班牙了。

● 動詞短語（Perífrasis verbales）

在說明西班牙語動詞短語之前，我們先看看下面幾個句子：

範例 ❶ Él *está* estudiando español.
他正在唸西班牙文。

❷ Él ***ha*** estudiado español.
他已唸過西班牙文了。

❸ Él ***debe*** estudiar español.
他應該唸西班牙文。

西班牙語有些助動詞（verbos auxiliares: ***está***、***ha***、***debe***）在與其它非人稱形式的動詞，例如：副動詞（estudiando）、動詞的過去分詞（estudiado）與原形動詞（estudiar）連用時，這種助動詞與非人稱形式的動詞前後搭配形成的短語，我們稱之為動詞短語（Perífrasis verbales）。基本上，助動詞本身已失去大部分的字面意義，不過仍具有語法功用上表達人稱、單複數的功能。相反地，後面接的副動詞、動詞的過去分詞與原形動詞雖是非人稱形式，但是清楚地表達動詞本身字面上的意義。

動詞短語的使用可以讓我們表達語氣和動貌兩種內涵，所以我們可以從這兩種內涵來介紹西班牙語有哪些動詞短語。

1. 表達語氣的動詞短語（Perífrasis modales）

◆ 表達責任、義務（de obligación）

tener que、haber de、haber que、deber + infinitivo（原形動詞）

▶ Tienes que ayudarme.
你必須幫忙我。

▶ He de terminar esto pronto.
我必須趕快做完這事。

▶ Hay que dejar limpia la habitación.
房間要保持乾淨。

▶ Debéis decirme la verdad.
你們必須告訴我實話。

◆ **表達可能性（de probabilidad）**

debe de、venir a + infinitivo（原形動詞）

▶ Él debe de tener menos de treinta años.
他應該少於三十歲。

▶ La casa vino a costar cuarenta millones de pesetas.
這房子要花四千萬西幣。

2. 表達動貌的動詞短語（Perífrasis aspectuales）

◆ **表達開始（aspecto ingresivo）**

ir a + infinitivo（原形動詞）

▶ Ahora estoy cansado, voy a descansar un rato.
我現在累了，我要休息一下。

◆ **表達突然開始（aspecto incoativo）**

echar a、ponerse a、romper a + infinitivo（原形動詞）

▶ Se echó a reír, sin saber por qué.
不知為何，他突然大笑。

▶ Ponte a trabajar, que ya es la hora.
（你）開始工作了，是時候了。

▶ Rompió a llover a cántaros.
突然下起大雨了。

◆ 表達持續（aspecto durativo）

estar、andar、seguir + gerundio（副動詞或動詞進行式）

▶ Estamos comiendo ahora.
我們現在在吃中飯。

▶ Él siempre anda metiéndose en líos.
他總是讓自己置身在麻煩中。

▶ Sigo trabajando en esta universidad.
我繼續在這所大學工作。

◆ 表達結果（aspecto resultativo）

tener、ser、llevar、estar + participio（動詞過去分詞）

▶ Tenía leídas muchas noticias sobre este asunto.
我讀了許多有關此事件的新聞。

▶ Ya llevo estudiadas todas las preguntas.
我已經把所有問題研究過了。

▶ El vaso fue roto por aquel muchacho.
這杯子被那小男孩打破了。

▶ La cafetería está cerrada.
這間咖啡廳關著。

■ 練習題

I. 請填入適當的字或動詞變化，使之成為合乎語法、句法的句子。

1. Tú ________ (trabajar) demasiado.
2. Lo ________ (yo, hacer) ahora por si acaso se me olvida.
3. ¿Cómo ________ (llamarse, tú)?
4. ¿Cómo ________ (escribirse) tu nombre? ¿y de apellido?
5. ¿Qué lenguas ________ (hablar, tú)?
6. ¿Qué lenguas ________ (hablarse) en España?
7. ¿Cómo ________ (decirse) "bien" en inglés?
8. ¿De dónde ________ (ser) tu profesora?
9. ¿Dónde ________ (vivir) tú?
10. ¿Qué ________ (hacer) usted?
11. ¿Qué ________ (estudiar, vosotros)?
12. Buenos días, ¿me ________ (poder, usted) dar el teléfono del hospital?
13. ¿ ________ (Tener, tú) hora?
14. ¿Qué número de teléfono ________ (tener, ustedes)?
15. ¿ ________ (Ser) usted la señora Pérez?
16. ¿Cuántos años ________ (tener, usted)?
17. ¿Cómo ________ (ser) tu amiga María?
18. ¿ ________ (Hablar, ustedes) español?
19. Sí, puedo ________ (hablar) español, francés e inglés.
20. ________ (Ir, nosotros) al cine. ¿Vienes con nosotros?
21. "Good morning" ________ (decirse) 'Buenos días' en español.
22. Aquella chica ________ (llamarse) María.
23. Todas las mañanas ________ (levantarse, nosotros) a las ocho.
24. Yo ________ (trabajar) en Kaohsiung.
25. María ________ (trabajar) en Taipei.
26. Nosotros ________ (vivir) en Tainán.
27. Juan y Juana ________ (vivir) en Taiwán.

28. Usted ________ (comer) en casa.
29. Tú ________ (comer) en casa.
30. Vosotros ________ (abrir) el libro.
31. Yo ________ (abrir) el libro.
32. Nosotros ________ (tomar) el café.
33. Ustedes ________ (tomar) el café.
34. Yo ________ (ser) Rosa.
35. Nosotros ________ (ser) estudiantes.
36. - ¿Cómo ________ (estar) usted?
    - Yo ________ (estar) bien. Gracias.
37. - ¿Cómo ________ (llamarse) usted?
    - Yo ________ (llamarse) Luis.
38. El número de estudiantes que hablan español en esta escuela ________ (ser) de unos 300 personas.
39. ¿Qué lenguas ________ (hablar, tú)?
40. ¿Qué lenguas ________ (hablarse) en Japón?
41. ¿Cómo ________ (decirse) “bien” en inglés?
42. ¿Dónde ________ (vivir, vosotros)?
43. Buenos días, ¿me ________ (poder, vosotros) dar el teléfono del hospital San Carlos?
44. ¿Cuántos años ________ (tener) su padre?
45. ¿Cómo ________ (ser) tus amigas?
46. ¿Cuánto ________ (costar) este libro?
47. ¿Cuál ________ (ser) la capital de España?
48. ¿Cuántos habitantes ________ (tener) Kaohsiung?
49. ¿Cuánto ________ (durar) la clase?
50. ¿Cuál ________ (ser) tu dirección?
51. ¿Toledo ________ (estar) muy lejos de aquí?
52. Paco ________ (levantarse) a las ocho de la mañana.
53. Su clase ________ (empezar) a las tres de la tarde.

54. ________ (ser) la una en punto.
55. Tengo que ________ (lavarse) las manos.
56. José y Luis ________ (ser) profesores.
57. Nosotros ________ (lavar) la ropa dos veces a la semana.
58. Tú ________ (soñar) con fantasmas.
59. Este niño ________ (sentarse) en la silla, es muy nervioso.
60. María ________ (vestirse) muy bien.
61. Así ________ (empezar) todo.
62. Yo ________ (saber) que estás leyendo un cómic.
63. Paco ________ (ser) alto y ________ (llevar) gafas.
64. La noche ________ (caer), brumosa ya y morada.
65. La luna ________ (venir) con nosotros, grande, redonda, pura.
66. ¿ ________ (saber) tú quién es aquel señor que lleva gafas de sol?
67. Tus ojos ________ (ser) negros.
68. No saben qué ________ (hacer).
69. La casa ________ (desaparecer) como un sótano.
70. Sobre el escudo de la bandera de España. El escudo ________ (constar) de cuatro cuarteles, en los cuales ________ (verse): un león, un castillo, unas barras rojas y unas cadenas.
71. El león. ________ (ser) fácil ________ (comprender) que representa al reino del mismo nombre.
72. El castillo. El castillo ________ (representar) al reino de Castilla.
73. Las barras. Las barras nos ________ (recordar) a Cataluña y Aragón, unidos en un solo reino por el casamiento de Doña Petronila de Aragón, con Ramón Berenguer IV de Cataluña.
74. Las cadenas: ________ (ser) el blasón que nos recuerda a Navarra.
75. Las columnas de Hércules: se quiere ________ (hacer) referencia al reciente descubrimiento de América, que amplió tanto el límite de los dominios de Imperio español.
76. El yugo y las flechas: ________ (ser) símbolos que ________ (tomarse)

también de los Reyes Católicos, para indicar que la España actual quiere vivir del espíritu inmortal de los creadores de la unidad de España.

77. Hoy no ________ (yo, estudiar) nada.
78. Hoy ________ (ser) un día estupendo.
79. Todavía no ________ (emepzar) la clase de español.
80. No ________ (ellos, venir) a la fiesta.
81. Juan no ________ (terminar) la carrera de la universidad todavía.
82. Nunca ________ (nosotros, conocer) a una persona tan fea.
83. Jamás ________ (yo, tomar) un café tan amargo.
84. Este verano María y Luisa ________ (ir) a la playa a tomar el sol.
85. Aún no ________ (el jefe, llegar) a la reunión.
86. Este año ________ (subir) mucho el precio de la gasolina.
87. Siempre ________ (hacer) bien en su trabajo.
88. Esta mañana ________ (nosotros, desayunar) muy temprano.
89. María ________ (desayunar) con pan y un café esta mañana.
90. Pepe ________ (jugar) al tenis esta tarde con sus amigos.
91. Nosotros ________ (comer) paella en un restaurante español.
92. ¿Qué ________ (tú, cenar) esta noche?
93. Yo ________ (cenar) un par de huevos esta noche.
94. Yo ________ (perder) dos gafas de sol este año.
95. En toda mi vida ________ (yo, ver) un asunto tan horrible como éste.
96. Me ________ (llamar) Luis hace un rato.
97. Mi bicicleta ________ (estropearse) dos veces en los últimos meses.
98. No ________ (nosotros, tener) ninguna noticia suya hasta ahora.
99. Os ________ (decir) el profesor muchas veces que tenéis que estudiar español al menos veinte minutos un día.
100. ________ (llover) mucho esta semana.
101. Yo ________ (suspender) dos asignaturas este curso.
102. Ayer no ________ (yo, estudiar) nada.
103. Ayer ________ (ser) un día estupendo.

104. El jueves pasado la clase de español ________ (emepzar) a las 10:00.
105. No ________ (ellos, venir) a la fiesta anoche.
106. Juan ________ (terminar) la carrera de la universidad el año pasado.
107. El otro día ________ (yo, tomar) un café muy amargo en aquella cafetería.
108. El verano pasado ________ (María y Luisa, ir) a las Isalas Canarias a tomar el sol.
109. Anteayer ________ (el jefe, llegar) tarde a la reunión.
110. El mes pasado ________ (subir) mucho el precio de la gasolina.
111. María ________ (desayunar) con pan y un café esa mañana.
112. Pepe ________ (jugar al tenis) esa tarde con sus amigos.
113. Pepe ________ (jugar al tenis) aquella tarde con sus amigos.
114. Esa noche nosotros ________ (cenar) en un restaurante italiano.
115. Aquella noche nosotros ________ (cenar) en un restaurante francés.
116. ¿Qué ________ (comprar, tú) ayer por la tarde?
117. Yo ________ (comer) un montón en las navidades
118. Yo ________ (perder) dos gafas de sol en julio.
119. Me ________ (Luis, llamar) hace mucho tiempo.
120. Mi bicicleta ________ (estropearse) la semana pasada.
121. No ________ (yo, tener) ninguna noticia suya hasta ese momento.
122. ________ (llover) mucho aquí en 2005.
123. Yo ________ (ir) a hacer la mili en 1994.
124. Pedro ________ (oír) un grito y ________ (volverse) rápidamente.
125. Decoraré la casa ________ a mí me gusta.
126. Pórtate con ellos ________ te dicte tu conciencia.
127. Haré cualquier cosa con tal de que ________ (ser, tú) feliz.
128. Te dejo el coche ________ que seas prudente.
129. Vete adonde quieras ________ no se entere la policía.
130. Voy de vacaciones ________ tengo tiempo.
131. Siempre que ________ (ponder, tú) haz un poco de ejercicio.

132. Te tratarán como a un rey ________ puedas pagarlo.
133. ________ estoy en casa me siento como un rey.
134. Pela patatas ________ pico la cebolla.
135. ________ haberte odiado, te habría abandonado.
136. ________ ser posible, termínalo ahora mismo.
137. ¡Que te ________ (ir) bien!
138. ¡Quién ________ (poder) volver a empezar!
139. ¡Quién lo ________ (saber) a tiempo!
140. ¡Si ________ (tener) ahora veinte años!
141. ¡ ________ me hubieran dado las mismas oportunidades!
142. ¡ ________ no aparezcan por aquí!
143. ¡Ojalá ________ (estar) en tu lugar!
144. ¡Ya me ________ (ser) míos esos terrenos!
145. ¡ ________ me lo hubieran ofrecido a mí!
146. ¡ ________ se caiga por las escaleras y se rompa la cabeza!
147. ¡ ________ te mueras!
148. Quizás nadie le ________ (explicar) la verdad.
149. Lo hará, ________ por mi bien, pero no me gusta.
150. ________ que fuera muy duro, pero a mí me ayudó.
151. ________ han venido, pero no los he visto.
152. ________ llamarán, hay que estar atentos.
153. ________ mañana tendremos buen tiempo ¿no crees? (毫無疑問地)
154. Llévate el paraguas ________ llueve.
155. Díselo tú ________ se entere por otro lado.
156. Me lo llevé ________ lloviera.
157. ________ cuando ________, te escribiré.
158. Si te enfadas, ________ (enfadarse), no me preocupa.
159. Si se va, que ________ (irse), a mí me da igual.
160. Cantase o riese, no lograba que ________ (fijarse, ellos) en ella.
161. Lo ________ (saber) o no (lo sepas) ya, tendrás que estudiarlo otra vez.

162. ¡Que ________ (ser) tan ingenuo!
163. ¡Que no ________ (venir)!
164. ¡Qué aires te das! ¡Ni que________ (ser) un rey!
165. ________ (ir) cara que tienes. ¡Ni que te hubieran ofendido!
166. Es ________ nunca hubieras visto algo así.
167. Lo he hecho ________ me lo manden.
168. ________ yo recuerde, esa chica nunca ha estado aquí.
169. Que yo ________ (saber), no se puede entrar sin carnet.
170. Que a mí me ________ (constar), nadie ha pedido ese libro en los últimos meses.
171. ________ de que te gustara, no quería decir que te lo comieras todo.
172. ________ seas mayor no presupone tu superioridad.
173. El hecho de que te lo ________ (decir, yo), demuestra mi buena intención.
174. El que ________ (estar) aquí, me tranquiliza.
175. Oigo la radio ________ me baño.
176. Veían la tele mientras ________ (comer, ellos).
177. Me quedaré aquí mientras ________ (tener, yo) dinero.
178. No ________ (hablar, tú) mientras él toca el piano.
179. Te ayudaré mientras tú me ________ (ayudar, tú).
180. Aquí trabajamos con muchos operarios ________ ellos lo hacen con máquinas.
181. Viejo ________, es más interesante que mucha gente.
182. ________ leyéndolo tres veces, no lo entenderás.
183. ________ pidiéndomelo de rodillas, volveré a hacer una cosa así.
184. Será muy guapo, ________ a mí no me gusta.
185. Si ________ (entender, tú), harás bien el ejercicio.
186. Si ________ (ser, yo) pez, me pasaría el tiempo bajo el agua.
187. Si ________ (estar, tú) a mi lado, no me habría pasado eso.
188. Si ________ (tener, yo) tus años, actuaría de otra manera.

189. Si me hubiera acordado, te lo ________ (prestar, yo) antes.
190. Si no hubiera llovido ayer, ________ (poder, nosotros) ir al campo hoy.
191. Si fuera tan tonto como ________ (decir, tú), no se ________ (haber) defendido como lo hizo.
192. Si ________ (encontrar, tú) alojamiento, dímelo.
193. Si ________ (llover), no salgas.
194. ________ llueve, no salgas.
195. ________ es el director, no se nota nada.
196. Si tenía dificultades, le ________ (ayudar, yo) en sus deberes.
197. Deja a la perra encerrada ________ mi tía se asuste.
198. Deja a la perra encerrada para que no ________ (asustarse, ella).
199. Explicó el problema de modo que todos lo ________ (entender, ellos).
200. Esta película ya la tengo de modo que no la ________ (grabar, yo).
201. Como no ________ (aprobar, tú), me pondré muy triste.
202. Como no ________ (aprobar, tú), tienes que estudiar durante el verano.

II. 現在進行式：請將左邊句子裡的動詞改為進行式

1. El profesor borra algo de la pizarra. / El profesor ________ algo de la pizarra.
2. El chico tira la basura en la papelera. / El chico ________ la basura en la papelera.
3. El chico escucha la música. / El chico ________ la música.
4. El señor mira e indica algo de lejos. / El señor ________ algo de lejos.
5. El señor lee el periódico. / El señor ________ el periódico.
6. La chica busca cosas en el bolso. / La chica ________ cosas en el bolso.
7. La señorita escribe. / La señorita ________.
8. El chico abre la puerta. / El chico ________ la puerta.
9. La chica bebe agua caliente. / La chica ________ agua caliente.
10. El chico mete un libro en el bolso. / El chico ________ un libro en el bolso.

III. 未完成過去式與簡單過去式：請填入適當之動詞變化[註10]

1. ________ (estar, yo) en casa solo y aburrido, entonces ________ (ir, yo) a mi cuarto, ________ (coger, yo) un libro, ________ (tirarse) encima de la cama y ________ (ponerse) a leer. ________ (leer, yo) cuatro o cinco páginas y ________ (quedarse) dormido. Mientras ________ (dormir), ________ (oír) un ruido, ________ (despertarse) y me levanté de un salto; ________ (mirar) por todas partes, pero no ________ (ver) nada.
2. Cuando ________ (ser, yo) niña, ________ (ir) los fines de semana con mis padres a visitar a los abuelos. Mientras los mayores ________ (hablar), yo ________ (salir) al jardín y ________ (silbar) un poquito. El niño del jardín de al lado ________ (salir) enseguida y ________ (sonreír). Yo, entonces, ________ (sentir) vergüenza y entraba corriendo en casa.
3. ________ (ir, nosotros) todos los días a la misma casa. ________ (ser) una casa grande y vieja; ________ (tener) los cristales rotos, ________ (estar) muy sucia y ________ (haber) también muebles desvencijados por todas partes. Entrábamos, jugábamos un rato entre aquellos muebles, que ________ (parecer) sombras de fantasmas y hacían unos ruidos extraños, y de pronto echábamos todos a correr.
4. El año pasado todas mis clases ________ (comenzar) a las ocho, menos los jueves, que ________ (empezar) a las nueve y media. Si el tiempo ________ (ser) bueno, ________ (ir) en bicicleta o incluso me ________ (dar) tranquilamente un paseo.
5. Cuando ________ (llegar, yo) a España ________ (tener) veinte años, ________ (conocer) a Juana, ________ (enamorarse), ________ (casarse) rápidamente. ________ (tener) un hijo y ________ (divorci-

---

[註10] 此處範例參考取材於 Juan Felipe García Santos (1988), Español -Curso de perfeccionamiento, Universidad de Salamanca, Salamanca; Selena Millares, et. al. (1996), Método de español para extranjeros, de 3 niveles, Madrid, Edinumen.

arse).

6. ________ (abrir, yo) la puerta y ________ (ver) allí un viejo. ________ (ser) uno alto y delgado, ________ (llevar, él) una traje sucio y ______ __ (tener) barba. Me ________ (pedir) dinero. Le ________ (dar, yo) el dinero y ________ (marcharse, él).
7. Todos los días ________ (salir, él) temprano de casa y se ________ (ir) al trabajo, pero siempre, mientras ________ (desayunar), me ______ __ (contar) alguna historia bonita que él mismo ________ (inventar) en aquel momento.
8. Mi padre siempre me ________ (traer) algo. Recuerdo que un día me ________ (traer, él) un balón de fútbol europeo. Yo no ________ (saber) cómo ________ jugar pero mi padre, que ________ (ser) muy aficionado, me ________ (enseñar, él).
9. ________ (ser) las doce cuando ________ (llegar, nosotros). ________ (haber) allí unas personas y entre ellas ________ (estar) Juana. Me ____ ____ (dirigir) hacía ella, pero enseguida ________ (notar) que mi presencia le ________ (molestar), así que ________ (disimular, yo) como pude y ________ (acercarse, yo) a la barra.
10. ________ (ser) ya las doce de la noche y me ________ (parecer) que __ ______ (llamar) a la puerta. ¿Quién ________ (llamar) a estas horas? —________ (pensar) yo. ________ (acercarse, yo) con cuidado, ____ ____ (mirar, yo) por la mirilla y no ________ (ver) a nadie. ________ (abrir, yo) la puerta y efectivamente no ________ (haber) nadie allí. __ ______ (marcharse, él) o ________ (oír, yo) mal —pensé. Pero en aquel momento vi cómo ________ (moverse) algo en el rellano de escalera: ________ (ser) un gato que ________ (salir) corriendo asustando.

動詞的時態、語氣、動貌
(Tiempo, modo y aspecto del verbo)

西班牙語動詞本身可表達的三個內涵——時態、語氣、動貌，都是透過動詞詞尾變化，也就是藉由外在的形式明確地傳遞動詞本身擔負的語法功用。

■ 本章重點

- 西班牙語動詞介紹
- 時態、語氣、動貌
- 虛擬式、假設法的使用
- 陳述句中表達肯定與可能性之動詞時態轉換

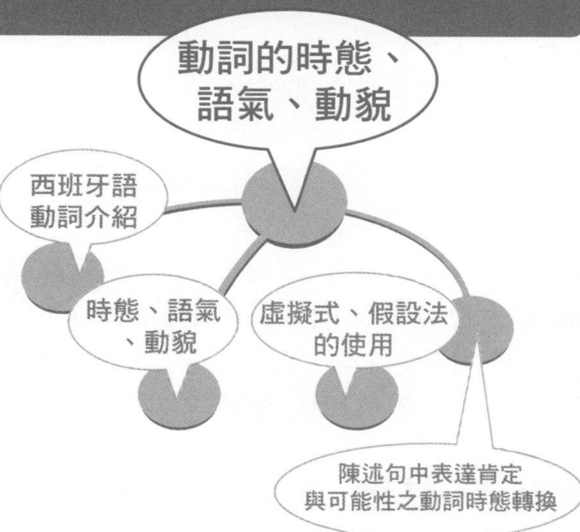

● 西班牙語動詞介紹

西班牙語動詞本身可表達三個內涵：時態（Tiempo）、語氣（Modo）、動貌（Aspecto）。

1. 時態

西班牙語動詞簡單地說可以表達過去式、現在式與未來式。若要細分則可以分成十四個時態。

2. 式

又稱為「語氣」，語言學家一般會將西班牙語的動詞按說話者的態度分成「陳述式」（el modo indicativo）、「虛擬式」（el modo subjuntivo）和「命令式」（el modo imperativo）。

3. 動貌

動貌的含意比較抽象，我們以動詞 canté 與 cantaba 為例，canté 傳達的語意是一個動作的結束，發生在過去，不管動作進展的過程；cantaba 則強調動作進展的過程與持續性。

上述西班牙語動詞的三個內涵都是透過動詞詞尾變化（inflexión），也就是藉由外在的形式（forma）明確地傳遞動詞本身擔負的語法功用。事實上，西班牙語動詞除了具備時態、語氣、動貌這三種本質，它還可以表達第一、二、三人稱之單複數。

● 時態、語氣、動貌

下面我們藉由西班牙語動詞第一人稱的詞尾變化，並依動詞的十四個時態、陳述式、虛擬式列舉出範例。

1. 陳述式（Modo indicativo）

時態	動詞	例句
Presente de indicativo 現在式	*llamo*	▶ Estudio español. 我唸西班牙語。
Perfecto compuesto 現在完成式	*he llamado*	▶ He hecho los deberes esta tarde. 今天下午我有做功課。

時態	動詞	例句
Imperfecto 未完成過去式	*llamaba*	► Cuando era pequeño, siempre me levantaba a las 6 de la mañana. 我小時候每天都早上六點起床。
Pluscuamperfecto 愈過去完成式	*había llamado*	► Cuando llegamos a casa, ellos se habían marchado. 我們到家時他們已經離開了。
Indefinido 簡單過去式	*llamé*	► Ayer cuando estaba en la biblioteca, vi a María. 昨天我在圖書館的時候看見瑪麗亞。
Pretérito anterior 愈過去式	*hube llamado*	► No bien se hubo marchado, empezó a llover a cántaros. 他一離開就開始下大雨了。
Futuro 未來式	*llamaré*	► Llegaré tarde a clase si no viene el autobús ahora. 如果公車現在不來，我上課就要遲到了。
Futuro perfecto 未來完成式	*habré llamado*	► Cuando lleguemos a casa, se habrán marchado. 我們到家時，他們可能已經離開了。 ► Los cristales están rotos. Habrán sido los niños que los han roto. 玻璃破了。應該是小孩子打破的。
Condicional simple 簡單條件式	*llamaría*	► Juan me dijo que vendría más tarde. 璜跟我說他會慢點到。 ► Si estudiaras más ahora, aprobaría el examen de mañana. 如果你現在多用功一點，明天的考試應該會過。

時態	動詞	例句
Condicional compuesto 複合條件式	*habría llamado*	▶ Si (él) hubiera estudiado más, habría aprobado el examen. 他如果有多用功一點，考試應該會過。 ▶ Los cristales estaban rotos. Habrían sido los niños que los habían roto. 玻璃破了。應該是小孩子打破的。

2. 虛擬式（Modo subjuntivo）

時態	動詞	例句
Presente de subjuntivo 現在虛擬式	*llame*	▶ Quiero que venga (ella). 我要她來。
Perfecto 現在完成虛擬式	*haya llamado*	▶ No creo que María haya hablado con el director. 我不認為瑪麗亞已經跟主任說了。
Imperfecto 未完成虛擬式	*llamara*	▶ Quería que viniera (ella). 我當時想要她來。
Pluscuamperfecto 愈過去虛擬式	*hubiera llamado*	▶ Si no hubiera nevado ayer, habríamos llegado a casa. 昨天如果沒有下雪，我們可能早就到家了。 ▶ Si no hubiera nevado ayer, llegaríamos a casa ahora. 昨天如果沒有下雪，我們現在應該到家了。

我們也可以用數線解釋動詞的動貌、時態、語氣彼此間的關係。數字0代表現在，左邊是過去的時間，右邊是未來的時間，以動

詞Cantar（唱歌）為例：動作Canté（我唱歌）時態上是一簡單過去式（indefinido），在數線上僅只一點的位置，表示該動作已結束完成。另一個動作Cantaba（我唱歌）是一未完成過去式（imperfecto），在數線上是A、B兩點間的距離（可長可短），強調動作的持續、反覆經常的習慣。要注意的是：Canté和Cantaba都是發生在過去的動作，不過，說話者想要表達的重點是兩者「動作發生的過程」；句法上，這個動作如何發展的過程才是「動貌」的真正意義。動詞He cantado（我唱歌）時態上亦是一過去完成式（perfecto），動作發生的時間開始於過去，其結束點是說話者心中認為靠近的現在，或是剛剛完成。

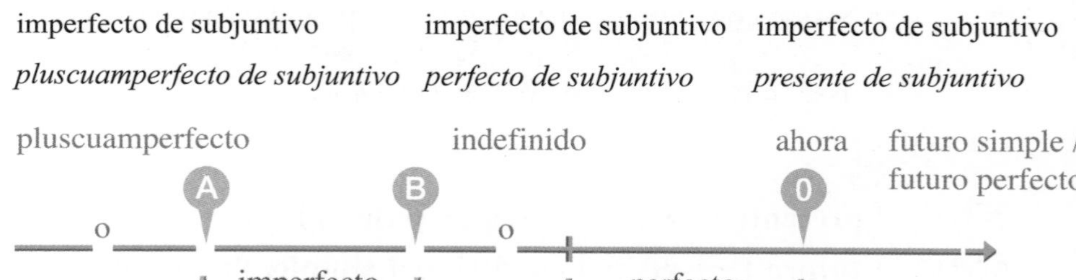

總之，動詞變化配合十四個時態的表現，說話者讓聽話者很清楚了解到所指涉的動作、行為確切發生的時間是在過去、現在還是未來。

另一個影響動詞變化的重要因素是「語氣」：動詞的外在形式，也就是動詞變化，同時透露出說話者的情感、心理層面。簡單地說，子句裡的動詞變化必須配合主句裡的動詞時態、語氣，由此展現出合乎語法的西班牙語。

1. 動詞時態的搭配轉換（El esquema de transformación temporal）

有關句子裡動詞時態一致性我們在第四章有介紹過，不過只限於複合句（oración compleja）中名詞子句（oración sustantiva）當直接受詞的情形。下面我們將討論複合句裡主要子句（oración principal）和從屬子句（oración subordinada）動詞時態的搭配轉換（El esquema de transformación temporal）之規則。請看下面範例，符號（→）表示動詞（V_2） 從第❶句到第❷句時態的改變，也就是說子句裡的動詞（V_2） 時態因主句裡的動詞（V_1） 改變而必須做改變。

◆ **若❶V_1:（presente）→ ❷V_1:（imperfecto, indefinido）**
則❶V_2:（presente）→ ❷V_2:（imperfecto, indefinido）

範例 ❶ No me concentro cuando ***están*** gritando los niños en la calle.
V_1 *V_2: presente de indicativo*

❷ No me concentraba cuando ***estaban*** gritando los niños en la calle.
V_1 *V_2 : imperfecto*

小孩子在街上的尖叫聲讓我無法專心。

◆ **若❶V_1:（presente）→ ❷V_1:（tiempo pasado）**
則❶V_2:（futuro）→ ❷V_2:（condicional simple, iba a+infinitivo）

範例 ❶ Te aseguro que ***haré*** todo lo posible para ayudarte.
V_1 *V_2 : futuro*

❷ Te aseguré que ***haría*** todo lo posible para ayudarte.
V_1 *V_2 : condicional simple*

我向你保證會盡一切可能幫忙你。

◆ **若❶V_1:（presente）→ ❷V_1:（tiempo pasado）**
則❶V_2:（futuro perfecto）→ ❷V_2:（condicional compuesto）

範例 ❶ Creemos que ellos ***habrán aceptado*** esas condiciones.
V_1 *V_2 : futuro perfecto*

❷ Creíamos que ellos ***habrían aceptado*** esas condiciones.
V_1 *V_2 : condicional compuesto*

我們相信他們應該會接受那些條件。

◆ 若❶V_1:（presente）→ ❷V_1:（tiempo pasado）
則❶V_2:（pretérito perfecto）→ ❷V_2:（pretérito pluscuamperfecto）

範例 ❶ Creemos que ellos ***han tomado*** otra decisión.
V_1 V_2 : *pretérito perfecto*

❷ Creímos que ellos ***habían tomado*** otra decisión.
V_1 V_2 : *pretérito pluscuamperfecto*

我們相信他們做了另外的決定。

◆ 若❶V_1:（presente, tiempo pasado）→ ❷V_1:（tiempo pasado）
則❶V_2:（pretérito indefinido）→ ❷V_2:（pretérito pluscuamperfecto o no cambia）

範例 ❶ Nos han dicho que ***cambiaron*** la fecha de la convocatoria.
V_1 V_2 : *pretérito indefinido*

❷ Nos dijeron que ***habían cambiado*** la fecha de la convocatoria.
V_1 V_2 : *pretérito pluscuamperfecto*

他們跟我們說他們已經更改了開會日期。

◆ 若❶ V_1:（presente, tiempo pasado）→ ❷V_1:（tiempo pasado）
則❶ V_2:（imperativo）→ ❷V_2:（imperfecto de subjuntivo）

範例 ❶ Queremos que ***aceptes*** colaborar con nosotros.
V_1 V_2 : *imperativo/presente de subjuntivo*

❷ Queríamos que ***aceptaras*** colaborar con nosotros.
V_1 V_2 : *imperfecto de subjuntivo*

我們想要你接受與我們合作。

◆ 若❶ V_1:（presente）→ ❷V_1:（tiempo pasado）
則❶ V_2:（pretérito perfecto de subjuntivo）→ ❷V_2:（pretérito pluscuamperfecto de subjuntivo）

範例 ❶ Es muy extraño que aún no ***hayan*** llegado.
V_1 V_2 : *perfecto de subjuntivo*

❷ Era muy extraño que aún no ***hubieran*** llegado.
V_1 V_2 : *pluscuamperfecto de subjuntivo*
很奇怪他們還沒有到。

◆ **若❶ V_1:（presente）→ ❷V_1:（tiempo pasado / condicional simple）**
則❶ V_2:（presente de subjuntivo）→ ❷V_2:（imperfecto de subjuntivo）

(1)名詞子句動詞之時態表「現在」：

範例 ❶ Me encanta que ***vengas*** hoy.
V_1 V_2 : *presente de subjuntivo*
❷ Me encantaría que ***vinieras*** hoy.
V_1 V_2 : *imperfecto de subjuntivo*
我很高興你今天會來。

(2)名詞子句動詞之時態表「未來」：

範例 ❶ Me encanta que ***vengas*** mañana.
V_1 V_2 : *presente de subjuntivo*
❷ Me encantaría que ***vinieras*** mañana.
V_1 V_2 : *imperfecto de subjuntivo*
我很高興你明天會來。

(3)名詞子句動詞之時態表「過去」：

範例 ▶Me encantó que ***vinieras*** ayer.
V_1 V_2 : *presente de subjuntivo*
我很高興你昨天有來。

(4)名詞子句動詞之時態表「愈過去」：

範例 ▶Me encanta que ***hubieras*** venido.
V_1 V_2 : *presente de subjuntivo*
我很高興你（那時）有來。

2. 動詞的種類

我們知道動詞是句子的靈魂，而西班牙語的動詞在句法、語意上擔負的責任尤其多。下面我們介紹西班牙語動詞的種類與其語法上肩負的功用。

◆ 聯繫動詞（verbos copulativos o atributivos）

聯繫動詞可分為三種：

⑴完全聯繫動詞（verbos copulativos puros）：
例如：*ser*、*estar*、*parecer* 註 。

⑵假聯繫動詞（verbos pseudo-copulativos）：
例如：*volverse*、*ponerse*、*hacerse*、*quedarse*。後面必須接述語補語（complemento predicativo）。

範例 ▶El desierto se ha hecho oasis.
沙漠變成綠洲了。

⑶半聯繫動詞（verbos semi-copulativos）：
後面可接或不接主詞補語，句法上不受影響，但語意上有些不同。

範例 ▶Anoche llegamos muy cansados.
昨晚我們到時很疲憊。

註 有關完全聯繫動詞（verbos copulativos puros）：*ser*、*estar*請參閱本人著作：*基礎西班牙語文法速成*。台北，五南圖書出版公司，民106/08三版。

◆ 及物動詞（verbo transitivo）

及物動詞後面必須接受詞補語（complemento directo）。受詞如果是人、有生命體，前面必須加介系詞 a。

❶ Visitamos el Museo Prado.
我們參觀普拉多美術館。

❷ Vi a María en la escuela.
我在學校看到瑪麗亞。

◆ 不及物動詞（verbo intransitivo）

不及物動詞後面不接任何受詞。例如：nacer、morir、correr等。

▶Nací en el año 1971.
我出生於一九七一年。

◆ 反身動詞（verbos pronominales o reflexivos）

反身動詞（verbos pronominales o reflexivos）的使用方式請參閱本書第二章。反身動詞的變化，我們以動詞原型llamarse（叫）為例，在做六個人稱變化時，反身代名詞SE必須移到動詞左邊與動詞分開，而動詞仍依六個人稱做規則的詞尾變化。

主格	反身代名詞	動詞
Yo我	Me	llamo
Tú你	Te	llamas
Usted您, Él他, Ella她	Se	llama

主格	反身代名詞	動詞
Nosotros我們	Nos	llamamos
Vosotros 你們	Os	llamáis
Ustedes您們, Ellos他們, Ellas她們	Se	llaman

要注意的是：第三人稱的反身代詞其單數和複數都是用SE，又表示禮敬的人稱usted亦是用SE，因此為避免語意傳達不清的情況，通常會將主格人稱說出。例如：¿Cómo se llama? 這句話，有可能是問「您叫什麼名字？」或「他叫什麼名字？」所以，為了明確表達所指涉的人稱，我們會這樣說：¿Cómo se llama usted?（您叫什麼名字？）¿Cómo se llaman aquéllos chicos?（那些男孩什麼名字？），也就是把主格人稱的部分說出來，讓聽話者很清楚明白。

◆ 及物動詞（verbo intransitivo）+ 情境補語（complemento circunstancial）

雖然及物動詞後面一定要接受詞補語，不過後面仍須再接情境補語，這樣句意才完整。

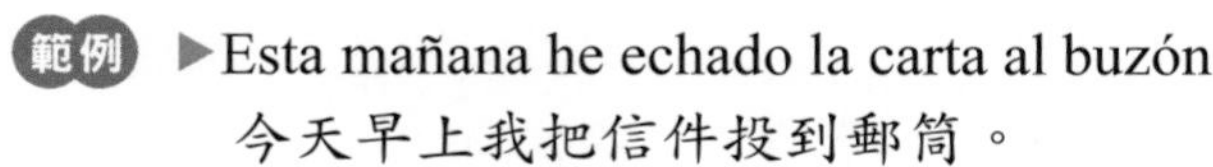

範例 ▶Esta mañana he echado la carta al buzón.
今天早上我把信件投到郵筒。

◆ 缺位動詞（verbo defectivo）

例如：*soler*（*suelo*$_{\text{(presente)}}$, *solía*$_{\text{(imperfecto)}}$）、*acabar de* (*acabo de* $_{\text{(presente)}}$, *acababa de*$_{\text{(imperfecto)}}$)、*hacer* (*hace frío*$_{\text{(impersonal)}}$, *desde hace dos días* $_{\text{(3ª persona)}}$)。這類動詞不像一般動詞，例如：*hablar*，其人稱（persona）、時態（tiempo）、語氣（modo）的變化皆有，因此稱為缺位動詞。同屬於缺位動詞的還有*competer*（屬於……職權）、*concernir*（涉及、對……有關）、*atañer*（牽涉）、*acontecer*

（發生）、*acaecer*（發生）等。比較特別的是後述這些動詞只能以第三人稱的形式出現，因此也就只能有單數或複數變化。

範例 ❶ Eso compete al ayuntamiento.
那歸市政府管。

❷ Esto concierne a los intereses de la nación.
這關係到國家的利益。

❸ Esto no me atañe.
這與我無關。

❹ Aconteció lo que suponíamos.
我們料想的事發生了。

◆ 不完全不及物動詞（verbos de suplemento）

不完全不及物動詞後面接介系詞補語（complemento preposicional或稱為suplemento）。例如：*insistir en*、*cuidar de*、*asistir a*等。

範例 ▶Insisto en que tienes la culpa.
我堅持是你錯了。

◆ 動詞短語（Perífrasis verbales）

(1)與不定詞連用：

①表示「開始」（incoativa）：

例如：*empezar a*、*estar para*、*estar a punto de*、*decidirse a*、*ir a*、*ponerse a*、*romper a*、*meterse a*、*echar (se) a*等。

範例 ▶Cuando se lo dijeron, se echó a temblar.
當他們告訴他時，他開始顫抖。

②表示「結束」（terminativas）：

例如：*llegar a*、*acabar de*、*terminar por*、*dejar de*、*acabar por* 等。

範例 ▶Acabamos de enterarnos de que hoy es tu cumpleaños.
我們剛剛才知道今天是你的生日。

③表示「反覆」（repetición）：

例如：*volver a* 等。

範例 ▶Ayer volví a soñar lo mismo, ¡qué raro!
昨天我又夢到一樣的事，真奇怪！

④表示「應該」（obligación）：

例如：*deber*、*haber de*、*haber que*、*tener que* 等。

範例 ▶Hemos de encontrar una solución.
我們應找出解決方式。

⑤表示「可能、猜測」（suposición, apróximación）：

例如：*deber de*、*venir a* 等。

範例 ❶ Él debe de tener 10 años en esa foto.
在那張照片裡他應該有十歲。

❷ Él viene a decir lo mismo que mis padres.
= Dice apróximadamente lo mismo que mis padres.
他所說的跟我父母差不多沒兩樣。

⑥表示「意圖」（intencionalidad）：

例如：*tratar de*、*ir a*、*pensar*、*venir a* 等。

範例 ▶Estamos tratando de convencerlo para que cambie de coche.
我們都試著說服他換一部車。

⑦表示「記得」（acordar）：
例如：*quedar en*。

範例 ▶Hemos quedado en cenar a las ocho.
我們已約好八點吃晚餐。

⑧*Estar por*：
如果主詞是事物，表示「事情尚未完成」（acción que no se ha realizado aún）；如果主詞是人，則表示「想要、欲」（intención）。

範例 ❶ La casa está por limpiar.
房子要打掃。

❷ Estoy por irme.
我正要離開。

(2)與現在分詞連用表示「持續」：
例如：*ir*、*venir*、*seguir*、*andar*、*acabar*、*salir*等。

範例 ▶Con este calor, vamos a seguir trabajando.
雖然天氣很熱，我們仍繼續工作。

(3)與過去分詞連用表示「完成」：
例如：*ir*、*llevar*、*tener*、*quedar*、*quedarse*、*dejar*、*ser*、*andar*、*seguir*等。

範例 ▶Llevo leídas veinte páginas del libro.
這本書我已讀了二十頁。

◆ 動詞gustar的使用

有一些西班牙語動詞在句法結構上與中文不同，例如：bastar（足夠）、gustar（喜歡）、encantar（令人高興）、importar（對……重要）。這些動詞除了與上述「缺位動詞」一樣，只能以第三人稱單數或複數的形式出現，它們的主詞出現在動詞右邊，受詞反而是在左邊。請看下面範例，並比較中文、西班牙語的句法結構：

範例 ❶ Me gusta el español.
受詞　主詞（單數）
我喜歡西班牙語。

❷ Me gustan los chocolates.
受詞　主詞（複數）
我喜歡巧克力。

❸ No me gusta que vengas tan tarde.
受詞　主詞（名詞子句當主詞視為單數）
我不喜歡你這麼晚來。

西班牙語這一類動詞以gustar為例，在語法上可以解釋成「西班牙語令我喜歡」，「西班牙語」一詞是單數名詞做主詞，因此，動詞gustar用第三人稱單數gusta，「我」在西班牙語句子裡當受詞。

● 虛擬式、假設法的使用

西班牙語動詞的虛擬式，又稱假設法，是句法中最複雜、繁瑣的一項內容。不過學習者若能潛心學習，就會發現虛擬式如同「聯繫動詞」（verbos copulativos）*SER*, *ESTAR*一樣，除了構詞學（morfología）外在形式（forma）的表現，句法上不同動詞間的相互關係也展現出說話者內在細膩的思維模式。A. López García（1996:37）在他的文法書中有一段描述虛擬式的特色，很清楚地表達此一語法內涵，我們節錄原文如下：

> *el subjuntivo surge cognitivamente como consecuencia de la proyección del YO en otra cosa, es el modo de la volición [...], y el indicativo el modo de la declaración, lo cual supone un equilibrio, una neutralidad entre el YO y el TÚ. [...]. En una expresión compleja de la forma "enunciación lexicalizada + ENUNCIADO SUBORDINADO" es necesario que el sujeto de la enunciación (que puede coincidir con el hablante real o no) se proyecte hacia el ENUNCIADO SUBORDINADO y determine en el mismo un modo característico de dicha proyección, el subjuntivo.*

簡單地說，虛擬式指的是子句（ENUNCIADO SUBORDINADO）中的動詞受到主句裡主詞（YO）意志行為（el modo de la volición）（文字上就是動詞）的影響（proyección），如此產生的形式變化，亦即虛擬式的動詞變化。

假設語氣的動詞變化非常多，以下我們將依序詳細介紹其內容，同時提醒學習者，務必在閱讀理解文法規則之後，翻到本章最後面，逐一做完練習題，同時還要配合口語訓練，實際應用，才算是真正學會、掌握西班牙語的假設法虛擬式。

1. 表示「意願」與「影響」的動詞

◆ 句中兩個動詞的主詞是同一個

若句中兩個動詞的主詞都是同一個，則第二個動詞用不定式（infinitivo）（原形動詞）。

 ▶(Yo) quiero aprender (yo) español.
我想學西班牙語。

◆ **句中兩個動詞的主詞不是同一個**

若句中兩個動詞的主詞不是同一個，則子句裡的動詞用虛擬式（subjuntivo）。這一類動詞還有*aceptar*、*desear*、*decidir*、*intentar*、*lograr*、*necesitar*、*negarse a*、*procurar*等。

 ▶(Yo) quiero que aprendas (tú) español.
我要你學西班牙語。

◆ **動詞後面接另一個動詞不定式或虛擬式**

有些動詞（V_1）後面可接另一個動詞不定式（infinitivo）（V_2）或虛擬式（subjuntivo）（V_2），兩種句型語意上是一樣的。這一類動詞還有*causar*、*consentir*、*dejar*、*hacer*、*obligar*、*permitir*、*prohibir*、*exigir*、*recomendar*、*rechazar*、*pedir* 等。

 ▶(Yo) os aconsejo venir.
S_1 S_2 V_1 V_2
= (Yo) os aconsejo que vengáis.
S_1 S_2 V_1 V_2
我勸你們過來一下。

2. 表示「情緒」與「感覺」的動詞

這一類動詞有*agradecer*、*aguantar*、*soportar*、*resistir*、*reprochar*、*lamentar*、*celebrar*、*aprobar*、*descartar*、*gustar*、*molestar*、*satisfacer*、*horrorizar* 等。

◆ **句中兩個動詞的主詞是同一個**

若句中兩個動詞的主詞都是同一個，則第二個動詞用不定式（infinitivo）（原形動詞）。

 ►¿(Tú) Te alegras de verme (Tú)?
你很高興見到我？

◆ **句中兩個動詞的主詞不是同一個**

若句中兩個動詞的主詞不是同一個，則子句裡的動詞用虛擬式（subjuntivo）。

 ►¿(Tú) Te alegras de que me vaya (Yo)?
我離開你很高興？

3.【動詞 ser、estar、resultar、 parecer + Adj. + que + V_2】的句型

句法上，連接詞que引導出的子句稱為「名詞子句」（proposición sustantiva），句法功用上是當句子的主詞。

◆ **形容詞表示肯定、確定的意義時**

如果形容詞是表示肯定、確定的意義，例如：*obvio*、*innegable*、*notable*、*indiscutible*、*irrefutable*、*seguro*、*evidente*、*no hay duda de que*、*no cabe duda de que*、*cierto*、*no se puede negar que*等，子句裡的動詞（V_2）用陳述式（indicativo）。

 ❶ Está claro que nadie los toma en serio.
V_2 *(proposición sustantiva)*
很顯然地，沒有人認真看待。

❷ Es un hecho que está haciendo mal tiempo.
天氣不好是事實。

❸ Parece cierto que anticiparán las elecciones.
人們期盼選舉似乎是真的。

◆ 使用虛擬式時

使用虛擬式（subjuntivo）的情況有下列兩種：

(1)上述句型是否定的：

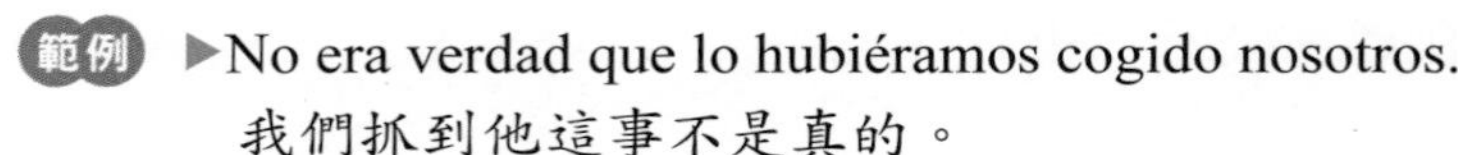
範例 ►No era verdad que lo hubiéramos cogido nosotros.
我們抓到他這事不是真的。

(2)形容詞不是表示肯定、確定的意義：

形容詞不是表示肯定、確定的意義時都適用虛擬式的句型。這一類形容詞像是*bueno*、*importante*、*lógico*、*normal*、*raro*、*feo*、*posible*、*difícil*、*comprensible*、*significativo*、*casual*、*bien*、*mal*、*absurdo*、*doloroso*、*agradable*、*extraño*、*fácil*、*peor*、*conveniente*、*correcto*、*desagradable*、*admirable*、*aconsejable*、*maravilloso*、*interesante*、*mejor*、*justo*、*lamentable*、*necesario*、*lástima*、*peligroso*等。

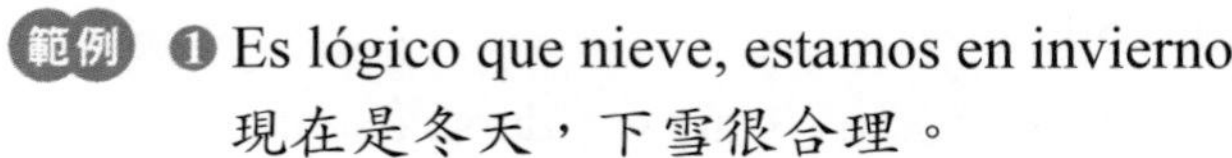
範例 ❶ Es lógico que nieve, estamos en invierno.
現在是冬天，下雪很合理。

❷ Ya era hora de que aparecierais.
是你們該出現的時候了。

第五章

動詞的時態、語氣、動貌

虛擬式、假設法的使用

4. 動詞含有雙重意義的句型

西班牙語中，有一些動詞按說話者的態度可以有陳述式（indicativo）和虛擬式（subjuntivo）兩種語氣（modo）。通常表達客觀的事實就使用陳述式（indicativo）；若是傳達說話者的主觀態度就使用虛擬式（subjuntivo）。從句法的角度來看，只要子句中的動作行為是受到主句裡動詞的影響，那麼子句中的動詞就要用虛擬式（subjuntivo）。

◆ **Decir**

(1)陳述句（indicativo）：
見範例❶，表示「表達、告知」（expresar）。

(2)假設句（subjuntivo）：
見範例❷，表示「要求、命令」（pedir、ordenar）。

範例 ❶ Te he dicho que hoy es lunes.
我跟你說了，今天星期一。

❷ Te he dicho que que compres pan.
我跟你說過買麵包。

◆ **Sentir**

(1)陳述句（indicativo）：
見範例❶，表示「注意到」（notar、darse cuenta）。

(2)假設句（subjuntivo）：
見範例❷，表示「遺憾」（lamentar）。

範例 ❶ Sentía que sus palabras me animaban.
你的話令我感到鼓舞。

❷ Sentía que tuviéramos que marcharnos.
我很遺憾我們必須離開了。

◆ **Convencer**

(1)陳述句（indicativo）：
見範例❶，表示「表示、表達」（demostrar）。

(2)假設句（subjuntivo）：
見範例❷，表示「影響」（influir (para que)）。

範例 ❶ Les convencí de que no tenían razón.
我明確地跟他們說他們沒道理。

❷ Les convencí de que hicieran ese viaje.
我說服他們做那一趟旅行。

◆ **Decidir**

(1)陳述句（indicativo）：
見範例❶，表示「想、認為」（pensar）。

(2)假設句（subjuntivo）：
見範例❷，表示「決定」（determinar）。

範例 ❶ Han decidido que eso es lo mjor.
他們認為那樣最好。

❷ Han decidido que me quede en este puesto.
他們決定讓我留在這位置。

◆ **Acordar**

(1)陳述句（indicativo）：
見範例❶，表示「心中同樣的想法」（pensar de común acuerdo）。

(2)假設句（subjuntivo）：
見範例❷，表示「決定」（decidir, determinar）。

範例 ❶ Acordaron que era la mejor solución.
他們同意那是最好的解決方式。

❷ Acordaron que se cerrara el restaurante.
他們決定把餐廳關了。

◆ **Comprender, entender**

(1)陳述句（indicativo）：
見範例❶，表示「想、注意到」（darse cuenta, pensar）。

(2)假設句（subjuntivo）：
見範例❷，表示「價值判斷」（juicio de valor）。

範例 ❶ Él ha comprendido (entendido) que ha estado equivocado.
他有注意到他錯了。

❷ Comprendo (entiendo) que estés enfadada.
我判斷你在生氣。

◆ **Sentir**

(1)陳述句（indicativo）：
見範例❶，表示「注意到」（darse cuenta）。

(2)假設句（subjuntivo）：

見範例❷，表示「遺憾」（lamentar）。

範例 ❶ Sentí que alguien se acercaba.
我感覺到有人靠近。

❷ Siento mucho que no pudieran venir.
我非常遺憾他們不能來。

5. 表示「言語、了解、感受」的動詞

◆ 使用陳述式（indicativo）的句型

(1)肯定句和疑問句：

範例 ❶ Creo que has cambiado mucho.
我覺得你改變很多。

❷ ¿Has visto que los geranios ya tienen flores?
你看到天竺葵開花了嗎？

(2)主句裡的動詞是否定命令式：

如果主句（proposición principal）裡的動詞是否定命令式，名詞子句（proposición sustantiva）裡的動詞就用陳述式。

範例 ❶ No creas que estoy enfadado.
主句　　名詞子句（當動詞creas的直接受詞）
你別以為我在生氣。

❷ No digas que es imposible antes de intentarlo.
還沒試之前你不要說不可能。

(3)主句後面緊接疑問副詞或主句為否定、疑問句：

如果主句後面緊接下列疑問副詞（adverbios interrogativos）：

si、*qué*、*cuál*、*cómo*、*cuándo*、*cuánto*、*dónde*，或者主句以否定、疑問句的形式出現，子句裡的動詞就用陳述式。

範例 ❶ No recuerdo dónde vive María.
我不記得瑪麗亞住哪裡。

❷ No sé si vendrán.
我不知道他們是否會來。

❸ ¿Sabe usted cuándo van a llegar?
您知道他們什麼時候會到？

◆ 使用虛擬式（subjuntivo）的句型

(1)主句的動詞是否定形式：

如果陳述句（oración enunciativa o declarativa）裡主句（proposición principal）的動詞是否定形式，名詞子句（proposición sustantiva）裡的動詞就用虛擬式。

範例 ❶ No creo que María haya cambiado mucho.
我不覺得瑪麗亞改變很多。

❷ No me dio la impresión de que notara nada.
我印象中沒有察覺到什麼。

(2)說話者持懷疑的態度：

我們在前面提過，西班牙語中有一些動詞按說話者的態度可以有陳述式和虛擬式兩種語氣。除了之前我們列舉的動詞，其它像*parecer*，按說話者確定或懷疑的態度而有陳述式和虛擬式兩種語氣。

範例 ❶ Parece que vinieras de la guerra.
你好像來自戰場。*（事實上完全沒有去戰場這回事）*

❷ Parece que Juan está muy contento con su nuevo empleo.
璜似乎很高興他新的工作。

(3)【Creo que ......】：

【Creo que ......】的動詞雖為現在式，後面接的名詞子句之動詞可以是條件複合式（condicional compuesto）或愈過去虛擬式（pluscuamperfecto de subjuntivo）。指涉的時間都是過去，但是意義有些差別。

範例 ❶ Creo que *habrías* hecho mal.
我覺得你做差了。（暗示「你做不好事情，我有些責任在」）

❷ Creo que *hubieras* hecho mal.
我覺得你做差了。（暗示「是你把事情做不好，與我無關」）

6. 關係形容詞子句與虛擬式的使用

◆ 講述經驗時

通常我們講述經驗，提到已知的事物、情況時，關係形容詞子句裡的動詞就用陳述式。

範例 ❶ Busco la casa de que me hablaste.
我在找你跟我說過的那間房子。

❷ Está aquí el libro que estaba leyendo.
我之前看的那本書在這兒。

◆ 談到陌生的人、事、物時

如果談到的人、事、物是陌生的，也就是非限定的、任一的，則關係形容詞子句裡的動詞用虛擬式。

 ❶ Busco una casa que pueda pagar.
我在找一間我付得起的房子。

❷ Hay alguien que quiera regalarme un coche?
有誰想送我一部車？

❸ Los que quieran ir a la excursión, que se inscriban ahora.
要去郊遊的人現在開始登記。

◆ 主句是否定形式

如果主句是否定的形式，關係形容詞子句裡的動詞也用虛擬式。

 ❶ No hay nada que pueda asustarme.
沒有什麼可以嚇到我。

❷ No existe un lugar donde me sienta mejor que en mi casa.
沒有什麼地方比在自己的家感覺更好。

7. 表「時間」的從屬子句與虛擬式的使用

◆ cuando引導的副詞子句

表時間的從屬連接詞cuando所引導出的副詞子句（proposición subordinada temporal），其動詞可用陳述式和虛擬式兩種。
(1)使用陳述式的句型：

Presente habitual + **cuando** + presente habitual
▶ No me concentro cuando están gritando los niños en la calle. 小孩子在街上尖叫，我無法專心。

Pasado + **cuando** + pasado

▶ Tenía cerca de 50 años cuando yo le conocí.
我認識他時他快五十歲了。

▶ Se dio cuenta de que la quería cuando recibió mi carta.
她收到我的信時有注意到我喜歡他。

⑵使用虛擬式的句型：

Idea de futuro + **cuando** + subjuntivo

▶ Volveré a intentarlo cuando esté yo sola.
等我自己一個人的時候我會再試看看。

『命令式Imperativo』 + **cuando** + subjuntivo

▶ Cómprate ese libro cuando lo veas en cualquier librería.
那本書你如果在任何書店看到的話，把它買下來。

『動詞短語Perifrasis』 + **cuando** + subjuntivo

▶ Voy a decirle todo lo que pienso cuando le vea.
見到他的時候，我會告訴他所有我的想法。

『條件式Condicional』 + **cuando** + subjuntivo

▶ Me dijo que iría a la reunión cuando saliera de clase.
他跟我說下課後他會去開會。

常用表「時間」的從屬連接詞還有：*a medida que*、*en tanto que*、*mientras*、*a la vez que*、*conforme*、*siempre que*、*desde que*、*cada vez que*、*hasta que*、*tan pronto como*、*apenas*、*después de que*、*en cuanto*、*luego que*、*así que*、*nada que*、*no bien*。

◆ cuando表示條件

從屬連接詞cuando表示條件（condicional）時，使用陳述式的句型。

 ❶ Cuando te enfadas, no se puede hablar contigo.
只要（當）你生起氣來，就沒辦法跟你說話。

❷ Cuando estudiáis mucho, sacáis buenas notas.
只要（當）你們非常用功讀書，成績都很好。

8. 表「條件」的從屬子句與虛擬式的使用

◆ 條件從屬子句的動詞時態

表示「條件」的連接詞引導的從屬子句（Prótasis），其動詞可以使用任何陳述式的時態，除了以下的時態不可以使用：

⑴簡單未來式與未來完成式：

簡單未來式（futuro simple）由現在式（presente）替代；未來完成式（futuro perfecto）則由現在完成式（pretérito perfecto）替代。

⑵簡單條件式與複合條件式：

簡單條件式（condicional simple）由未完成虛擬式（imperfecto de subjuntivo）替代；複合條件式（condicional compuesto）則由愈過去虛擬式（pluscuamperfecto de subjuntivo）替代（符號 ⊗ 表錯誤）。

 ❶ Si fuera pez (⊗ si sería), me pasaría el tiempo bajo el agua.
Prótasis
如果我是條魚，我一輩子都在水面下度過。

❷ Si has entendido (⊗ si habrás entendido), harás bien el ejercicio.
如果你已經了解，就把練習做好。

❸ Si hubieras estado (⊗ si habrías estado) a mi lado, no me habría pasado eso.
如果當時你在我身邊，我就不會發生那樣的事。

◆ 虛擬式句型

條件從屬子句（Prótasis）動詞使用虛擬式（subjuntivo）的句型如下：

(1)【Si + imperfecto de subjuntivo + condicional simple】：
表示與現在或未來事實相反的假設。

範例 ▶ Si tuviera tus años, actuaría de otra manera.
假如我有你的年紀，我會有不一樣的表現。

(2)【Si + pluscuamperfecto de subjuntivo + condicional compuesto】、【Si + pluscuamperfecto de subjuntivo + pluscuamperfecto de subjuntivo】：
表示與過去事實相反的假設。

範例 ❶ Si me hubiera acordado, te lo habría prestado antes.
假如我當時記得的話，我會先借給你。

注意
*habría*暗示說話者有參與事件。

❷ Si me hubiera acordado, te lo hubiera prestado antes.
假如我當時記得的話，我會先借給你。

注意
*hubiera*暗示說話者沒有參與事件。

(3)【Si + pluscuamperfecto de subjuntivo + condicional simple】：
條件句表示與過去事實相反的假設，主句表示與現在事實相反的假設。

範例 ▶ Si no hubiera llovido (ayer), podríamos ir al campo (hoy).
假如昨天沒有下雨的話，今天我們就可以去鄉下了。

(4)【Si + imperfecto de subjuntivo + condicional compuesto】、【Si + imperfecto de subjuntivo + pluscuamperfecto de subjuntivo】：
條件句所指涉的時間並無確切，主句則表示與過去事實相反的假設。

範例 ▶ Si fuera tan tonto como dices, no se {habría/hubiera} defendido como lo hizo.
如果他像你說的那麼笨，他不會那樣努力地捍衛自己。

(5)現在虛擬式和現在完成虛擬式：
表示條件的從屬子句（Prótasis），其動詞不可以使用現在虛擬式（presente de subjuntivo）和現在完成虛擬式（pretérito perfecto de subjuntivo）。前者由現在式（presente de indicativo）替代；後者則由現在完成式（pretérito perfecto de indicativo）替代（符號⊗表錯誤）。

範例 ❶ Si has encontrado (⊗ hayas encontrado) alojamiento, dímelo.
如果你找到了住處就告訴我。

❷ Si dices (⊗ digas) la verdad, te perdonaré.
如果你說實話，我就會原諒你。

◆ 表示原因

條件句意義上等於表示「原因」（causal）。

範例 ▶ Si llueve, no salgas.
= Puesto que llueve, no salgas.

假如（＝因為）下雨，你別出門。

◆ 表示讓步

條件句意義上等於表示「讓步」（concesivo）。

 ▶Si usted es el director, no se nota nada.
= {Si bien / aunque} usted es el director, no se nota nada.
假如（＝雖然）您是主任，卻看不出來。

◆ 表示時間

條件句意義上等於表示「時間」（temporal）。

 ▶Si tenía dificultades, le ayudaba como siempre.
= Cuando tenía dificultades, le ayudaba como siempre.
如果（當）他有困難，我一如往常幫他。

◆ 連接詞Como的用法

(1)【條件Condicional + subjuntivo】：

範例 ❶ Como no apruebes, me pondré muy triste.
假如你沒有通過，我會很難過。

❷ Como no te enmiedes, dejaremos de ser amigos.
如果你不改邪歸正，我們就不再是朋友。

(2)【原因Causal + indicativo】：

範例 ▶Como no has aprobado, tienes que estudiar durante el verano.
因為你沒有通過，這個夏天你要唸書。

(3)【方式Modal + indicativo】：

範例 ▶Decoraré la casa como a mí me gusta.
我按我的喜好裝潢我的房子。

◆ 連接詞Con tal de que的用法

(1)表示「目的」：
句意上若表示「目的」（final），使用虛擬式。

範例 ▶Haré cualquier cosa con tal de que seas feliz.
只要你幸福，我會做任何事情。

(2)表示「條件」：
句意上若表示「條件」（condicional），使用虛擬式。

範例 ▶Te dejo el coche con tal de que seas prudente.
只要你小心，我車子借你。

◆ 連接詞Siempre que的用法

(1)表示「條件」：
句意上若表示「條件」（condicional），使用虛擬式。

範例 ▶Vete adonde quieras siempre que no tomes alcohol.
= Vete adonde quieras a condición de que no tomes alcohol.
你想去哪兒就去哪兒，只要不飲酒。

(2)表示「時間」：
句意上若表示「時間」（temporal），使用陳述式。

範例 ▶Voy de vacaciones siempre que tengo tiempo.
= Voy de vacaciones cada vez que tengo tiempo.
每每有空我都會去度假。

◆ 連接詞Mientras的用法

(1)表示「條件」：

句意上若表示「條件」（condicional），使用虛擬式。

範例 ▶Mientras viva, pensaré en usted.
= A condición de que viva, pensaré en usted.
只要我活著，就會想到您。

(2)表示「時間」：

句意上若表示「時間」（temporal），使用陳述式。

範例 ▶Mientras estoy en casa me siento como un rey.
我在家的時候感覺像國王。

◆ 其它表示條件的句型

De + infinitivo（條件句） + frase principal（主句）

▶ De haberte odiado, te habría abandonado.
Prótasis（條件句） *apódosis（主句）*
= Si te hubiera odiado, te habría abandonado.
Prótasis（條件句） *apódosis（主句）*
假如我恨你，早就放棄你了。

A ser posible（條件句） + frase principal（主句）

▶ A ser posible, termínalo ahora mismo.
= Si es posible, termínalo ahora mismo.
如果可能的話，馬上把它結束掉。

A decir verdad（條件句） + frase principal（主句）

▶ A decir verdad, no me cae bien ese señor.
= Si yo digo la verdad, no me cae bien ese señor.
如果要說實話，我對那位先生印象不好。

Gerundio（條件句） + frase principal（主句）

▶ Consultando el diccionario, descubrirás esa palabra.
= Si consultas el diccionario, descubrirás esa palabra.
如果你查看字典，就會發現那個單字。

Participio（條件句） + frase principal（主句）

▶ Visto así, parece otra cosa.
= Si está visto así, parece otra cosa.
假如這樣看，好像另一樣東西。

Imperativo（條件句） + y + futuro（主句）

▶ Insúltale y te romperá la cara.
你若侮蔑他，他會打破你的臉。

Que + {imperfecto / pluscuamperfecto} de subjuntivo（條件句） + frase principal（主句）

▶ Que tuviera yo veinte años, ya verían esos jovencitos.
假如我二十歲，那些年輕人走著瞧。

Prótasis elíptica 條件句動詞的省略

▶ Yo que tú, no lo haría.

= Si yo fuera tú, ...

如果我是你，我不會做。

◆ 條件句完成式

條件句完成式（condicionales perfectos）或稱複合條件式（condicionales compuestos），使用情形如下：

(1)過去將要發生的行為：

例句中的時態都是過去式，不過其中所指涉的動作是過去將要發生的行為（futuro respecto al tiempo pasado），且這兩個動作，一個早於另一個，先發生的動作Ⓑ動詞用複合條件式（condicional compuesto），後發生的動作Ⓐ動詞用未完成虛擬式（imperfecto de subjuntivo）。請看範例並參閱數線圖示。

範例 ▶Me dijo(Ⓒ) que, cuando yo llegara(Ⓐ), ya me habría preparado(Ⓑ) el mapa.

他那時候跟我說(Ⓒ)，我到時(Ⓐ)，他就會把地圖準備(Ⓑ)好了。

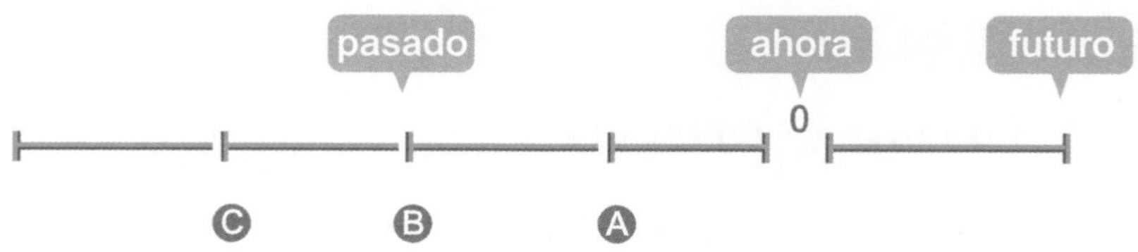

(2)對過去行為的臆測：

動作發生在過去，但是尚未完成。動詞有時可由愈過去虛擬式（pluscuamperfecto de subjuntivo）替代。

範例 ▶Lo habrías visto, pero no estuviste allí.
= Lo hubieras visto, pero no estuviste allí.
你本來應該會看到，但是當時你不在那兒。

(3)對過去可能性的臆測：

複合條件式表達對過去可能性的臆測。

範例 ▶Por entonces ya habría cumplido los cuarenta.
那時候他應該四十歲了。

9. 表「讓步」的從屬子句與虛擬式的使用

◆【**Aunque + indicativo**】

句意上若表示「經驗（experiencia）」、「已知的事實（hechos conocidos）」、「確定（seguridad）」，使用陳述式。

範例 ❶ Aunque no estoy del todo de acuerdo, tampoco te llevo la contraria.
雖然我不是完全同意，但是我也不反駁你。

❷ Lo conseguirá usted, aunque le costará mucho.
您會得到的，雖然您會付出很高的代價。

◆【**Aunque + subjuntivo**】

句意上若表示「非經驗（no-experiencia）」、「未知的事實（hechos conocidos）」、「懷疑的（dudosos）」，使用虛擬式。

範例 ❶ Aunque me haga daño, voy a ese masajista que me han recomendado.
儘管會讓我很痛（受傷），我還是會去找那位他們推薦的按摩師。

注意
現在虛擬式haga表示未來。

❷ Aunque tuvieran problemas, nadie se enteraba de ellos.
雖然他們有問題（困難），卻沒有人注意到。

◆ 意義等於aunque的表達語

下列表達語意義上等於aunque（即使、儘管、不管、雖然）：【por {más / mucho} que】、【aun cuando】、【a pesar de que】、【pese a que】、【por {más / mucho} + sustantivo + que】。後面若接陳述式的動詞，表示說話者的態度較肯定，反之若接虛擬式則表達不確定。

範例 ❶ Por {más /mucho} que lo {piense /pienso}, no es aceptable.
不管我再怎麼想，都是無法接受的。

❷ Aun cuando {resulta / resulte} desagradable, es la verdad.
即使結果是不愉快的，但是事實。

◆ 下列表達語後面接的動詞都用虛擬式（subjuntivo）

【Por (muy) + {adjetivo / adverbio} + que】、【aun a riesgo de que】、【así】、【con todo lo + {adjetivo / adverbio} + que】、【porque】、【mal que】、【por poco que】。

範例 ❶ Por muy hábil que te creas, te engañarán.
儘管你自認為很機敏，你還是會被騙。

❷ Con todo lo que tú digas a su favor, a mí me parece un cerdo.
不管你說再多支持他的話，我都覺得很愚蠢。

❸ Mal que no quiera, vendrá.
即使他不想來也得來。

◆ 下列表達語動詞都用陳述式（indicativo）

【(aun) a sabiendas de que】、【si bien】、【y eso que】、【y mira que】。

範例 ❶ Llegará tarde (aun) a sabiendas de que me molesta.
雖然他明知道我討厭，還是晚到。

❷ Hemos vuelto a equivocarnos y mira que hemos puesto cuidado.
儘管我們已經很小心，我們還是犯錯了。

◆ 其它意義上等於aunque的表達語、句型

Con + infinitivo（讓步句） + frase principal（主句）

▶ Con ser el más feo, es el que más liga.
= Aunque es el más feo, es el que más liga.
雖然他是最醜的，卻是最合群的。

Con + sustantivo + **y todo**（讓步句）+ frase principal（主句）

▶ Con dolores y todo, se ha levantado a trabajar.
= Aunque le duele, se ha levantado a trabajar.
儘管他很疼痛，他仍起身去工作。

Con + sustantivo + **que** + verbo（讓步句）+ frase principal（主句）

這個句型幾乎都是用陳述式（indicativo），不過亦可以用虛擬式（subjuntivo）表達。

▶ Con los problemas que tuve para conseguirlo y tú lo tiras.
= Aunque tuve muchos problemas para conseguirlo, tú lo tiras.
儘管他遇到不少問題才找到它，你卻扔了。

{Participio / adjetivo} + **y todo**（讓步句） + frase principal（主句）

▶ Prohibido y todo, siguen fumando.
= Aunque está prohibido, siguen fumando.
雖然已禁止了，他們仍繼續抽煙。

▶ Viejo y todo, es más interesante que mucha gente.
= Aunque está viejo, es más interesante que mucha gente.
他雖然已經老了，卻仍然比許多人風趣。

Aun + gerundio（讓步句） + frase principal（主句）

▶ Aun leyéndolo tres veces, no lo entenderás.
= Aunque lo leas tres veces, no lo entenderás.
就算你讀三遍，你也不會了解。

Ni + gerundio（讓步句） + frase principal（主句）

▶ Ni pidiéndomelo de rodillas, volveré a hacer una cosa así.
= Aunque me lo pidan de rodillas, volveré a hacer una cosa así.
就算跪著求我，我還是會做一樣的事。

Futuro（讓步句） + pero + frase principal（主句）

▶ Será muy guapo, pero a mí no me gusta.
= Aunque sea guapo, a mí no me gusta.
雖然他很帥，我不喜歡。

其它表示讓步的表達語

▶ *Cueste lo que cueste*, lo conseguiré.
不管代價多少，我會得到它。

▶ *El hecho de que* me grites, no quiere decir que tengas razón.
儘管你對我大叫，並不表示你有理。

▶ *Vayas adonde vayas*, te encontraré.
不管你去哪裡，我都會找到你。

10. 表「目的」的從屬子句與虛擬式的使用

◆ 表「目的」的從屬子句動詞一定用虛擬式

常用的連接詞有：*para que*、*a fin de que*、*con el objeto de que*、*con tal de que*、*a que*、*con miras a que*、*no sea que*、*de modo que*、*de manera que*、*de forma que*、*que* 等。

◆【No sea que + subjuntivo】

此句型有兩種意義：

(1)【para que no】= 避免、為了不……：

範例 ▶Deja a la perra encerrada no sea que mi tía se asuste.
= Deja a la perra encerrada para que no se asuste mi tía.
把那隻母狗關起來，我阿姨才不會嚇壞。

(2)【por si acaso】= 萬一：

範例 ▶Me llevo el chubasquero no sea que llueva.
= Me llevo el chubasquero por si acaso llueve.
我把雨衣帶著以防下雨。

◆ **【de modo que】、【de manera que】、【de forma que】**
【de modo que】、【de manera que】、【de forma que】

以上句型後面接陳述式與虛擬式有不同意思：

⑴虛擬式表示目的、方式（final, modal）：

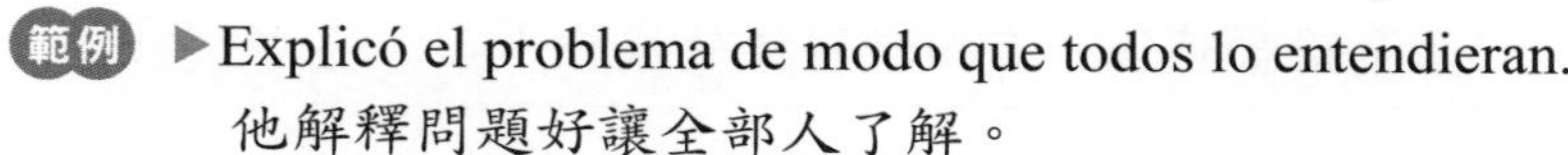

範例 ▶Explicó el problema de modo que todos lo entendieran.
他解釋問題好讓全部人了解。

⑵陳述式表示結果（consecuencia）：

範例 ▶Has venido porque has querido, de modo que no tienes derecho a quejarte.
你來是因為你自己要來，所以你沒有權利抱怨。

11. 表達「願望」的句型與虛擬式的使用

¡**Que** + presente de subjuntivo!
▶ ¡Que te vaya bien! 希望你順心（利）！

¡**Quien** + imperfecto de subjuntivo!， ¡**Quien** + pluscuamperfecto de subjuntivo!
▶ ¡Quien pudiera volver a empezar! 真希望能重新開始！ ▶ ¡Quien lo hubiera sabido a tiempo! 真希望當時有即時聽到！

¡**Si** + imperfecto de subjuntivo!，
¡**Si** + pluscuamperfecto de subjuntivo!

- ¡Si tuviera ahora veinte años!
  但願我現在二十歲！
- ¡Si me hubieran dado las mismas oportunidades!
  真希望當時他們有給我同樣的機會！

¡**Ojalá** + todos los tiempos del subjuntivo!，亦即
¡**Ojalá** + {venga / haya venido / viniera / hubiera venido}!

- ¡Ojalá no aparezcan por aquí!
  真希望他們沒出現在這裡！
- ¡Ojalá estuviera en tu lugar!
  但願我能身在你的處境！

¡**Ya** + imperfecto de subjuntivo!，
¡**Ya** + pluscuamperfecto de subjuntivo!

- ¡Ya me fueran míos esos terrenos!
  真希望那些土地是我的！

¡Así + todos los tiempos del subjuntivo!

- ¡Así se caiga por las escaleras y se rompa la cabeza!
  但願他從樓梯上摔下來，摔破頭！

12. 表達「懷疑、可能」的句型與虛擬式的使用

表示「懷疑、可能」的副詞與陳述式使用表示可能性高，與虛擬式使用則表示可能性低，且現在虛擬式（presente de subjuntivo）表達的可能性大於未完成虛擬式（imperfecto de subjuntivo），又大於

愈過去虛擬式【pluscuamperfecto de subjuntivo】，亦即【indicativo】【presente de subjuntivo】【imperfecto de subjuntivo】【pluscuamperfecto de subjuntivo】。

Quizá、*tal vez*、*acaso*、*probablemente*、*posiblemente* + Verbo en indicativo o subjuntivo

Verbo en indicativo + **quizá**、*tal vez*、*acaso*、*probablemente*、*posiblemente*

▶ Quizás nadie le {ha / haya} explicado la verdad.
也許沒有人跟他解釋清楚事實。

▶ Lo hará, quizá por mi bien, pero no me gusta.
他這樣做或許為我好，可是我不喜歡。

Puede (ser) que + subjuntivo

▶ Puede (ser) que llueva después.
待會兒可能會下雨。

A lo mejor、*seguramente*、*sin duda* + indicativo

▶ A lo mejor han venido, pero no los he visto.
他們可能已經來了，但是我沒有見到。

▶ Seguramente llamarán, hay que estar atentos.
他們可能會打電話來，要留意些。

▶ Sin duda mañana tendremos buen tiempo ¿no crees?
毫無疑問地，明天會有好天氣，你不認為？

Por si acaso + indicativo，

Por si acaso + subjuntivo (imperfecto)

▶ Llévate el paraguas por si acaso {llueve / lloviera}.
雨傘帶著，萬一下雨。

No sea que、*no vaya a ser que*、***no fuera a ser que*** + subjuntivo

▶ Díselo tú no sea que se entere por otro lado.
你跟他說的，除非他從別處得知。

13. 虛擬式中動詞「重疊」的句型

Verbo en subjuntivo + ***el que***、***quien***、***cual***、***como***、***cuando***、***cuanto***、***donde*** + verbo en subjuntivo

▶ Sea cuando sea, te escribiré.
不論什麼時候，我都會寫信給你。

▶ Pasara lo que pasara, siempre estuvo a mi lado.
不管發生什麼事，他總是在我身邊。

Si + verbo en indicativo + mismo verbo en imperativo + **que** + mismo verbo en subjuntivo

▶ Si te enfadas, enfádate, no me preocupa.
如果你生氣，就生氣吧，我才不擔心。

▶ Si se va, que se vaya, a mí me da igual.
如果他要走，就走吧，我無所謂。

Verbo en subjuntivo + **o** + verbo en subjuntivo

▶ Cantase o riese, no lograba que se fijaran en ella.
不管唱歌還是笑，她都無法讓他們注意到她。

Verbo en subjuntivo + **o** + **no** + (mismo verbo en subjuntivo)

▶ Lo sepas o no (lo sepas) ya, tendrás que estudiarlo otra vez.
不管你是不是已經知道，你得再研究一次。

14. 表達「希望、驚訝」的句型與虛擬式的使用

Que + subjuntivo = 真希望……

▶ ¡Que sea tan ingenuo!
真希望那麼天真單純!

▶ ¡Que no haya venido la casa!
真希望沒有賣掉房子!

Ni que = 好像……

▶ ¡Qué aires te das! ¡Ni que fueras un rey!
你擺什麼架子！好像你是國王一樣！

▶ Vaya cara que tienes. ¡Ni que te hubieran ofendido!
你的臉怎麼這麼難看。好像有人冒犯了你！

Como si, igual que si = 好像……

▶ Es como si nunca hubieras visto algo así.
好像你從來沒見過這樣的東西!

◆ 下列表達語動詞都用虛擬式（El subjuntivo）

Sin que = 沒有……
▶ Lo he hecho sin que me lo manden. 我這樣做並無他人指使。

Que yo recuerde = 我印象中……
▶ Que yo recuerde, esa chica nunca ha estado aquí. 我印象中那兒的女孩從未來過這裡。

Que yo sepa = 我怎麼知道……
▶ Que yo sepa, no se puede entrar sin carnet. 我怎麼知道沒有證件不可以進入。

Que a mí me conste = 清楚……
▶ Que a mí me conste, nadie ha pedido ese libro en los últimos meses. 我很清楚那本書這幾個月沒有人借。

El hecho de que, el que, que = 儘管、雖然（aunque）
▶ El hecho de que te gustara, no quería decir que te lo comieras todo. 儘管你喜歡，我想說你不能吃掉全部。 ▶ Que seas mayor no presupone tu superioridad. 雖然你年長，這並不意味著你的優勢。

El hecho de que, el que, que = 因為（porque）

▶ El hecho de que te lo haya dicho, demuestra mi buena intención.
（因為）我有跟你說了，這是我的好意。

▶ El que estés aquí, me tranquiliza.
（因為）你在這兒，讓我很平靜。

◆ mientras的用法

(1)當……的時候 = cuando：

範例 ▶Oigo la radio mientras me baño.
我洗澡的時候聽收音機。

(2)表示條件 = si：

範例 ▶Te ayudaré mientras tú me ayudes.
假如你幫我，我就會幫你。

(3)mientras que表示反義的意思：

範例 ▶Aquí trabajamos con muchos operarios mientras que ellos lo hacen con máquinas.
我們這邊有很多人工操作員，然而他們那兒都用機器。

● 陳述句中表達肯定與可能性之動詞時態轉換

西班牙語和中文語法上最大的差別就在於西語有清楚的動詞詞尾變化，能擔負起傳遞語意、句法功用的責任，也就是我們在本章一開始就提到的：「西班牙語動詞不僅具備時態、語氣、動貌這三種本質，它還可以表達第一、二、三人稱之單複數。」陳述句中表達「肯定」與「可能性」之動詞時態轉換是屬於「語氣」（modalidad）的範疇。中文方塊字並不像西語有動詞詞尾變化，只能依賴添字、加字，以達成訊息的確實傳遞。

1. 現在式（presente）【肯定】⇨ 未來式（futuro）【可能性】

 ▶Son las ocho.

現在八點鐘。

⇨ Serán las ocho.

應該八點鐘了。

2. 完成式（perfecto）【肯定】⇨ 未來完成式（futuro perfecto）【可能性】

 ▶¿Quién ha llegado? Ya ha llegado María.

誰來了？瑪麗亞來了。

⇨ ¿Quién habrá llegado? Habrá llegado María.

誰可能來了？可能是瑪麗亞來了。

3. 簡單過去式（indefinido）【肯定】／未完成過去式（imperfecto）【肯定】⇨ 簡單條件式（condicional simple）【可能性】

 ❶ Salí a las cinco.

我五點鐘離開。

⇨ Saldría sobre las cinco.

我大概五點鐘離開。

❷ Estaban todos allí.

他們都在那兒。

⇨ Estarían todos, ¿no?

他們應該都在那兒，不是嗎？

4. 愈過去式（pluscuamperfecto）【肯定】⇨ 複合條件式（condicional compuesto）【可能性】

 ►No pude hacer nada porque ya se habían marchado.

我沒辦法，因為他們已經先離開了。

⇨ No pude hacer nada porque ya se habrían marchado.

我沒辦法，因為他們可能已經先離開了。

■ 練習題

I. 請選擇一個正確答案

1. ________ ① Los chicos se organizan en parejas para preparar la cena.
   ② Los ingredientes que se necesita para preparar la cena son: aguacates, chiles, ajo, limón y cebollas.
   ③ Me saben mal no escribirte más a menudo.
2. ________ ① ¡Ojalá estoy en tu lugar!
   ② ¡Ya me fueran míos esos terrenos!
   ③ Quizás nadie se ha explicó la verdad.
3. ________ ① Está claro que nadie los tome en serio.
   ② Parece cierto que anticiparán las elecciones.
   ③ No es verdad que lo hubiéramos cogido nosotros.
4. ________ ① Es lógico que nieva, estamos en invierno.
   ② Ya era hora de que aparecierais.
   ③ Te he dicho que hoy era lunes.
5. ________ ① Puede (ser) que es muy duro, pero a mí me ayudó.
   ② A lo mejor hayan venido, pero no los he visto.
   ③ Sin duda mañana tendremos buen tiempo ¿no crees?
6. ________ ① Te he dicho que compres pan.
   ② Te he dicho que ves esa película.
   ③ Te he dicho que vieras esa novela.
7. ________ ① Seguramente llamarán, hay que estar atentos.
   ② Díselo tú no sea que se entera por otro lado.
   ③ Hice lo que me mandó no fuera a ser que tenga razón en el fondo.
8. ________ ① Sentía que sus palabras me animaran.
   ② Sentía que tuviéramos que marcharnos.
   ③ Les convencí de que hacen ese viaje.
9. ________ ① Llévate el paraguas por si acaso no estoy en casa.

② Ser cuando ser, te escribiré.

③ Pasa lo que pasa, siempre estuvo a mi lado.

10. ________ ① Me molestan que tarden tanto en dar una respuesta.

② Me interesa a asistir a la reunión de dirección.

③ Nos preocupa esta situación tan insegura.

11. ________ ① Nos molesta los ruidos.

② Me parece que ir a la playa no sea una buena idea.

③ Yo no estoy en absoluto de acuerdo con tu propuesta. No me parece justa.

12. ________ ① Cuba es la isla más musical de la planeta.

② Se puede escuchar y bailar todo tipo de música.

③ Es muy probable que aún está en la escuela.

13. ________ ① Es posible que se hayas entretenido con algún compañero de clase.

② Estará en el cine, tenía unas entradas gratis.

③ No creo que lo ha encontrado.

14. ________ ① He pensado que comeremos fuera.

② No creas que esté enfadado.

③ No digamos que sea imposible antes de intentarlo.

15. ________ ① No sé si vendrán.

② No creo que ha cambiado mucho.

③ No me dio la impresión de que nota nada.

16. ________ ① Siento que no nos hayamos conocido hace diez años.

② Comprendo que te duele, pero no hay que exagerar.

③ Busco la casa de que me hablaras.

17. ________ ① Es como si nunca hubieras visto algo así.

② Lo he hecho sin que me lo mandan.

③ Que yo recuerdo, esa chica nunca ha estado aquí.

18. ________ ① ¿Está aquí el libro que esté leyendo?

② Busco una casa que pueda pagar.

③ Hay alguien que quiere regalarme un coche?

19. ________ ① Los que quieren ir a la excursión, que se inscriban ahora.

② No hay nada que pueda asustarme.

③ No existe un lugar donde me siento mejor que en mi casa.

20. ________ ① Que yo sabe, no se puede entrar sin carnet.

② El hecho de que te gustara, no quería decir que te lo comieras todo.

③ El hecho de que te lo dice demuestra mi buena intención.

21. ________ ① Si tuviera tus años, actuaría de otra manera.

② Si me haya acordado, te lo habría prestado antes.

③ Si no haya llovido ayer, podríamos ir al campo (hoy).

22. ________ ① Explicó el problema de modo que todos lo entendieran.

② Haré cualquier cosa con tal de que eres feliz.

③ Te dejo el coche con tal de que serás prudente.

23. ________ ① Voy de vacaciones cada vez que tenga tiempo.

② Siempre que puedes, haz un poco de ejercicio.

③ Voy de vacaciones siempre que tengo tiempo.

24. ________ ① ¡Que te vayas bien!

② ¡Quién pudiera volver a empezar!

③ ¡Quién lo hubo sabido a tiempo!

25. ________ ① ¡Si tuve ahora veinte años!

② ¡Si me hubieran dado las mismas oportunidades!

③ ¡Ojalá no aparece por aquí!

26. ________ ① No creo que ha venido.

② Habrá visto a alguien.

③ Le deciré a mi amigo.

27. ________ ① ¿Estaría enfadada cuando me lo dijo?

② ¿Salirá al concierto luego?

③ Creo que saberá.

28. ________ ① Llevo más de una semana de intentar hablar con Pablo.

② Cuando él vuelve de Colombia, yo ya habré salido para México.

③ No sé exactamente el día, pero yo diría que vuelve a finales de la semana que viene.

29. ________ No queremos ________ a la montaña tan pronto.
① subido ② subimos ③ subir

30. ________ Dudaron que él se ________ ido.
① haya ② hubiera ③ haber

31. ________ El vino está ________ la bodega.
① a ② en ③ de

32. ________ Ojalá mi hermana ________ aquí.
① estar ② esté ③ está

33. ________ Siento que no ________ venido todavía.
① ha ② haya ③ han

34. ________ Adondequiera que usted ________, lo encontrará igual.
① fuera ② vaya ③ va

35. ________ ¡Cómo si yo no lo ________ sabido!
① hubiera ② haya ③ haber

36. ________ Está muy joven ________ su edad.
① de ② para ③ por

37. ________ Anda ________ puntillas para no despertar ________ nadie.
① en, a ② de, a ③ con, de

38. ________ En cuanto usted la ________ mejor, la hallará muy simpática.
① conoce ② conocer ③ conozca

39. ________ Hoy daré la clase ________ ella.
① de ② a ③ por

40. ________ El médico no me permite ________.
① levantarse ② se levanta ③ levantarme

41. ________ Es un demonio ________ niño.
① a ② de ③ en

42. ________ Dije que se lo daría cuando lo ________.

① veo ② viera ③ vea

43. ________ Estoy ________ llamar y decir que no puedo ir.

① por ② para ③ de

44. ________ Se murió ________ tristeza.

① por ② de ③ con

II. 填入正確的動詞變化

1. No queremos ________ (subir) a la montaña tan pronto.
2. Dudaron que él se ________ (haber) ido.
3. Sentimos no ________ (poder) asistir a la fiesta.
4. Lo comprará con tal de que ________ (poder) obtener el dinero.
5. Era la alfombra más cara que ustedes ________ (haber) podido comprar.
6. Ojalá mi hermana ________ (estar) aquí.
7. Dije que se lo daría cuando lo ________ (ver).
8. Aunque ________ (llover), voy a la iglesia.
9. ________ (venir) lo que ________ (venir), lo hará ella.
10. Si yo ________ (ir) a Sudamérica, estudiaré español.
11. ¡Cómo si yo no lo ________ (haber) sabido!
12. Si ________ (venir, él), no lo vi.
13. Siento que todavía no ________ (haber) venido tus amigos.
14. El médico no me permite ________ (levantarse).
15. Siempre nos ruegan que los ________ (visitar) en Madrid.
16. Quedamos convencidos de que ________ (ser) verdad.
17. Estaban mirándonos como si nos ________ (reconocer).
18. Adondequiera que usted ________ (ir), lo encontrará igual.
19. En cuanto usted la ________ (conocer) mejor, la hallará muy simpática.
20. Me sorprende ________ (ver) a usted por aquí.
21. Esperaba que me ________ (confesar, él) toda la verdad.
22. No parece que ________ (estar, vosotros) muy contentos.

23. Lamentaría que no ________ (venir, ellos) a mi fiesta.
24. Deseo que ________ (ser, tú) feliz.
25. Me sorprendió que tú me ________ (hablar) de aquella forma.
26. Sería conveniente que ________ (descansar, usted) unos días.
27. Ojalá ________ (venir) María.
28. El próximo trimestre tal vez ________ (matricularse) en la escuela.
29. El próximo trimestre ________ (matricularse) en la escuela, tal vez.
30. ¡Quién ________ (ser) rico!
31. ¡Si ________ (haber) podido vivir en las Islas Canarias.
32. ¡Que te lo ________ (pasar) muy bien en tu viaje!
33. Posiblemente no ________ (tener, él) fiebre.
34. A lo mejor nos ________ (llamar) más tarde.
35. Puede que hoy no ________ (pasar, yo) por tu despacho.
36. Quizá ________ (estar, ellos) preocupados por ti.
37. ¡Si ________ (conseguir, yo) trabajar en esa empresa!
38. Si lo hubieras intentado, lo ________ (conseguir, tú).
39. Me alegra que ________ (venir, tú) a verme.
40. No queríamos que ________ (estar, tú) solo.
41. Esperaba que me ________ (decir, él) lo que había pasado.
42. No parece que ________ (decir, vosotros) la verdad.
43. Lamentaríamos mucho que no nos ________ (llamar, ellos) por teléfono.
44. Deseo que ________ (estar, usted) bien.
45. ________ (asustarse, yo) al verle tan pálido.
46. Sería fastidioso que ________ (llover) sin cesar.
47. Ojalá no le ________ (ocurrir) nada.
48. No dijo ________. 他沒說過這樣的話。
49. ________ se queja. 有人在抱怨。
50. ________ no ha investigado ni estudiado no tiene derecho a hablar.
51. ¡Si ________ (ser) tan guapa como ella!
52. ¡Que ________ (encontrarse, tú) mejor!

53. Les han contestado que ________ (ellos, reflexionar) sobre su petición.
54. Si alguien ________ (decirme) que esto ocurriría, nunca lo habría creído.
55. Te prestaré la bicicleta a cambio de que ________ (tú, ayudarme) en mis tareas de matemática.
56. En caso de que el ordenador ________ (volver) a fallar, deberías llamar a un técnico.
57. Te apoyaremos mientras ________ (tú, ser) consecuente con la decisión que has tomado.
58. Lo compraré caso que te ________ (gustar).
59. Si me quisieras como yo te ________ (querer) a tí, sería feliz.
60. No iré, pero caso que ________ (ir), te avisaría.
61. No iré, pero caso que ________ (ir), te avisaré.
62. Si yo ________ (nacer) más tarde, ahora sería más joven.
63. Como me lo pides tú, lo ________ (hacer) con mucho gusto.
64. Antes del accidente, le había advertido mil veces que no ________ (conducir, él) tan rápidamente.
65. Estaba rogando a Dios para que le ________ (ayudar) a pasar el examen.
66. Si hubiera visto a María, la ________ (invitar) para que viniera a cenar con nosotros.
67. No he visto que ________ (hacer, él) nada en todo el día.
68. No dije que ________ (ver) sino que había oído.
69. Cuando ________ (haber) terminado de trabajar, vendré a tu casa.
70. Así que ________ (poder), llámame a la oficina.
71. Lamento que tú no ________ (poder) ir a la escuela de joven?
72. Se lo dije, pero aunque no se lo ________ (decir), también se habría enterado.
73. Parece mejor que lo haga ahora a que lo ________ (hacer) mañana.
74. ¿Vengo a las tres? Más vale que ________ (venir, tú) a las 5.

75. Trabajaba tan mal que no nos sorprende que le ________ (despedir, ellos) de su trabajo el mes pasado.
76. Deje usted que ella se ________ (sentar) a mi lado.
77. No sé cuál ________ (elegir). Estos son más cómodos pero aquellos son más bonitos.
78. Ya verás lo divertidísima que ________ (ser) esta novela.
79. Ya verás lo bien que lo ________ (pasar, nosotros) el domingo.
80. Ya verás lo bien comunicado ________ (estar) este lugar.
81. Les da miedo que ________ (tronar) por la noche.
82. Te llamo para que no ________ (olvidarse).
83. Beatriz me ________ (contar) sus problemas.
84. Noemí ________ (ser) muy estudiosa.
85. Cristóbal Colón ________ (decubrir) el Nuevo Continente en 1492.
86. Ya nos ________ (poner) de acuerdo y va y me dice que no quiere hacerlo.
87. Vamos a ver si hay este modelo; si ________ hay, me lo compro.
88. Tú ________ (irse) ahora y me esperas.
89. Últimamente ________ (trabajar) mucho.
90. ________ no he estado en Granada.
91. ________ lavar los pantalones, por eso no se han secado. 我剛剛洗好褲子，但是還沒乾。
92. Mi novia ________ (aprobar) el examen de medicina hace unos meses.
93. Estuvo muy enfermo, ________ (morirse) (no sabemos si ocurrió).
94. Estuvo muy enfermo, ________ (morirse).
95. ________ (nacer) el 1 de abril de 1976.
96. ________ (estar) trabajando allí durante 10 años.
97. ________ (entrar, él), ________ (dar, él) un beso a su hijo, ________ (quitarse, él) el abrigo y los zapatos y se dejó caer en el sofá.
98. Llegué a la escuela, no ________ (ver, yo) a nadie y ________ (irse, yo).
99. Las primeras elecciones democráticas después de la muerte de Franco ________ (tener) lugar en 1977.

100. Cada vez que la ________ (ver), se me alegraba la vida.
101. Cuando ________ (ser, yo) pequeño, me encantaba dar un paseo con mi abuelo en el parque.
102. ¿Qué ________ (desear)?
103. Si ________ (poder), me iba ahora mismo.
104. A eso de las seis de la mañana ________ (llegar, yo) a Madrid.
105. En aquellos momentos ________ (abrirse) la puerta que nos permitía ver lo que nos habían ocultado.
106. Ya me lo ________ (contar), por eso no me sorprendió.
107. Le pedí que lo ________ (traer, él) y al poco rato me lo ________ (traer, él).
108. Su aspecto es sospechoso, porque ________ (tener) algo que ocultar.
109. Lo hará para hacerse ________ (notar).
110. ¿ ________ (ser) capaz de hacerlo tú solo?
111. ________ (ser) muy simpático contigo pero con nosotros es insoportable.
112. ¡No lo ________ (matar, tú)!
113. Para cuando tú llegues, lo ________ (terminar, nosotros).
114. Ésta ________ (ser) la casa de algún noble, por eso tiene ese aire de señorío.
115. No ha venido porque se________ (haber) quedado dormido.
116. ¿No ________ (ser, tú) capaz!
117. Lo ________ (hacer) él sólo pero yo no me lo creo.
118. Pretendería ayudarme ________ decirme aquello, supongo.
119. Te ________ (ayudar) si pudiera.
120. Antes me gustaba más viajar, ________ (ser) porque era más joven.
121. ________ (tener, él) muchos defectos pero no se puede negar que era un valiente.
122. ¿ ________ (poder, usted) decirme si hay un garaje por aquí cerca?
123. ________ (querer, yo) hablar con usted.

124. ________ (deber, tú) ser más prudente.
125. Usted me dijo que, cuando yo________ (llegar), ya me ________ (preparar, usted) el certificado.
126. Lo ________ (entregar, yo) a tiempo pero luego quise cambiar cosas.
127. La policía dijo que el conductor ________ (tomar) demasiados somníferos.
128. Lo ________ (hacer, él), pero nadie se tomó la molestia de demostrarlo.
129. Le ________ (sentar, él) mal pero no lo dio a entender.
130. Tú me dijiste que ________ (venir, yo).
131. Que ________ (irse, usted).
132. Que me ________ (dejar, ustedes) en paz.
133. Tú te vas de aquí ahora mismo, si no quieres que ________ (llamar, yo) a la policía.
134. No saldrás de casa hasta que yo lo ________ (decir).
135. Ya lo estáis limpiando, ________ rechistar.
136. ¡ ________ trabajar!
137. ¿Por qué no ________ (callarse, tú)?
138. Tú me dijiste: 'No ________ (querer, yo) ir con vosotros mañana'.
139. Tú me dijiste que ________ (querer, tú) ir con nosotros.
140. Me pidió (que) le ________ (decir) la verdad.
141. Me preguntó (que) quién ________ (haber) llegado.
142. (Yo) quiero ________ (aprender, yo) español.
143. (Yo) quiero que ________ (aprender, tú) español.
144. Está claro que nadie los ________ (tomar) en serio.
145. Es un hecho que ________ (estar) haciendo mal tiempo.
146. Parece cierto que ________ (anticipar, ellos) las elecciones.
147. No era verdad que lo ________ (coger) nosotros.
148. Es lógico que ________ (nevar), estamos en invierno.
149. Ya era hora de que ________ (aparecer, vosotros).
150. Te he dicho que hoy es lunes, que ________ (comprar, tú) pan
151. Te he dicho que hoy es lunes, que ________ (ver, tú) esa película.

152. Sentía que sus palabras me ________ (animar).
153. Sentía que ________ (tener, nosotros) que marcharnos.
154. Les convencí de que no________ (tener, ellos) razón.
155. Les convencí de que ________ (hacer) ese viaje.
156. He pensado que ________ (comer, nosotros) fuera.
157. Creo que ________ (cambiar, tú) mucho.
158. ¿Has visto que los geranios ya ________ (tener) flores?
159. No creas que ________ (estar, yo) enfadado.
160. No digamos que ________ (ser) imposible antes de intentarlo.
161. No recuerdo dónde ________ (vivir, él).
162. No sé si ________ (venir, ellos).
163. No creo que ________ (cambiar, él) mucho.
164. No me dio la impresión de que ________ (notar, él) nada.
165. Hemos pensado que se lo ________ (explicar) tú.
166. Siento que no ________ (conocerse, nosotros) hace diez años.
167. Entendemos muy bien que ________ (comportarse, tú) así.
168. Comprendo que te ________ (doler), pero no hay que exagerar.
169. Busco la casa de que me ________ (hablar, tú).
170. ¿Está aquí el libro que ________ (leer, yo)?
171. Busco una casa que ________ (poder, yo) pagar.
172. Hay alguien que ________ (querer) regalarme un coche?
173. Los que ________ (querer) ir a la excursión, que se inscriban ahora.
174. No hay nada que ________ (poder) asustarme.
175. No existe un lugar donde ________ (sentirse, yo) mejor que en mi casa.
176. Tenía cerca de 50 años cuando yo le ________ (conocer).
177. ________ (darse cuenta de, ella) que la quería cuando recibió mi carta.
178. Volveré a intentarlo cuando ________ (estar) yo sola.
179. Cómprate ese libro cuando lo ________ (ver, tú) en cualquier librería.
180. Voy a decirle todo lo que pienso cuando le ________ (ver, yo).
181. Me dijo que iría a la reunión cuando ________ (salir) de clase.

182. Cuando ________ (enfadarse, tú), no se puede hablar contigo.

183. Cuando estudiáis mucho, ________ (sacar) buenas notas.

184. Cuando ________ (caer) en la nostalgia, ella lo curaba con alegría.

185. Le escribía cartas muy hermosas cuando ________ (tener, yo) tiempo.

186. Aunque no ________ (estar, yo) del todo de acuerdo, voy a hacerte caso.

187. Aunque me ________ (hacer, él) daño, voy a ese masajista que me han recomendado.

188. Aunque ________ (tener, ellos) problemas, nadie se enteraba de ellos.

189. Aunque ________ (ser) española, no puedo darte clase de español.

190. Aun cuando ________ (resultar) desagradable, es la verdad.

191. Por muy hábil que ________ (creerse), te engañarán.

192. Por muy bien que ________ (estar) hecho, le han encontrado fallos.

193. Con todo lo que tú ________ (decir) a su favor, a mí me parece un cerdo.

194. Mal que te ________ (pesar), es más importante que tú.

195. Llegará tarde (aun) a sabiendas de que me ________ (molestar).

196. Con ________ (ser) el más feo, es el que más liga.

197. ________ dolores y todo, se ha levantado a trabajar.

198. Con los problemas que ________ (tener, yo) para conseguirlo y tú lo tiras.

199. ________ (prohibir) y todo, siguen fumando.

200. No te enfades tanto. ¡Ni que te ________ (pegar, yo)!

複合句-關係形容詞子句

(Proposiciones subordinadas adjetivas)

複合句是由兩個子句組成，一定要有連接詞連繫兩個語意上有主從關係的子句。其中的從屬子句可以分成三種類型：關係形容詞子句、名詞子句、副詞子句。

■本章重點

- 複合句
- 關係形容詞子句的特徵和語法功用
- 關係代名詞
- 關係形容詞子句限定和非限定用法
- 動詞的肯定式與虛擬式關係形容詞子句

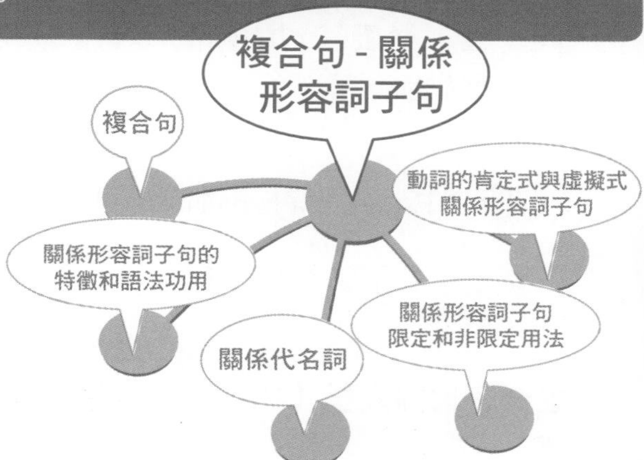

● 複合句

「複合句」（oración compleja）與前面提到的「並列複合句」（oración compuesta）雖說都是由兩個子句組成，但構成並列複合句的子句（proposición）是基於相等的句法層次，也就是說，各子句可以單獨表達，且連接詞的使用並不是一定需要的。不過，同樣的條件在複合句裡就不合乎語法規則了，因為複合句中一定要有連接詞（conjunción）連繫兩個語意上有主從關係的子句。如果我們進一步分析複合句的內部結構，其中的從屬子句（proposición subordinada）可以分成三種類型：關係形容詞子句、名詞子句、副詞子句。下面我們從句法功用（Función sintáctica）的角度來簡單介紹這三種句型：

1. 名詞子句

名詞子句的句子結構可分為下面兩種類型：

◆主要子句的動詞（V_1）和從屬子句的動詞（V_2）兩者的主詞為同一個

主要子句的動詞（V_1）和從屬子句的動詞（V_2）兩者的主詞為同一個，從屬子句的動詞（V_2）就用不定式（Infinitivo），也就是原型動詞。

範例 ▶Espero ir a España.
V_1 V_2
我希望去西班牙。

◆主要子句的動詞（V_1）和從屬子句的動詞（V_2）兩者的主詞不一樣

若主要子句的動詞（V_1）和從屬子句的動詞（V_2）兩者的主詞不一樣，從屬子句的動詞（V_2）就用虛擬式（Subjuntivo）。虛擬式動詞（V_2）依照動詞本身的性質可分成下面幾種：

⑴表達意志（voluntad）：

aceptar（接受），*desear*（欲、想），*intentar*（試著），*oponerse a*（反對），*querer*（想要）等。

範例 ▶Quiero que vengas.
V_1 V_2
我想要你來。

⑵表達禁止（prohibición）、命令（mandato）、要求（ruego）、建議（consejo）、強迫（obligación）：

aconsejar（勸告），*exigir*（要求），*impedir*（阻止），*mandar*

（命令），*obligar*（迫使），*prohibir*（禁止），*recomendar*（建議），*rogar*（請求），*ordenar*（命令）等。

範例 ▶Te aconsejo que te calles.
V_1 V_2
我建議你閉嘴。

⑶表達感覺（sentimiento）、重視（apreciación）、判斷（juicio de valor）、懷疑（duda）：
aconsejar（勸告），*exigir*（要求），*impedir*（阻止），*mandar*（命令），*obligar*（迫使），*prohibir*（禁止），*recomendar*（建議），*rogar*（請求），*ordenar*（命令）等。

範例 ▶Me alegra que te hayas repuesto.
我很高興你康復了。

⑷使用【ser + Adj+ V_2】或【estar + Adj+ V_2】的句型：
其中除了表達肯定、確定意義的形容詞，例如：*verdad*（真實的），*cierto*（真的），*seguro*（確定的），動詞使用陳述式（indicativo），其它意義的形容詞則搭配虛擬式的動詞（subjuntivo）。

範例 ❶ Es absurdo que digas así.
你這樣說很荒唐。

❷ Es cierto que está en casa ahora.
他現在在家是真的。

2. 關係形容詞子句

◆ **表限定（Explicativa o restrictivas）**

範例 ▶Éste es el diccionario que me han recomendado.
這本是他們向我建議的字典。

◆ **表非限定（Especificativa o no restrictivas）**

範例 ▶El niño, que estaba muy cansado, se quedó dormido en la silla.
這個小孩，他非常疲倦，在椅子上睡著了。

3. 副詞子句

有關副詞子句的內容，我們在第八章會有詳細的介紹，這裡我們只先列出不同性質的副詞子句所搭配的各類連接詞。

◆ **時間（Temporal）連接詞**

cuando、*cada vez que*、*en cuanto*、*apenas*、*hasta que*、*antes de que*、*después de que*、*tan pronto como*、*desde que*、*a medida que*、*siempre que*、*mientras*、*nada más que*等。

◆ **讓步（Concesiva）連接詞**

aunque、*a pesar de que*、*por mucho que*、【*por más+adj.+que*】、【*por más + adv. + que*】等。

◆ **目的（Final）連接詞**

para que、*a fin de que*、*de modo que*等。

◆ **條件（Condicional）連接詞**

con tal de que、*a menos que*、*siempre que*、*mientras que*、*como*等。

◆ **原因（Causal）連接詞**

porque、*como*、*puesto que*、*ya que*、*debido a que*、*dado que*等。

◆ **結果（Consecutiva）連接詞**

así que、*por eso*、*de manera que*、*de modo que*、*de ahí que*等。

◆ **預防（Preventiva）連接詞**

no vaya que、*no sea que*、*no fuera que*等。

◆ **排除（Excluyente）連接詞**

salvo que、*excepto que*、*a no ser que*等。

◆ **方式（Modal）連接詞**

según、*como*、*como si*等。

◆ **比較（Comparativa）連接詞**

【*tan...como*】、【*tanto...como*】、【*tanto/a(s) como*】、【*más...que*】、【*más que*】、【*menos...que*】、【*menos que*】等。

● 關係形容詞子句的特徵和語法功用

簡單句（oración simple）裡的形容詞（adjetivo）主要功用是修飾名詞，關係形容詞子句一如形容詞，亦是修飾或補充說明名詞詞組。不過句法上需要一「關係代名詞」（pronombre relativo）引導形容詞子句，最常見的是que。語法上，關係代名詞既是連接詞（例如que連繫形容詞子句），又具有代名詞的性質（替代所要指涉的先行詞）。必須注意的是先行詞（antecedente）的存在是必要的，它有可能是一名詞、名詞詞組或代名詞。

 ▶Elena ha traído el libro *que* le pedimos.

先行詞 關係代名詞

關係形容詞子句

愛蓮娜帶了我們要的那本書。

關係形容詞子句一定是出現在關係代名詞之後，而我們已經知道，關係代名詞前面又要有一先行詞，因此它的角色很清楚，就是擔負起形容詞的工作，修飾名詞或名詞詞組（adjacente de sustantivo o sintagma nominal）。按此一論點，關係形容詞子句可以分成下面幾種：做形容詞表語（adjetivo atributivo）、做形容詞謂語（adjetivo predicativo）。

1. 關係形容詞子句做表語

如果我們使用連繫動詞ser做複合句裡的主要動詞，後面接的名詞或名詞詞組句法上稱為表語，而關係形容詞子句本身就是要修飾該名詞或名詞詞組，句法分析上把兩者視為同一語法層次。此一現象我們稱為關係形容詞子句做表語。請看下面分析：

 ❶ Es una casa cara.

表語

這房子貴。

❷ Es una casa que cuesta mucho dinero.

關係形容詞子句

做動詞Es的表語

這房子不少錢。

2. 關係形容詞子句做補語

西班牙語的關係形容詞子句做補語，文法上是藉由關係代名詞引導關係形容詞子句，補充說明或修飾「先行詞」（antecedente），可以表示「方式」、「時間」、「地方」等。範例❶的como可以用con el que替代，其中代名詞 el指的是先行詞el modo；同樣地，範例❷的cuando用en los que替代，其中代名詞los指的是先行詞los años；範例❸的donde用en el que替代，其中代名詞 el指的是先行詞este café。

範例 ❶ No me gustó el modo como tratas a tus amigos.
關係形容詞子句做補語，表示「方式」

= No me gustó el modo con el que tratas a tus amigos.

我不喜歡你對待你朋友的方式。

❷ ¿Recuerdas los años cuando estábamos en el colegio?
關係形容詞子句做補語，表示「時間」

= ¿Recuerdas los años en los que estábamos en el colegio?

你記得我們在學校那些年？

❸ Es en este café donde estuvimos ayer.
關係形容詞子句做補語，表示「地方」

= Es en este café en el que estuvimos ayer.

我們昨天就是在這家咖啡廳。

範例❶、❷、❸，有些西班牙語文法家認為是「關係副詞子句」（Los adverbios relativos），因為這三句中的子句分別由表示方式的副詞como、表示時間的副詞cuando、表示地方的副詞donde所引導的副詞子句修飾主要子句。

● 關係代名詞

關係代名詞que可以單獨出現，或與冠詞搭配一起使用：el que、la que、los que、las que、lo que。若有必要，也可以與介系詞連用。

範例 ►Contó su vida a los que estaban a su alrededor.

他跟他周邊的人講述他的人生。

Bello [323; 324]指出：「冠詞具有名詞的特點，也可以當關係代名詞之先行詞。」我們用下面的範例來解釋：El是關係代名詞que之先行詞，El que等於El hombre que，冠詞 El指涉替代名詞hombre。句法上冠詞El屬於主要子句Prop.1，代名詞則屬於另一個子句Prop.2，亦即關係形容詞子句。

▶El que nace en Madrid se llama madrileño.
= El hombre que nace en Madrid se llama madrileño.
Prop.1 *Prop.2* *Prop.1*
在馬德里出生的稱做馬德里人。

1. 無先行詞之關係形容詞子句

句法上我們稱做「無先行詞之關係形容詞子句」，是因為關係代名詞引導之關係形容詞子句並無「先行詞」（antecedente）來補充說明或修飾，反而像是一名詞一樣，做句子的主詞。西班牙語文法家稱之為「關係形容詞子句名詞化」（Sustantivación de las proposiciones adjetivas）。請看下面的範例：

❶ Quien lo haga tendrá mi agradecimiento.
關係形容詞子句做主詞
誰做了那件事，我都很感謝。

❷ El que bien te quiere te hará llorar.
關係形容詞子句做主詞
最疼你的人，往往會讓你哭。

2. 關係代名詞

複合句中關係代名詞quien前之先行詞可有可無，但是不論先行詞出現或不出現，其所指涉的對象應是顯而易見的，很容易辨別的。

範例 ❶ Los alumnos a quienes has visto son los de mi clase de español.
你看到的那些學生是我西班牙語課的學生。

❷ Venderé este coche viejo a quien le interese.
我要賣這部老車給任何有興趣的人。

若先行詞出現在關係代名詞quien之前，且當句子的主詞，中間要有一逗號隔開，表示非限定、解釋性（explicativa）的關係形容詞子句。

範例 ❶ El niño, quien ha llegado, tiene prisa.
這小孩子，他剛剛到，很急。

❷ ⊗ El niño quien ha llegado tiene prisa.

注意
符號⊗表錯誤。本例句先行詞和關係代名詞中間須有逗號隔開。

若關係代名詞quien之前無先行詞，其句型則是我們在前面提到的「關係形容詞子句名詞化」（Sustantivación de las proposiciones adjetivas）。
關係代名詞quien與存在動詞hay連用表無人稱、非限定用法，且使用否定句型。

範例 ►No hay quien lo sepa.
沒有人知道。

關係形容詞子句限定和非限定用法

中文的關係形容詞子句只有表示限定的，請看範例❶和❷。西班牙語的關係形容詞子句則有表示「限定的」（especificativa）和「非限定的」（explicativa），差別在非限定的關係形容詞子句說話時有語氣上的停頓，書寫時則有一逗號。另外，西班牙語中非限定的用法在中文的句子就必須拆開分成兩句話來說。請看範例❸：

範例 ❶ Elena estaba leyendo el libro que le regalé.
表示限定的關係形容詞子句
愛蓮娜那個時候正在唸我送給她的一本書。

❷ Elena tiene un hermano que estudia en Barcelona.
表示限定的關係形容詞子句
名詞詞組
愛蓮娜有一位在巴賽隆納唸書的弟弟。

❸ Elena tiene un hermano, que estudia en Barcelona.
表示非限定的關係形容詞子句
愛蓮娜有一位弟弟，他在巴賽隆納唸書。

範例❷句中沒有逗號，表示愛蓮娜不只有一位弟弟，但說話者目前提到的是限定（especificar）那一位在巴賽隆納唸書的弟弟。語法上，關係形容詞子句與所修飾的先行詞合而為一，看成具有意義的單一語法單位，也就是名詞詞組，在本句中當受詞。

範例❸句中有逗號，表示愛蓮娜只有一位弟弟。語法上，關係形容詞子句用來補充說明（explicar）先行詞：「那位弟弟」，他在巴賽隆納唸書。

不過，E. Aletá Alcubierre（1990:156-163）指出，單靠句中是否有逗號來判斷關係形容詞子句是限定還是非限定的用法，有時仍欠缺周詳。嚴格說來，這是句法上的分析作為。他認為，按照說話時當下的語言環境（contexto o situación）可區分關係形容詞子句為「限制」（restrictiva）和「非限制」（no restrictiva）兩種更深入的表意內涵。下面我們藉用Aletá的範例來說明：

範例 ❹ En la calle sólo había un crío que jugaba a la pelota
街上只有一個小孩在玩球。

範例❹雖是表限定的關係形容詞子句，但仍隱含著兩種解釋：

(1) 具有限制（restrictiva）意義：

街上所有的小孩裡，只有一個在玩球。

(2) 具有非限制（no restrictiva）意義：

街上就只有這麼一個小孩，也只有他在玩球。

不過，我們認為具有限制（restrictiva）意義的關係形容詞子句，其實等同於表限定的（especificativa）關係形容詞子句，主要是限制核心主詞，並說明其將發生的行為。

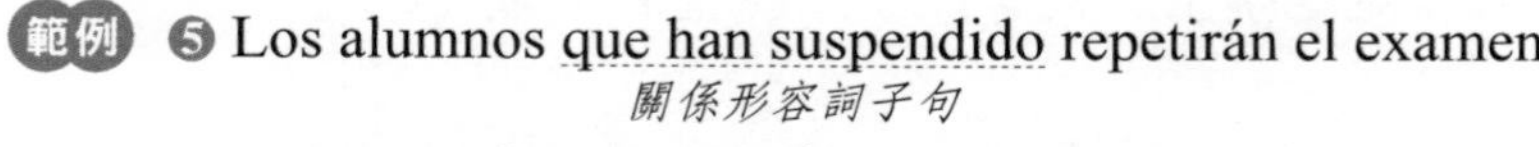

被當掉的學生要重新考試。

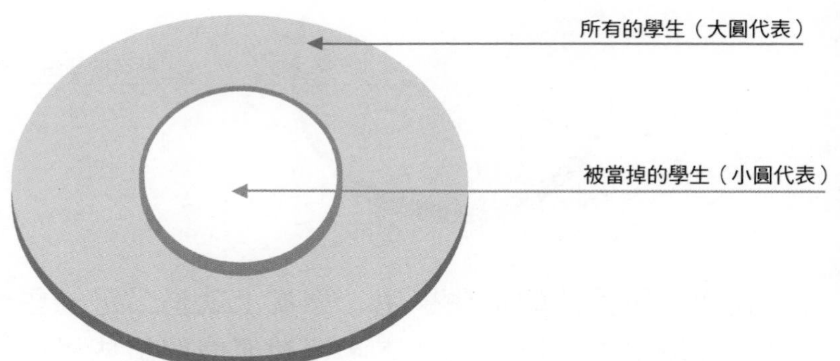

換句話說，在所有的學生裡，只有那些被當掉的學生要重新考試，而沒有被當掉的學生不需要重新考試。關係形容詞子句在本句裡不可以省略，否則會失去說話者想暗示對比的本意。不過主詞裡的核心名詞卻可以省略，一方面是關係形容詞子句與所修飾的名詞皆屬於名詞詞組，句法上視為同一個語法單位；另一方面，冠詞本身就具有代名詞的功能，名詞在第二次被提到時可以省略，不會影響句意。

 ❻ Los que han suspendido repetirán el examen.
那些被當掉的將要重新考試。

具有非限制（no restrictiva）意義的關係形容詞子句，同樣等於表非限定的（explicativa）關係形容詞子句，並不限制核心主詞其將發生的行為。

 ❼ Los alumnos, que han suspendido repetirán el examen.
（que han suspendido：關係形容詞子句）
這些學生，被當掉了，要重新考試。

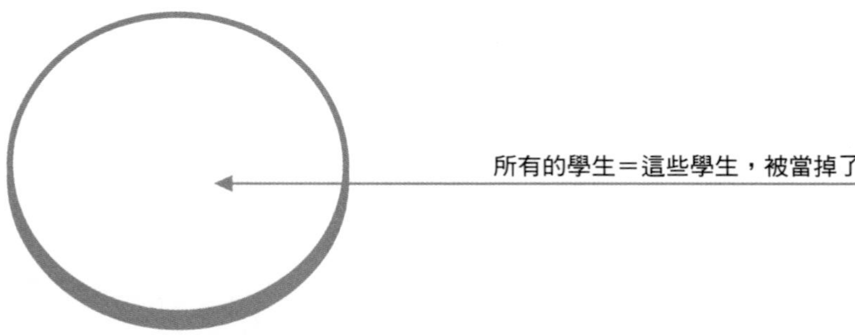

說話者所指涉的這些學生，事實上就是「這一些學生，要重新考試」。關係形容詞子句在本句裡補充說明這些學生，是因為被當掉了，需要重新考試。範例❼的關係形容詞子句可以省略，因為它不像範例❺隱藏著對照比較的含意。

動詞的肯定式與虛擬式關係形容詞子句

句法上，西班牙語關係形容詞子句還有一項影響句意的重要因素，就是動詞的詞尾變化。以下範例❶關係形容詞子句之動詞為第三人稱現在式corre，說話者陳述事實：「看見一隻狗跑得很快。」範例❷動詞為第三人稱現在式虛擬式corra，說話者表達主觀意念，想要一隻狗，不管什麼樣的狗，只要跑得很快的就好。

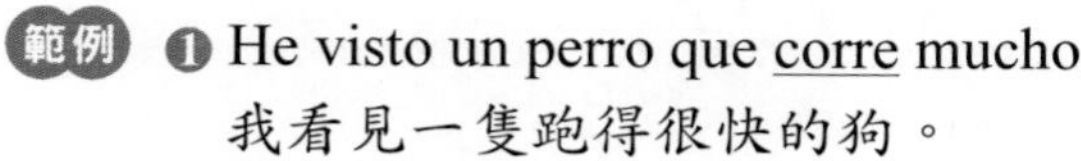

範例 ❶ He visto un perro que <u>corre</u> mucho.
我看見一隻跑得很快的狗。

❷ Quiero un perro que <u>corre</u> mucho.
我要一隻跑得很快的狗。

練習題

填入正確的關係代名詞

1. Aviso para los alumnos ________ juegan en el equipo de baloncesto: esta tarde a las ocho tienen entrenamiento.
2. Los muchachos con ________ estuvimos ayer me han llamado esta mañana.
3. El asunto del ________ te hablé el otro día parece que pronto se va a arreglar.
4. ________ quiera hablar y escribir correctamente español tiene que trabajar seriamente.
5. La policía quería que le enseñáramos todo ________ llevábamos en el coche.
6. ________ tiene boca, se quivoca.
7. ________ tiene padrino, se bautiza.
8. ________ la sigue, la consigue.
9. ________ fue a Sevilla, pierde su silla.
10. ________ siembra vientos, recoge tempestades.
11. ________ no se consuela es porque no quiere.
12. ________ la hace, la paga.
13. ________ bien te quiere, te hará llorar.
14. ________ dice lo que no debe, oye lo que no quiere.
15. ________ mal anda, mal acaba.
16. El presidente ha anulado su visita a ese país, ________ constituye sin duda un grave incidente internacional.
17. La novela, ________ que compramos ayer, ________ he empezado a leer.
18. Estudiando es ________ llegarás a ser alguien.
19. No hay ________ pueda contigo.
20. Por la tarde salimos de compra con unas amigas ________ han venido a

pasar unos días con nosotros.

21. Esa es la amiga de ________ trabajo te he hablado.
22. Los viajeros que no ________ (tener) billete serán penalizados con una multa.
23. Esa es la puerta ________ cerradura se ha estropeado.
24. Los familiares que ________ (estar) ausentes no saben lo que ha sucedido.
25. Pienso intentarlo, ________ (decir) lo que ________ (decir).
26. Te ________ (gustar) o no te ________ (gustar), debes ir a la reunión.
27. Quienquiera que ________ (cometer) el robo pagará por ello tarde o temprano.
28. Cualquiera que ________ (ver) el cuadro pensará que es auténtico.

複合句-名詞子句

(La subordinación sustantiva)

西班牙語的「名詞子句」主要是由連接詞que或si連繫另一個語意上所需依附的主要子句。

■ 本章重點

- 名詞子句
- 做主詞
- 做動詞的直接受詞
- 做動詞的間接受詞
- 做介系詞補語
- 做名詞的補語
- 做表語
- 做形容詞的補語
- 做副詞的補語
- 做主動詞的景況補語

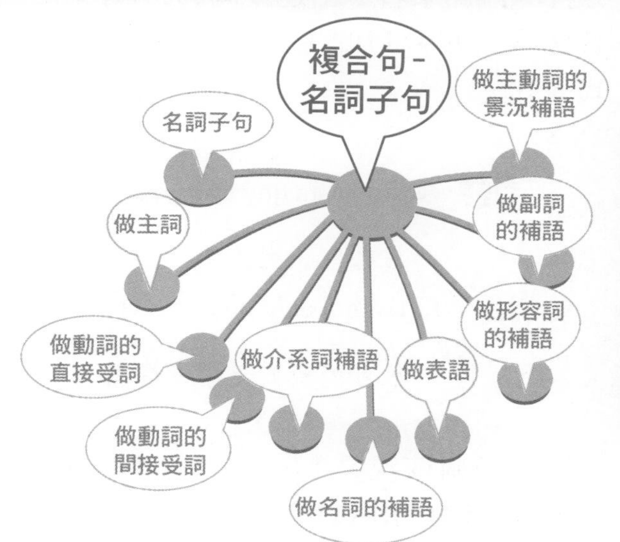

● 名詞子句

西班牙語的「名詞子句」主要由連接詞que或si連繫另一個語意上所需依附的主要子句(proposición principal)。形式上，名詞子句也有主詞(sujeto)、謂語(predicado)的句子結構，從句法功能的角度來看，名詞子句如同簡單句裡名詞(sustantivo)或名詞詞組(sintagma nominal)所擔任的，可以是主詞、直接受詞、間接受詞、補語等。

下面我們從句法功用的角度，逐一介紹西班牙語「名詞子句」

在複合句中可能的句型。

● 做主詞

我們知道在簡單句（oración simple）裡主詞的單、複數必須與動詞一致，不過名詞子句並無這些構詞學上詞尾變化的特徵。從句法分析的觀點來看，由連接詞que引導出的名詞子句應視為一個整體，若做整個複合句的主詞，數量上就是單數，動詞也就搭配單數形式。

 ❶ Me gusta que trabajes.
主詞
我喜歡你工作。

❷ Es probable que lleguemos tarde al colegio.
主詞
很可能我們上學會遲到。

另一個情況是名詞子句做主要動詞的補語（COMPLEMENTO DEL VERBO PRINCIPAL），這類補語按主要動詞是否有語意、句法上的需要，可以有下列幾種情形：

1. 補語補語

做動詞的直接受詞（complemento directo）、間接受詞（complemento indirecto）、介系詞補語（suplemento）。

2. 景況補語

修飾動詞。

3. 邊緣補語

嚴格來說，這類補語不是修飾動詞，而是整個句子。它的位置可在句首、句中和句尾。

 ❶ Por suerte, Luis aprobó las oposiciones.
❷ Luis, por suerte, aprobó las oposiciones.
❸ Luis aprobó, por suerte, las oposiciones.
❹ Luis aprobó las oposiciones, por suerte.
很幸運地，路易斯通過了考試。

● 做動詞的直接受詞

1. 主要動詞是「感官動詞」

主要動詞如果是「感官動詞」，例如：ver、observar、notar、oír等，後面可以使用連接詞que、si、como引導出的名詞子句做動詞的直接受詞。

 ❶ Tito soñaba que todos los problemas estaban resueltos.
主要動詞　直接受詞
提多幻想著所有的問題都解決了。

❷ Le voy a preguntar a Elena si se va a examinar.
動詞　間接受詞　直接受詞
我要問愛蓮娜她是否要參加考試。

❸ ¿Ves como yo tenía razón?
動詞　直接受詞
你看我有理吧？

2. 主要子句裡的動詞是表達要求、命令時

如果主要子句裡的動詞是表達要求、命令，有時候口語上，連接

詞que會省略不說。

 ▶Le ruego me preste atención.
我請你注意一下我。

3. 直說法的句型

在直說法的句型（Estilo directo）裡，說話者忠實地將他人的話重新說出來，句法上不用連接詞que，而是冒號和引號。

 ▶María me preguntó: 'si ibas a ir el sábado al concierto'.
瑪麗亞問我：「星期六你是否會去音樂會。」

4. 間接說法的句型

承上述，在間接說法的句型（Estilo indirecto）中，句法上是複合句，必須藉由連接詞que、si連繫主句和子句。該子句按其句法功用是名詞子句當主句裡動詞的直接受詞。在時態（Tiempo）和語氣（Modo）上，子句的動詞必須配合主句裡的動詞。

 ▶María me preguntó si iba a ir el sábado al concierto.
瑪麗亞問我說星期六我是否會去音樂會。

5. 陳述語氣和虛擬語氣的使用

上面我們提到子句的動詞在時態和語氣上必須配合主句裡的動詞來做改變，這其中的原因是受到主句裡動詞本身意義的影響。此外，如果名詞子句當主句裡動詞的直接受詞，且該名詞子句的核心動詞是不定式（infinitivo），連接詞que就可以省略之。這些語法現象仍有其規則和條件，我們分述如下：

◆ **主句的動詞表示害怕、欲望、希望時**

複合句中，主句的動詞表示害怕（temor）、欲望（*deseo*）、希望（*esperanza*）時，若主句的主詞和名詞子句的主詞指涉對象不一樣，那麼名詞子句的動詞以虛擬式的人稱形式（en forma personal）表現。倘若主句的主詞和名詞子句的主詞指涉對象是一樣，則名詞子句的動詞以不定式無人稱的形式（infinitivo）表現。

範例 ❶ Quiero (yo) que (tú) estudies.
Prop.1 *Prop.2 (= Prop. Sustantiva)*
我要你讀書。

❷ Espero (yo) volver (yo).
Prop.1 *Prop.2 (= Prop. Sustantiva)*
我希望回來。

◆ **主句的動詞表示禁止、允許、勸說、告誡時**

複合句中，主句的動詞表示禁止（prohibición）、允許（permisión）、勸說（consejo）、告誡（exhortación）時，如同上一段所述，名詞子句的動詞可以不定式無人稱或虛擬式的人稱形式表現。所不同的是，名詞子句的動詞如果是以不定式無人稱的形式表現，主句和子句指涉的人稱可以不一樣。

範例 ❶ Le aconsejó (yo) que (usted) fuera a la reunión.
Prop.1, Sujeto 1 *Prop.2, Sujeto 2*
我勸您去開會。

❷ Le aconsejó (yo) ir (usted) a la reunión.
Prop.1, Sujeto 1 *Prop.2, Sujeto 2*
我勸您去開會。

◆ **主句的動詞表示感受時**

複合句中，主句的動詞表示感受（percepción）時，則名詞子句的動詞以陳述式的人稱形式表現。比較特別的是它可以有下列第二句、第三句的句型。

 ▶Veo que Daniel estudia.
= Veo estudiar a Daniel.
= Lo veo estudiar. (Lo = a Daniel)
我看見丹尼爾讀書。

◆ **主句的動詞以反身動詞的形式出現時**

下面是一個表時間的複合句，我們要看的是主要子句（Prop.1）裡，若主句的動詞是以反身動詞的形式（en forma reflexiva）出現，則名詞子句的動詞以不定式無人稱的形式表現。

 ▶Cuando estoy medio dormido, me oigo roncar débilmente.
從屬子句(Prop.2)　*反身動詞*　*不定式*
主要子句（Prop.1）
我半睡半醒時，會聽到自己淺淺的打鼾聲。

主句的動詞後面亦可接連接詞que引導一名詞子句，其動詞以陳述式的人稱形式表現。

 ▶Cuando estoy medio dormido, oigo que ronco débilmente.
從屬子句(Prop.2)　*動詞*　*名詞子句*
主要子句（Prop.1）
我半睡半醒時，會聽到自己淺淺的打鼾聲。

● 做動詞的間接受詞

名詞子句前若有介系詞a，且名詞子句由關係代名詞引導，則整個名詞子句含關係代名詞都做動詞的「間接受詞」。

 ▶Odio a quienes emplean la violencia.
動詞 間接受詞
我憎惡那些會使用暴力的人。

有些西班牙語文法家認為「名詞子句做動詞的間接受詞」並不存在，文法上的解釋應該是「關係形容詞子句名詞化」後才做動詞的間接受詞。

● 做介系詞補語

名詞子句前若有介系詞，該介系詞實際上與動詞是一體不分的，也就是所謂動詞片語。且名詞子句由關係代名詞引導，則整個名詞子句含關係代名詞都做動詞的「間接受詞」。西班牙文語法上稱此句型為Suplemento。

 ❶ Daniel no se acordó de que tenía que hacer los deberes.
動詞 介系詞補語
丹尼爾忘了誰應該做功課。

❷ Los campesinos confiaban en que las lluvias llegarían.
動詞 介系詞補語
農夫們相信雨季會到。

❸ Isabel no se acordaba de quien la había hecho reír tanto.
動詞 介系詞補語
伊莎貝爾不記得誰讓她如此開懷大笑。

● 做名詞的補語

1. 由連接詞que或關係代名詞quien引導的名詞子句

名詞子句經由連接詞que或關係代名詞quien引導，做名詞的補語，它的位置與句法功用如同簡單句裡的形容詞，主要是修飾其前面的名詞。通常連接詞前會有一介系詞，例如：de。如果連接詞是que，那麼在此句式中只是單純地起連接的功用；若是si，則蘊含不確定的意味。

❶ Tengo miedo de que me suspendan.
（miedo：名詞；de que me suspendan：補語）
我很害怕被當掉。

❷ Tenía una gran preocupación por si se hundía el tejado.
我很擔心屋頂會倒塌下來。

2. 由關係代名詞quien引導的名詞子句

名詞子句經由關係代名詞quien引導，前面無先行詞。

▶Dales los regalos a quienes han venido.
你把禮物給那些來的人。

3. 由疑問代名詞引導的名詞子句

由疑問代名詞，例如：quién、cómo、qué等引導的名詞子句做另一名詞的補語，仍保持其疑問代名詞之字義。

▶Le hicieron la pregunta de cómo lo había sabido.
他們向他提出這一個問題，有關他是怎麼知道的。

4. 傳統語法上被當做景況補語解釋的名詞子句

許多「子句」（proposición）在傳統語法上被當做景況補語（Complemento circunstancial）解釋（請看下面範例❶），但是從形式上應該看做是名詞子句做另一個名詞的補語（請看下面範例❷）。

範例 ❶ No fuimos al cine a causa de que llovía a cántaros.
C.C. de causa（表原因的從屬子句做景況補語）

❷ No fuimos al cine a causa de que llovía a cántaros.
名詞　名詞子句
做causa的補語

因為下大雨，我們沒去看電影。

● 做表語

在第二章我們曾解釋過，簡單句中，西班牙語動詞ser、estar後面所接的字群，在句法功用上稱為「表語」。這些字群可能是名詞、形容詞、人稱代名詞、副詞等。如果動詞ser後面緊跟著連接詞que或關係代名詞quien，同時引導出一子句，該子句就是名詞子句，其位置等同於簡單句中的表語，因此我們稱之為「名詞子句做表語」。

❶ La ventaja del ordenador es que simplifica el trabajo.
連繫動詞　表語

電腦的好處是讓工作簡單化。

❷ Juan fue quien me enseñó los museos de la hermosa ciudad.
連繫動詞　表語

璜是介紹這個漂亮城市博物館給我認識的人。

● 做形容詞的補語

名詞子句前若有介系詞，且該介系詞與形容詞一起連用，如以下範例中的estar segura de。換句話說，名詞子句由關係代名詞引導（像是que、quien）時，整個名詞子句含關係代名詞都做形容詞的補語。

範例 ▶Ana estaba segura de que iba a volver pronto a casa.
　　形容詞　　補語

安娜確信她馬上會回家。

● 做副詞的補語

名詞子句前若有介系詞，且該介系詞與副詞一起連用，也就是所謂副詞片語，如以下範例中的delante de。後面接的名詞子句由關係代名詞引導，整個名詞子句含關係代名詞都做副詞的補語。

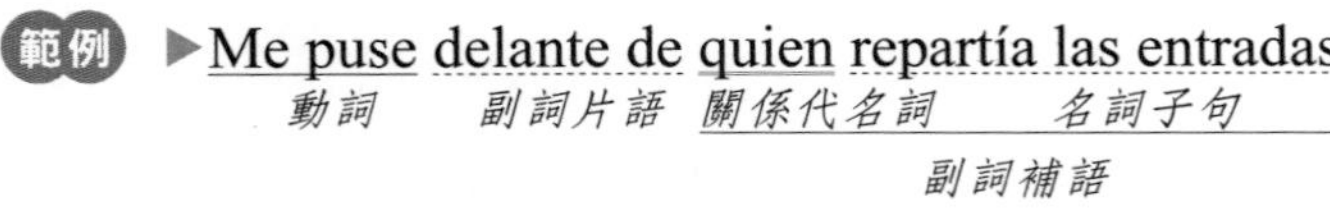

我站在發入場券那個人的面前。

● 做主動詞的景況補語

名詞子句做句中主要動詞的景況補語（Complemento circunstancial），我們若分析整個句子，不難看出名詞子句經由連接詞像是que引導，其前的介系詞，則是讓整個名詞子句含介系詞、連接詞都做主動詞的景況補語。複合句景況補語的角色相當於簡單句中副詞的功用。

範例 ▶No hemos ido al cine desde que nos casamos.
　　介詞　連接詞　名詞子句
　　副詞功用的景況補語

從我們結婚後就沒有去看過電影。

■ 練習題

填入適當的字或動詞變化

1. Es importante ________ (conocer) varios idiomas.
2. Soy partidario de que ________ (ir, nosotros) todos al cine.
3. Me ________ (dar, él) a entender que estaba todo solucionado.
4. Es difícil, pero no es imposible ________ (*hacerlo*).
5. Es conveniente que, de vez en cuando, ________ (oír, nosotros) lo que dicen los demás.
6. Pero es muy extraño que, cuando llegaste, ________ (estar, ellos) todavía dormidos.
7. Pero es muy extraño que, cuando llegaste, aún no ________ (levantarse, él) ya.
8. Me dio la impresión de que no ________ (querer, él) saber nada del tema.
9. Creo que era necesario decírselo y eso fue lo que ________ (hacer, yo).
10. ________ (ver) la situación, no era aconsejable quedarse ahí.
11. Claro que soy consciente de que ________ (jugarse) en ello mi propio prestigio.
12. Sería conveniente que ________ (preparar, nosotros) la comida el día antes.
13. Sería una lástima que no ________ (aprovechar, ellos) bien el tiempo.
14. Resultó que ________ (venir) su novia y ________ (irse) al cine.
15. ¿No es verdad que me ________ (querer, tú)?
16. Estoy encantada de ser como ________ (ser, yo).
17. Me da rabia de que ________ (ser, tú) tan pesado.
18. Es ridículo que ________ (ponerse, tú) así.
19. No hay que echar de antemano la posibilidad de que ________ (poderse) producir un acercamiento entre las distintas posturas.
20. Es que no recibimos la noticia de que ________ (alcanzarse) un acerdo

第七章 複合句-名詞子句 練習題

hasta el día siguiente.

21. El riesgo de que ________ (poder, nosotros) perder el control de las movilizaciones es mínimo.
22. Teresa, ilusionada con que ________ (llegar, él) el fin de semana, no piensa en otra cosa.
23. Quiero que ________ (salir, tú) un rato a la pizarra y se lo ________ (explicar, tú) a tus amigos.
24. Me contaron que su padre ________ (ser) un héroe de la Guerra Civil.
25. No creo que eso ________ (ser) bueno para ti.
26. Estoy seguro de que la fiesta de mañana ________ (tener) mucho éxito.
27. He notado que ________ (estudiar, vosotros) mucho durante esta semana.
28. Los domingos me encanta ________ (quedarse) en la cama y que me ________ (llevar) el desayuno mi mujer.
29. No me gusta que ________ (regresar, tú) tan tarde a casa.
30. Sus padres se oponen a que ________ (salir, ella) con ese chico.
31. Me gustaría ________ (tener) todos los discos de Paco de Lucía.
32. La policía impidió que el ladrón ________ (escapar).
33. Me di cuenta de que aquel hombre me ________ (mirar) de una forma extraña.
34. No me importa que ________ (mirar, tú) un poquito a otra chica.
35. Hizo que todos sus hijos ________ (salir) a saludar.
36. No le molesta que los demás ________ (saber) que ________ (vivir) en la miseria.
37. Es posible que mis padres ________ (venir) a verme mañana por la tarde.
38. No es bueno que los niños ________ (ver) demasiado la televisión.
39. No era cierto que ________ (estar, ellos) todavía reunidos cuando llegó la policía.
40. Me suplicó que no le ________ (decir) nada a su padre.

41. Les hizo ________ (llorar) a todos con sus chistes.
42. Me ________ (emocionar) que me besara tan apasionadamente a la luz de la luna.
43. Estoy contento ________ he hecho lo que he querido.
44. Veo que ________ (ir, vosotros) comprendiendo el uso de subjuntivo del español y eso me alegra.
45. Es cierto que nosotros los jóvenes ________ (ser) la esperanza del futuro.
46. Os recomedaría que en cualquier circunstancia ________ (sonreír, vosotros) siempre.
47. Supongo que Noemí no ________ (enfadarse) por lo del beso.
48. Puede ser que la ________ (conocer, tú).
49. Es una pena que el descapotable de Juan sólo ________ (alcanzar) 200 kms. por hora.
50. Basta que tú lo ________ (decir) para que tu esclavo obedezca sin rechistar.

複合句-副詞子句

(Proposiciones subordinadas adverbiales)

在複合句裡，景況補語亦具有副詞的性質，它們有些是從表示「地方」、「時間」與「方式」的名詞詞組轉變過來的，形式上以句子的結構出現，語法功用上擔任副詞的角色修飾動詞，因此稱做「副詞性子句」。

■ 本章重點

- 副詞子句
- 時間副詞子句
- 地方副詞子句
- 方式副詞子句
- 假副詞性子句

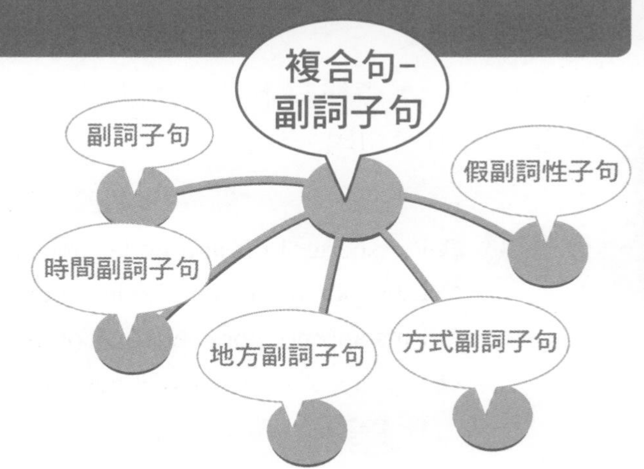

● 副詞子句

我們在第七章有提到，句法上，西班牙語的「名詞」可以搭配形容詞、所有格、冠詞等其它詞類組成「名詞詞組」，兩者語法功用上皆可以當主詞（sujeto）、受詞（dativo o acusativo），或做景況補語（complementos circunstanciales）修飾主要動詞等。語法上，副詞與補語仍有句法功用上的差異，我們分述如下。

在簡單句裡，動詞的補語（complementos del verbo principal）若依照主要動詞是否有句法、語意上的需要，可以有下列幾種：

1. 命題補語

做動詞的直接受詞（complemento directo）、間接受詞（complemento indirecto）、介系詞補語（suplemento）。

2. 景況補語

修飾動詞。

3. 邊緣補語

嚴格來說，這類補語不是修飾動詞而是整個句子。它的位置可在句首、句中和句尾。

❶ Por suerte, Luis aprobó las oposiciones.
❷ Luis, por suerte, aprobó las oposiciones.
❸ Luis aprobó, por suerte, las oposiciones.
❹ Luis aprobó las oposiciones, por suerte.
很幸運地，路易斯通過了考試。

副詞（adverbio）在簡單句裡通常是單一一個字出現去修飾形容詞（例如：muchacha *singularmente* hermosa獨一無二漂亮的女孩）、動詞（例如：correr *rápidamente* 跑得快）、名詞（例如：la casa *de allí al otro lado*位在另一邊那兒的房子），或另一個副詞（例如：viene *muy a menudo*〈他〉經常來）。
在複合句裡，我們做句法分析時，景況補語亦具有副詞的性質，它們有些是從表示「地方」、「時間」與「方式」的名詞詞組（sintagma nominal）轉變過來的，形式上以句子的結構出現，語法功用上擔任副詞的角色修飾動詞，因此文法家直接把它們稱做「副詞性子句」（proposiciones subordinadas adverbiales）。

❶ Él trabaja *temprano*.（副詞）
動詞 副詞
他很早就工作。

❷ Él trabaja *desde la madrugada*. (景況補語)
動詞 介詞 名詞詞組
景況補語

他從黎明就工作。

❸ Él trabaja *desde que amanece*. (副詞性子句)
動詞 連接詞 動詞
副詞子句

他從天亮就工作。

時間副詞子句

表時間之從屬連接詞所引導的副詞子句可以是表達動作發生的「同時」、「之前」與「之後」、「持續」。我們依序介紹如下：

1. 表「同時」

複合句中，引導副詞子句表達「同時」最常見的連接詞有cuando、mientras、apenas、tan pronto (como)、en cuanto、en el instante en que、en el momento en que、al mismo tiempo que、a medida que、a manera que、conforme、según、al + INFINITIVO、mientras que、mientras tanto、entre tanto que、en tanto que。其中的意義是副詞子句（Prop. 2）裡動作發生的時間與主要子句裡（Prop. 1）的動作幾乎是同時的。

❶ Estaba lloviendo *cuando* llegué al aeropuerto.
時間副詞子句修飾主要動詞
子句1 子句2

我到達機場的時候正在下雨。

❷ Avísame *en cuanto* sepas algo.
子句1 子句2

一旦你知道什麼就通知我。

❸ Empezaron a gritar *apenas* oyeron el ruido.
子句1 子句2

他們一聽到吵聲就開始尖叫起來。

❹ Te enseñaré el cuadro *tan pronto como* lo termine.
子句1 子句2
我一畫好就把它拿給你看。

句法上，若cuando的前面有先行詞（antecedente），通常是含有時間意義的名詞，像是momento、época等，此時cuando是一關係副詞（adverbio relativo），後面引導一關係子句（proposición de relativo）。另外，cuando可以由en el que替代。

 ▶Estaba lloviendo en el momento *cuando* llegué al aeropuerto.
先行詞 關係副詞子句
= Estaba lloviendo en el momento *en el que* llegué al aeropuerto.
先行詞 關係副詞子句
我到達機場的時候正在下雨。

句法上，西班牙語必須注意「時態的一致性」（correlación temporal），也就是：副詞子句裡動詞的時態必須配合主要子句裡的動詞時態。這一觀念我們分別在第四章和第五章有解釋過，我們用以下範例做一簡單複習：主要子句的動詞若是過去式，從屬子句亦須使用過去式的相關時態搭配。請注意符號「⊗」表示該句是錯誤的，而符號「◉」表示正確的說法。

 ▶⊗ Me gusta escuchar música cuando ~~estudié~~.
◉ Me gusta escuchar música cuando estudio.
我喜歡唸書時聽音樂。

複合句中，連接詞cuando所引導的副詞子句，其動詞的時態不可以是未來式（futuro）和條件式（condicional）。若要表達未來的觀念，必須使用現在虛擬式（presente de subjuntivo）、現在完成虛擬式（perfecto de subjuntivo）。同樣地，若要表達過去將要發生的觀念，則須使用未完成虛擬式（imperfecto de subjuntivo）。

範例 ❶ ⊗ Nos iremos al cine cuando ~~terminará~~ la clase.
◉ Nos iremos al cine cuando *termine* la clase.
當課結束後，我們會去看電影。

❷ ⊗ Saldrían de excursión cuando ~~haría~~ buen tiempo.
◉ Saldrían de excursión cuando *hiciera* buen tiempo.
當好天氣時，他們應該會去郊遊。

❸ ⊗ A las doce, cuando ya ~~habrán~~ terminado, hablaremos.
◉ A las doce, cuando ya *hayan* terminado, hablaremos.
十二點您們結束時，我們再談。

表「同時」的連接詞mientras所引導的時間副詞子句，其主詞或動作行為之施事者和主句之主詞必須是一樣的；而mientras que則不一樣。

範例 ❶ Mientras se van cociendo las patatas voy a aprovechar para ir arreglando el salón.
趁馬鈴薯在煮的時候，我把握時間整理客廳。

注意
時間副詞子句的動詞雖用第三人稱被動語態，但是煮馬鈴薯的人實際上是我。

❷ La vi mientras salía.
我出門時看見他。

❸ Tengo que estudiar un rato, mientras que tú puedes escuchar música en la habitación de al lado.
我得唸一下書，你可以在隔壁房間聽聽音樂。

2. 表「之前」與「之後」

複合句中，引導副詞子句表達「之前」的連接詞有antes de que，表達「之後」的連接詞有después de que、luego que、después de + INFINITIVO。而也有些語法家把前述表同時的連接詞，像是en cuanto、tan pronto como、apenas、así que、no bien、nada más + INFINITIVO當做表達「之後」的連接詞，不難看出他們是著眼於敘述動作發生的順序。簡而言之，副詞子句（Prop. 2）裡動作發生的時間晚於主要子句裡（Prop. 1）的動作。

範例 ❶ Llegaremos a casa *antes de que* anochezca.
Prop.1 Prop.2
我們在天黑之前會到家。

❷ Vi un rato la televisión *después de que* me llamaste.
Prop.1 Prop.2
你打電話給我之後，我看了一會兒電視。

❸ *Apenas* descendió por las escalerillas, le dio un abrazo su novio.
Prop.1 Prop.2
她一從樓梯走下來，她的男朋友給她一個擁抱。

❹ *Tan pronto como* yo os dé la señal, tenéis que salir al escenario.
Prop.1 Prop.2
我一給你們指示，你們就從舞台裡出來。

❺ *Nada más* llamarme tú, se lo dije.
Prop.1 Prop.2
你打電話給我後，不一會兒我就跟他說了。

3. 表「持續」

複合句中，引導副詞子句表達「持續」的連接詞有a medida que、conforme、según。其中的意義是副詞子句（Prop. 2）裡動作發生的過程與主要子句裡（Prop. 1）的動作是並行發展的。

❶ El profesor colocaba a los alumnos en el aula según iban entrando.
Prop.1 *Prop.2*
老師在學生進教室的時候，安排他們的位置。

❷ Aprovecha el tiempo mientras eres joven.
Prop.1 *Prop.2*
趁你年輕的時候，把握時間。

❸ María habla por teléfono conforme está cocinando.
Prop.1 *Prop.2*
瑪麗亞一邊講電話，一邊煮飯。

4. 與HACER使用

時間副詞子句與動詞HACER的使用是西班牙語句法上特殊的地方。動詞HACER以第三人稱單數形式出現，後面接具有時間意義的名詞詞組。

範例 ❶ Elena ha venido de España hace poco (tiempo).
愛蓮娜不久前從西班牙回來。

❷ Elena fue a la facultad hasta hace dos años.
愛蓮娜一直到兩年前才到該學院。

❸ Juan no fuma desde hace dos años.
璜兩年前就不抽煙了。

5. 修飾整句之時間副詞

表時間之副詞子句不一定是修飾主要子句的動詞，也可以是修飾整個主要子句。通常修飾整句之時間副詞子句出現在句首，後面緊跟著主要子句。

▶Cuando entró en su habitación, se puso a escribir cartas.
他進房間後，開始寫信。

此外，此一句型與修飾主要動詞之時間副詞子句不同的是：主要子句還可以是疑問句或感嘆句的句型。

範例 ▶Cuando entró en su habitación, ¿se puso a escribir cartas?
他進房間後，開始寫信嗎？

● 地方副詞子句

複合句中，引導副詞子句表達「地方」最常見的連接詞是donde，其前可無先行詞。

範例 ▶María siempre se sienta donde quiera.
副詞子句
瑪麗亞總是坐在她想坐的地方。

句法上，若donde的前面有先行詞（antecedente），通常是含有地方意義的名詞，像是lugar、sitio等，此時donde是一關係副詞（adverbio relativo），後面引導一關係子句（proposición de relativo）。另外，donde可以由en el que替代。

範例 ❶ María siempre se sienta en el sitio donde quiera.
= María siempre se sienta en el sitio en el que quiera.
瑪麗亞總是坐在她想坐的地方。

❷ Visitamos la casa donde nació Mozart.
主要子句　關係副詞子句
我們參觀了莫札特出生的家。

關係副詞donde亦可與介系詞a、hacia、para連用，表達方位移動的含義。

範例 ❶ Las ambulancias se dirigen *a donde* se ha producido el accidente.
救護車朝車禍發生的地點開去。

❷ Las ambulancias van *para donde* se ha producido el accidente.
救護車朝車禍發生的地點開去。

上面範例❷之介系詞para在口語上有更強調方向的意義。

另外，副詞adonde的使用時機是前面有一先行詞，且句中的動詞是具有移動意義的動詞。

 ►Ella estaba en Mallorca *adonde* iban sus padres todos los veranos.
她在Mallorca島，是她父母每年夏天都會去的地方。

其它介系詞與donde連用的有de donde、por donde、(en) donde、hasta donde。

範例 ❶ Este vino me lo traen *de donde* lo elaboran.
這葡萄酒他們從製造的地方帶來給我。

❷ Los montañeros subieron *por donde* había más dificultad.
這些愛好登山者從最難的地方爬起。

❸ El niño se escondió *en donde* no lo pudieran encontrar.
這小男孩躲在沒人找得到的地方。

❹ Los montañeros llegaron *hasta donde* nadie había llegado.
這些愛好登山者到達沒人到過的地方。

1. 修飾整句之地方副詞

表地方之副詞子句不一定是修飾主要子句的動詞，也可以是修飾整個主要子句。通常修飾整句之地方副詞子句出現在句首，後面緊跟著主要子句。

範例 ▶Desde que terminan los sembrados hasta que empiezan los montes,
副詞子句如同邊緣補語修飾主要子句

todo es del Ayundamiento.（範例取自F. Marcos Marín 1999:437）
主要子句

從播種的土地末端到山坡地開始，都是市政府的地。

此一句型與修飾主要動詞之地方副詞子句不同的是：主要子句還可以是疑問句或感嘆句的句型。此外，地方副詞子句在句中的位置彈性很大。

範例 ▶Desde que terminan los sembrados hasta que empiezan los montes, ¿todo es del Ayundamiento?

= Todo, desde que terminan los sembrados hasta que empiezan los montes, es del Ayundamiento.

從播種的土地末端到山坡地開始，都是市政府的地嗎?

● 方式副詞子句

表「方式」之副詞子句，其句法功用如同簡單句裡表方式之副詞。主要是修飾主要子句的動詞。最常見之連接詞是como。

▶Hago como me enseñó el profesor.
主要子句　　　方式副詞子句

我按照老師的指示去做了。

有時como可以和si連用，形成como si，句法上使用未完成虛擬式（imperfecto de subjuntivo），表達與事實相反之語氣（modo）。

範例 ❶ Se comportaba *como si* fuera un hombre importante.
主要子句　　　方式副詞子句

他的行為表現得像一位很重要的人物。

❷ Ella caminaba *como si* estuviera cojo.
她走起路來像跛腳。

若是como和que連用，形成como que，句法上仍使用陳述式（indicativo），且只和hacer、parecer等少數動詞搭配，語氣上亦是表達不確定的態度。

範例 ▶María hizo *como que* no comprendía nada.
瑪麗亞做起事來好像什麼都不懂。

其它表「方式」之連接詞還有según、según y conforme、según cómo、según y cómo，其中según y cómo還可以當做答句。

範例 ❶ María hizo la paella *{según / según y cómo}* decía la receta.
瑪麗亞按照食譜做了海鮮飯。

❷ ¿Aceptarás este cargo? *Según y cómo*.
你接受這一職務嗎？看情況。

若是según和que連用，形成según que，句法上仍使用虛擬式（subjuntivo），語氣上表達不確定的態度。

範例 ▶*Según que* haga frío o calor, me pondré este traje u otro.
我會依天氣冷熱決定穿哪件衣服。

1. 修飾整句之「方式」副詞子句

表「方式」之副詞子句不一定是修飾主要子句的動詞，也可以是修飾整個主要子句。通常修飾整句之地方副詞子句出現在句首，後面緊跟著主要子句。

 ▶*Como* estaba previsto, la obra se representó.
方式副詞子句　主要子句
這部作品如預期展出。（範例取自F. Marcos Marín 1999:440）

此一句型與修飾主要動詞之「方式」副詞子句不同的是：主要子句還可以是疑問句或感嘆句的句型。此外，表方式副詞子句在句中的位置彈性很大。

範例 ❶ La obra, *como estaba previsto*, se representó.
這部作品，一如預期，完成表演。

❷ La obra se representó, *como estaba previsto*.
這部作品完成表演，一如預期。

❸ *Como estaba previsto*, ¡¿la obra se representó?!
一如預期，這部作品完成表演?!

● 假副詞性子句

複合句（oración compleja）中若由表示「目的」（final）、「條件」（condicional）、「讓步」（concesiva）、「結果」（consecutiva）、「比較」（comparativa）、「原因」（causal）等連接詞所引導出的從屬子句，看似不像簡單句裡副詞所扮演的角色，可以修飾形容詞、動詞、名詞或另一個副詞。不過實質上，這些連接詞引導出的從屬子句，其語法功用如同景況補語一樣，擔任修飾主句裡的動詞，而這點正是副詞的性質之一，文法家因此把它們稱做「假副詞性子句」（proposiciones subordinadas adverbiales impropias）。必須注意到：語意上主句（proposición principal）和從屬句（proposición subordinada）之間的關係是彼此需要、相互依賴的，以求整個句子（oración）句意上的完整。下面我們分別介紹「假副詞性子句」的句型。

1. 原因

複合句中，表示原因的從屬子句最常見的連接詞是porque。這個字事實上是由介系詞por和連接詞que組合成的一個字，引導的子句動詞用陳述式。

範例 ▶Este coche no puede arrancar porque tiene la batería agotada.
　　　主要子句　　　　　原因從屬子句
這部車沒有辦法發動，因為電瓶沒電了。

若連接詞porque引導的子句動詞用虛擬式，句意上比較像是表「目的」的意義，或者說解釋的原因不真實。

範例 ▶Volvía enseguida a casa porque sus padres estuvieran tranquilas.
他馬上回家好讓他爸媽心安。

若連接詞porque前面有否定字，像是no，引導的子句動詞亦用虛擬式，句意上有想要把事件的原因解釋清楚的味道。

範例 ▶Juan no triunfa, *no porque* cante mal, *sino* porque no le ayudan.
璜沒贏得比賽，並不是他唱得不好，而是沒人幫他。

表示原因的連接詞最常見的還有como、pues、que、a causa de que、gracias a que、merced a que、puesto que、ya que、dado que、en vistas de que、a la vista de que等。我們分別介紹如下：

◆ **como**

表原因的連接詞Como引導的子句一定出現在句首，句法功用上像是邊緣補語（complemento periférico）修飾整個主要子句。

範例 ▶Como está lloviendo, no salimos y nos quedamos en casa.
因為下雨了，我們不出門留在家裡。

◆ **pues**

連接詞pues的使用較口語化，句法功用上亦像是邊緣補語（complemento periférico）修飾整個主要子句，不過不一定要出現在句首。

範例 ▶Juan se ha quedado en casa, pues ha estado enfermo.
璜留在家裡，因為生病了。

◆ **que**

連接詞que的使用也是比較口語化，若主要子句的動詞是命令式或表示要求，que引導的子句緊跟在主要子句的後面，句法功用上亦像是邊緣補語修飾整個主要子句。

範例 ▶Juan, cierra la ventana, que hace mucho frío.
璜，把窗戶關上，天氣很冷。

◆ **por**

介系詞por後面緊接不定式（infinitivo），也就是動詞原形，亦可表達原因。

範例 ❶ Eso te pasó por dormir poco.
= Eso te pasó porque dormiste poco.
你會發生那樣的事是因為睡太少。

❷ Nos llamaron la atención por hacer tú el tonto.
= Nos llamaron la atención porque tú hiciste el tonto.
我們會注意到是因為你做了蠢事。

◆ **porque**

若說話者敘述的事件發生在過去，且說話者表達懷疑、不確定的態度時，連接詞porque所引導的子句動詞須使用愈過去虛擬式（pluscuamperfecto de subjuntivo）或複合條件式（condicional compuesto）。

範例 ▶Fue una pena que no pudieras ir al cumpleaños de María, porque te lo {hubieras / habrías} pasado en grande.
很可惜你沒能參加瑪麗亞的生日，因為你應該會玩得很棒。

事實上，此範例porque所引導的子句可以看做另一個完整的條件句（請參閱後面「條件」單元），也就是說，條件主句的動詞使用複合條件式（condicional compuesto），條件子句之動詞則使用愈過去虛擬式（pluscuamperfecto de subjuntivo）。此一句式描述事件發生的時間點是過去，且可能性很低。

範例 ▶Fue una pena que no pudieras ir al cumpleaños de María,
表原因主要子句*Prop.1*
porque si hubieras ido, te lo habrías pasado en grande.
表條件子句 表條件主句
表原因從屬子句 *Prop.2*
很可惜你沒能參加瑪麗亞的生日，因為你應該會玩得很棒。

2. 目的

表「目的」從屬子句裡最常見的連接詞有para que、a que、por

que、a fin de que、con el fin de que、con el objeto de、con el propósito de que、con el firme propósito de que、con la intención de que、con la sana intención de que、con la idea de que、a efectos de que、con vistas a que等。從屬子句緊跟在主要子句後面，且時態上，從屬子句裡動詞（動作）發生的時間要晚於主要子句裡的動詞。

範例 ▶Juan va al ambulatorio *para que* le curen la herida.
主要子句　　　目的從屬子句
璜要去急診室（讓他們）治療（他的）傷口。

語意上，表目的之從屬子句是要完成主要子句裡動詞所要表達的意圖。因此，句法上，從屬子句之動詞要用虛擬式。

範例 ▶Juan va al ambulatorio *a que* le curen la herida.
璜要去急診室（讓他們）治療（他的）傷口。

如果主要子句裡動詞的主格與從屬子句動詞的主格一樣，那麼從屬子句之動詞要用不定式（infinitivo）。

範例 ▶Juan va al ambulatorio *a* curar la herida.
璜要去急診室治療傷口。

不過有些情況下，主要子句裡的受格與從屬子句動詞的主格一樣，從屬子句裡的動詞亦用不定式（infinitivo）。

範例 ▶Sus amigos lo han llamado para asistir a la fiesta.
= Sus amigos lo han llamado para que él asista a la fiesta.
受格lo = él
他的朋友打電話給他，要他去參加舞會。

表「目的」之從屬子句動詞的時態（tiempo）和語氣（modo）必須配合主要子句的動詞，也就是說，主要子句的動詞如果是現在式（presente de indicativo），從屬子句之動詞就用現在虛擬式（presente de subjuntivo）；另一種情況是：主要子句的動詞如果是過去式（tiempo pasado），從屬子句之動詞就用未完成虛擬式（imperfecto de subjuntivo）。

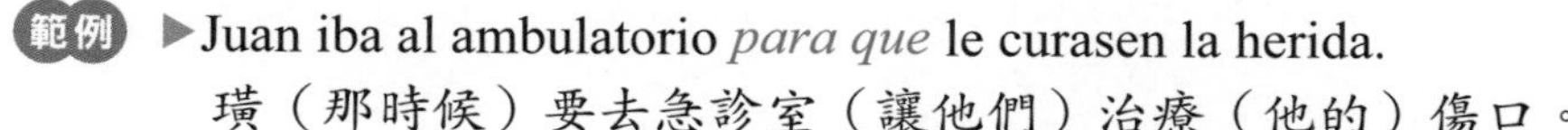

範例 ▶Juan iba al ambulatorio *para que* le curasen la herida.

璜（那時候）要去急診室（讓他們）治療（他的）傷口。

連接詞de modo que、de forma que、de manera que、de suerte que所引導的從屬子句若要表達「目的」之語氣，動詞必須用虛擬式（subjuntivo）。

範例 ▶Mandó a su hijo a estudiar de modo que algún día fuera alguien en la vida.

他要他的孩子去唸書，好讓他將來有一天變成重要的人。

3. 條件

表「條件」之從屬子句，西班牙語稱為prótasis，後面緊跟著主要子句（apódosis）。時態上，主要子句裡動詞（動作）發生的時間晚於條件之從屬子句。

範例 ▶Si usted me lo permite, me voy al trabajo.

條件子句　主要子句

如果您同意的話，我要去工作了。

條件句中，主要子句和從屬子句的動詞，不論時態（tiempo）或是語氣（modo）上都有著密不可分的關係：在形式上，藉由兩者動詞變化的搭配，表達不同的語氣、說話者的態度。下面我們分別介紹條件句中使用不同的動詞變化形式表達語意上的真實性。

◆ **句式(1)**

若條件子句之動詞使用現在陳述式（presente de indicativo），主要子句的動詞可以是現在式（presente de indicativo）、未來式（futuro）或命令式（imperativo）。此一句式（Condicional real）表達事件發生的時間點是現在或未來，且可能性高。

►Si apruebas el examen, te compraré una bicicleta.
如果你通過考試，我買輛腳踏車給你。

此範例可以有兩種解釋情形：一是說話者認為：「現在你參加的考試通過的可能性很高，我會買輛腳踏車給你。」另一是：「這考試是明天或將來某一天舉行，你通過考試的可能性很高，到時我會買輛腳踏車給你。」

◆ **句式(2)**

若條件子句之動詞使用未完成過去式（imperfecto de indicativo），主要子句的動詞也是未完成過去式。此一句式（Condicional real）表達事件發生的時間點是在過去（tiempo pasado），且可能性高。

►Si aprobabas el examen, te compraba una bicicleta.
如果你（那時候）通過考試，我會買輛腳踏車給你。

◆ **句式(3)**

若條件子句之動詞使用未完成虛擬式（imperfecto de subjuntivo），主要子句的動詞則使用簡單條件式（condicional simple）。此一句式（Condicional potencial）表達與現在或未來事實相反的假設，其事件發生的時間點可以是現在或未來，且可能性低。

範例 ▶Si aprobaras el examen, te compraría una bicicleta.
如果你通過考試，我會買輛腳踏車給你。

此範例可以有兩種解釋情形：首先，如果事件的發生是說話的當下，說話者想表達與現在事實相反的假設，也就是說：「你根本沒有通過考試，我不會買給你腳踏車。」另一種情形是表達與未來事實相反的假設，說話者認為：「你將不會通過考試，我也不用買腳踏車給你。」
此外，口語上，主要子句的動詞常常使用未完成過去式（imperfecto de indicativo）替代簡單條件式。

範例 ▶Si aprobaras el examen, te compraba una bicicleta.
如果你通過考試，我會買輛腳踏車給你。

◆ 句式(4)

若條件子句之動詞使用愈過去虛擬式（pluscuamperfecto de subjuntivo），主要子句的動詞則使用複合條件式（condicional compuesto）。此一句式（Condicional irreal）表達與過去事實相反的假設，其事件發生的時間點是過去，且可能性很低。

範例 ▶Si hubieras aprobado el examen, te habría comprado una bicicleta.
如果你（那時候）有通過考試，我就買輛腳踏車給你。

此範例的情形是：事件的發生在較過去的時間，可能是上星期、上個月或更久以前，說話者想表達與過去事實相反的假設，也就是說：「你先前參加的考試，你沒有通過，我沒有買腳踏車給你。」
條件句裡最常見的連接詞是si，不過還有其它的連接詞，像是como、con que、siempre que、cuando、siempre y cuando、a no ser que、a menos que等。我們分別介紹如下：

◆ **Como**

Como引導的條件子句，其動詞一定是用虛擬式，且都出現在句首，後面緊跟著主要子句。

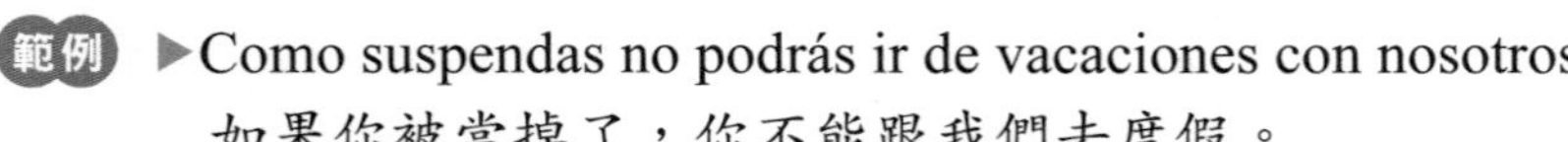

範例 ▶Como suspendas no podrás ir de vacaciones con nosotros.
如果你被當掉了，你不能跟我們去度假。

必須注意的是，如果引導的子句動詞用陳述式，則是表達原因而不是條件。

範例 ▶Como suspendes no podrás ir de vacaciones con nosotros.
因為你被當掉了，你不能跟我們去度假。

◆ **Con que**

Con que引導的條件子句，其動詞亦是用虛擬式，且都出現在句首，後面緊跟著主要子句。

範例 ▶Con que estudies un poco todos los días, aprenderás bien el español.
只要你每天唸一點西班牙文，你會學得很好。

◆ **cuando、siempre que、siempre y cuando**

有時表時間之連接詞cuando、siempre que、siempre y cuando，語意

上具有條件的意義。

 ❶ *Cuando* estudias mucho, sacas buenas notas.

= *Si* estudias mucho, sacas buenas notas.

當你很用功時，你會有好成績。

❷ Come lo que quieras *siempre que* lávate las manos .

只要你洗手，想吃什麼都可以。

◆ a no ser que、a menos que

條件句中若有表達否定意味則使用連接詞a no ser que、a menos que，句中動詞使用虛擬式，同時必須配合主要子句動詞的時態。

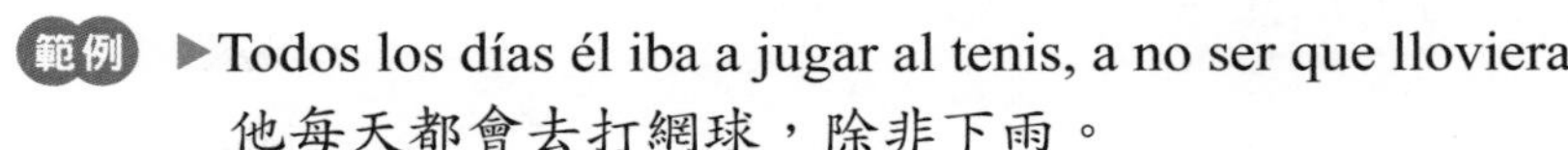 ►Todos los días él iba a jugar al tenis, a no ser que lloviera.

他每天都會去打網球，除非下雨。

◆ yo que + 人稱代名詞

口語裡亦常使用【yo que + 人稱代名詞】之結構表達條件的概念。

 ►Yo que él no le llamaría.

= Si yo fuera él, no le llamaría.

如果我是他，我不會打電話給他。

4. 讓步

表「讓步」之從屬子句，最常見的連接詞是aunque，不過還有其它的連接詞，像是a pesar de que、pese a que、aun a sabiendas de que、 si bien、y eso que、aun a riesgo de que、así、por mucho que等。此外，a pesar de、aun a riesgo de、pese a是介系詞片語當副詞用，後面必須接名詞。

範例 ❶ *Aunque* llovía, salieron a trabajar.
讓步　主要子句

= Salieron a trabajar *a pesar de* la lluvia.

= Salieron a trabajar *pese a* la lluvia.

儘管下雨，他們還是去工作。

❷ *A pesar de que* estaba enfermo, fue a dar clase a los alumnos.

= *Pese a que* estaba enfermo, fue a dar clase a los alumnos.

雖然他生病了，他還是去給學生上課。

表「讓步」之從屬子句通常出現在句首，後面緊跟著主要子句。主要子句可以是直述句或疑問句。

範例 ❶ Aunque llovía a cántaros, fue a dar clase a los alumnos.
雖然下著傾盆大雨，他還是去給學生上課。

❷ Aunque llovía a cántaros, ¡¿ fue a dar clase a los alumnos?!
雖然下著傾盆大雨，他還是去給學生上課?!

「讓步」句中，主要子句和從屬子句的動詞，不論時態（tiempo）或是語氣（modo）上都有著密不可分的關係。若讓步子句之動詞使用現在陳述式（presente de indicativo），主要子句的動詞可以是現在式（presente de indicativo）、未來式（futuro）或命令式（imperativo）。此一句式表達事件發生受到阻礙的真實性非常高。若讓步子句的動詞使用虛擬式（subjuntivo），則說話者對事件發生受到阻礙的真實性感到懷疑、不確定。

 ❶ Aunque llueve, fue a dar clase a los alumnos.
雖然下雨，他還是去給學生上課。*（下雨可能性高）*

❷ Aunque llueva, fue a dar clase a los alumnos.
雖然下雨，他還是去給學生上課。*（下雨可能性低）*

類似aunque後面可接現在陳述式或虛擬式的連接詞還有a pesar de que、aun cuando、pese a que。也有表讓步的連接詞後面只接現在陳述式的，例如：aun a sabiendas de que、si bien、y eso que；以及只接虛擬式的，例如：así、aun a riesgo de que。

 ❶ Tenía que hacerlo aun a riesgo de que no me *comprendiera*.
儘管您不了解我，我仍然得做這件事。

❷ Se empeñó en irse al cine y se fue, y eso que le *dije* mil veces que la película era mala.
雖然我跟他說了上千次那部電影很爛，他還是堅持要去看，後來也去了。

❸ Intentó concencerla a sabiendas de que no *conseguiría* nada.
他試著認識她，儘管可能不會有什麼結果。

❹ No estudia así lo *mates*.
就算你宰了他，他也不唸書。

❺ Si bien *estábamos* todos allí con ella, no dejaba de llorar.
雖然我們大家都在她身邊，她還是哭個不停。

◆ 其它表「讓步」連接詞的組成形式

一些介副詞由【por +表強調的量副詞más、mucho、muy、poco + que】組成，語意上具有讓步的意義，例如：【por más +名詞 + que】、por más que、por {mucho / poco / nada} que、【por muy + {名詞／形容詞／副詞}+ que】。因此，句法上它們亦可以擔任

表示讓步的連接詞，其所引導的子句動詞若用陳述式（indicativo），如之前所提到，表達事件發生受到阻礙的真實性非常高。動詞若用虛擬式（subjuntivo），則表達懷疑、不確定。

範例 ❶ Por más que *llamaba* no lo oían.
不管他怎麼喊叫，他們就是沒聽到。
（他當時真的努力在叫，他們就是沒聽到。）

❷ Por más que llamara no lo oían.
不管他怎麼喊叫，他們就是沒聽到。
（他當時就算是有努力在叫，他們也不會聽到。）

❸ Por poco que haga, aprobará.
雖然他努力不多，還是過了。

❹ Por muy bien que se porte tiene ya tan mala fama.
雖然他努力好好表現，不過他已是惡名昭彰。

❺ Por muy hombre que sea con ése no se atreve.
無論他再怎麼勇敢，他對那傢伙卻很怯懦。

❻ Por muy inteligente que sea no aprobará.
無論他再怎麼聰明，他都不會通過。

❼ Por más que trabaja no consigue nada.
無論他再怎麼努力，他什麼也得不到。

❽ Por más oraciones que rece es una mala persona.
無論說再多的禱告詞，他就是個壞人。

上述範例❶到❽仍須注意主要子句和從屬子句的動詞時態（tiempo）和語氣（modo）上的搭配，也就是說，不同的時態和語氣動詞變化，表達不同的事件發生時間和說話者的態度。下面兩個範例中，動詞重複出現，且使用虛擬式的結構，亦可以表達讓步的語氣。

 ❶ *Cueste lo que cueste*, lo conseguiré.
無論多少代價，我都要得到。

❷ *Pase lo que pase*, cuenta conmigo.
不管發生什麼事，你可以相信我。

在一些情況下，表讓步語氣的句子和並列複合句中表反義（adversativa）的意義幾乎一樣（符號⊗表錯誤）。

 ❶ María es torpe, *pero* trabaja mucho.
≠⊗ Pero María trabaja mucho, es torpe.
瑪麗亞笨手笨腳，但是很努力工作。

❷ María es torpe, *aunque* trabaja mucho.
= Aunque María trabaja mucho, es torpe.
瑪麗亞笨手笨腳，但是很努力工作。

從句法分析的角度來看，上面範例❶是兩個同等的子句，由表反義的連接詞pero銜接兩個子句。範例❷則由連接詞aunque銜接兩個具有主從關係的子句。不過，範例❶連接詞pero引導的子句不可以出現在句首，範例❷連接詞aunque則可以。
此外。範例❶連接詞pero銜接的兩個同等子句，動詞必須使用相同的語氣，但範例❷連接詞aunque並無此限制。

 ❶ ⊗ María es torpe, pero trabaje mucho.
❷ María es torpe, aunque *trabaje* mucho.
瑪麗亞很笨拙，儘管很努力工作。

5. 結果

表「結果」之從屬子句，句子結構上與「比較句」相似。不過，前者一定是以句子的形式出現，後者則是名詞或名詞詞組。

 ❶ Juan come *tanto que* se encuentra mal.
主要子句　　　　結果子句
璜吃那麼多，結果感到不舒服。

❷ Juan come *tanto como* María (come mucho).
比較子句1　　　　比較子句2（come mucho 省略不說）
璜吃得跟瑪麗亞一樣多。

◆ 表「結果」句子之結構

下面我們列出複合句中，表達「結果」意義之句子結構：

V_1 + tanto que + V_2.
▶ Corrió *tanto que* está muy cansado ahora. 他跑步跑很多，結果現在很疲憊。

V_1 + {tanto/tanta/tantos/tantas} + 名詞 + que + V_2.
▶ Ha tomado *tantas* medicinas *que* no le hacen efecto. 他吃太多藥，以致沒有效果。

V_1 + tan + 形容詞 + que + V_2.
▶ Es *tan* alto *que* no encuentra pantalones de su talla aquí. 他那麼高，結果這兒沒有適合他褲子的型號。

V_1 + {tal/tales} + 名詞 + que + V_2.
▶ Me preguntó *tales* cosas que no supe responder. 他問我這樣的事情，讓我不知如何回答。

V_1 + {un/una/unos/unas} + 名詞 + tan + 形容詞+ que + V_2.

▶ Contó *unos* chistes *tan* malos que nos dejó sin saber cómo responder.
他說出這樣的笑話，讓我們不知道如何回應。

V_1 + cada + 名詞 + tan + 形容詞 + que + V_2.

▶ Tiene *cada* mueble *tan* bueno que te quedas asombrado.
他的家具很好，會讓你大為驚訝。

V_1 + de un + 名詞 + tan + 形容詞 + que + V_2.

▶ Ella está *de un* humor *tan* malo que no hay nadie que le aguante.
她心情這麼差，結果沒有人能忍受她。

Si + 動詞未來式、簡單式或複合條件式 + que + V_2.

▶ Si *será* tan alto que no encuentra pantalones de su talla aquí.
= Es tan alto que no encuentra pantalones de su talla aquí.
他那麼高，結果這兒沒有適合他的褲子型號。

▶ Si *habrá venido* de prisa que no ha tardado ni media hora.
= Ha venido tan de prisa que no ha tardado ni media hora.
他來得很急，結果沒花半小時就到了。

▶ Si *estudiaría* que siempre sacaba las mejores notas.
= Estudiaba tanto que siempre sacaba las mejores notas.
他這麼用功，所以總是拿到最高分。

▶ Si le habría reñido que el pobrecito está llorando.
= Le había reñido tanto que el pobrecito está llorando.
他這樣責備他，結果這小可憐哭起來了。

◆ 表「結果」之連接詞

表「結果」之連接詞最常見的有de modo que、de forma que、de manera que、de suerte que、de tal modo que、de tal forma que、de tal suerte que、de un modo que、de una forma que、de una manera que。引導的從屬子句動詞用陳述式（indicativo），若用虛擬式（subjuntivo）則變成表「目的」之語氣。

範例 ❶ Él se comportó de una manera *que* el profesor no *tuvo* más remedio que castigarlo.
他這樣的行為表現結果老師不得不處罰他。

❷ Lo hice de una manera que no se *diera* cuenta.
我這樣做好讓他沒注意到。

連接詞así que、por lo tanto、por eso、conque所引導的從屬子句動詞用陳述式或命令式。

範例 ❶ Es muy tarde, *así que* vente inmediatamente.
很晚了，所以你趕緊來。

❷ Está lloviendo, *por lo tanto* no voy a salir.
下雨了，所以我不出去了。

連接詞de ahí que、de aquí que所引導的從屬子句動詞用虛擬式。

範例 ►Es muy tarde, de ahí que me vaya.
很晚了，因此我要離開了。

表「結果」的句子，主要子句和從屬子句的動詞，不論時態（tiempo）還是語氣（modo）上，都必須藉由兩者動詞變化的搭配表達不同的含意。

⑴主要子句的動詞是陳述式（indicativo），表「結果」子句之動詞也用陳述式（indicativo）：

範例 ▶Ella confía en el trabajo tanto que nunca juega a la lotería.
主要子句　結果
他相信要努力工作所以從未買彩券。

⑵主要子句的動詞是虛擬式（subjuntivo）或命令式（imperativo），表「結果」子句之動詞則使用虛擬式：

範例 ▶Ojalá haya tanta gente que no podamos entrar.
真希望人多到我們進不去。

⑶若主要子句是否定的，則表「結果」子句之動詞使用虛擬式：

範例 ▶Juan no es *tan* tonto *que* no sepa nada.
= Juan no es *tan tonto como para que* no sepa nada.
璜沒那麼笨，以致什麼都不知道。

6. 比較

複合句中，比較句裡比較的對象一定有兩個，例如下面範例裡的Juan和María。

範例 ▶Juan es más alto que María (es alta).
副詞 形容詞　比較對象（子句）
副詞詞組
璜比瑪麗亞高。

由此範例中，我們可以看到más是一表達程度比較的副詞，西班牙語稱為elemento de grado comparativo。副詞más的右邊是另一個被比較的對象，句法上它可能是名詞或名詞詞組，由連接詞que、como或介系詞de所引導，西班牙語稱這兩個組成項目為coda，也就是此範例裡que María的部分。副詞más和que María再共同組成另一個更大的語法單位，亦即más que María，西班牙語稱為「量的比較」（cuantificador comparativo）。語意上比較的主題核心是「程度的高低」，因此副詞más後面可接形容詞或副詞，表達此範例中Juan和María的「差異處」在哪裡。此外，副詞más是表達「優於」的概念，在句子裡同樣的位置還可以是表達「劣於」概念的副詞menos。

 ▶Juan es menos alto que María.

副詞　形容詞　比較對象

副詞詞組

璜沒比瑪麗亞高。

比較句語意上比較的內容應屬於同一性質，句法上應屬於同一語法層次（nivel sintáctico），因此，副詞más右邊只出現被比較的內容，動詞、謂語部分都省略。

 ❶ Ella confía en el trabajo más que en la suerte.

主要子句　比較句

= Ella confía en el trabajo más que (ella confía) en la suerte.

主詞　C.C.(景況補語)　C.C.(景況補語)

她相信努力工作勝過（她相信）運氣。

❷ Ella confía en el trabajo más que usted.

主要子句　比較句

= Ella confía en el trabajo más que usted (confía en el trabajo).

主詞1　主詞2

她相信努力工作勝過您（相信努力工作）。

以上範例❶中，比較的主題是「她相信的內容：努力工作大於運氣」，句法上是兩個屬於同一語法層次的介系詞補語。範例❷中比較的對象是「她和您」，也就是句法上S_1（主詞1）和S_2（主詞

2）的比較。

比較句的句型可分成同等比較、差等比較和最高級。下面我們依序介紹。

◆ 同等比較（de IGUALDAD）

(1)副詞的同等比較級：

S_1 + V + {tanto como / lo mismo que / igual que} + {S_2 / Adv.}

▶ Viajo **tanto como** tú.
我跟你一樣那麼常旅行。

▶ Viajo **lo mismo que** antes.
我如同往常旅行。

▶ Trabajo **igual que** antes.
我如同往常旅行。

S_1 + V + tan + adverbio + como + S_2

▶ Él corre **tan** rápido como tú.
他跑得和你一樣快。

(2)形容詞的同等比較級：

S_1 + ser igual de + adjetivo + que + S_2

▶ Él es **igual** de alto **que** yo.
他和我一樣高。

S_1 + ser + tan + adjetivo + como + S_2

▶ Él es **tan** alto **como** tú.
他和你一樣高。

◆差等比較（de SUPERIORIDAD y de INFERIORIDAD）

(1)副詞的差等比較級：

S_1 + V + {más / menos} + adverbio + que + S_2

▶ Él camina **más** despacio **que** tú.
他走得比你慢。

S + V + {más / menos} + adverbio + de lo + Participio

▶ El avión llegó más tarde de lo previsto.
飛機比預期晚到許多。

S + V + {más / menos} + adverbio + de lo que + V

▶ Este coche corre **más** rápido **de lo que** piensas.
這車比你想像中跑得快。

(2)形容詞的差等比較級：

S + ser + {más / menos} + adjetivo + de lo que + V

▶ Ella es **más** lista **de lo que** piensas.
她比你想像中聰明。

▶ Es **menos** peligroso **de lo que** parece.
似乎沒那麼危險。

S + ser {mejor / peor} + de lo que + V

▶ Es **mejor de lo que** pensaba.
比想像中好。

▶ El sabor de este café es **mejor de lo que** pensaba.
這咖啡味道比想像中好。

S_1 + ser {mayor / menor} + que + S_2

▶ Luis es **mayor que** yo.
路易士比我年長。

▶ Luis es **menor que tú**.
路易士年紀比你小。

⑶名詞在句中作受詞時的數量比較：

S_1 + V + {más / menos} + sustantivo + que + S_2

▶ María tiene **más** libros **que** Ana.
瑪麗亞的書比安娜多。

▶ María tiene **menos** libros **que** Ana.
瑪麗亞的書比安娜少。

▶ María tiene **tantos** libros **como** Ana.
瑪麗亞和安娜的書一樣多。

差等比較句的句型，副詞más和menos左邊還可以加上量副詞*poco*（極少）、*algo*（一些）、*bastante*（相當多）、*mucho*（很多）、*muchísimo*（非常多）表示強調、加強語氣。

poco más......que、algo más......que、bastante más......que、
mucho más......que、muchísimo más......que、
poco menos......que、algo menos......que、bastante menos......que、
mucho menos......que、muchísimo menos......que

◆ **最高級**

Lo + {más / menos} + adjetivo + de ...... + ser ......

▶ **Lo más interesante de** este trabajo es viajar.
這工作最有趣的地方是旅行。

S + ser + {el / la} + más / menos + adjetivo + de + SN

▶ María es la más aplicada de la clase.
瑪麗亞是班上最用功的。

▶ María es la menos aplicada de la clase.
瑪麗亞是班上最不用功的。

◆ 其它的比較句型

▶ **En comparación con** tu ciudad, la vida aquí es más tranquila.
跟你的城市比起來，這裡的生活比較寧靜。

▶ **A diferencia de** Juana, yo nunca he hablado mal de ti.
我跟華娜不一樣，我從未說你的壞話。

▶ Las mujeres dedican más tiempo al trabajo del hogar **frente al** que dedican los hombres.
跟男人比起來，女人花在家事的時間較多。

▶ La vida aquí se **parece** bastante **a** la de vuestra ciudad.
這裡的生活和你們城市的生活很相似。

▶ La vida aquí **es distinta a** la de vuestra ciudad.
這裡的生活不同於你們城市的生活。

▶ **Cuanto más** trabajo, **más** dinero gano.
我工作愈多，錢賺得愈多。

▶ **Cual** el padre, **tal** el hijo.
有其父必有其子。

▶ Dame **cuanto** tengáis.
你們有什麼就給我什麼。

▶ Siempre consigue **tanto** cuanto pide.
他總是要什麼就得到什麼。

7. 伴隨與施事者

簡單句裡我們用介系詞con表達「伴隨」的意義，por表達「施事者」的意義。複合句則是藉由介系詞con或por後面緊接著關係代名詞quien或cuanto引導另一個子句，表達「伴隨」與「施事者」的句型。

範例 ❶ María fue a Madrid *con quien quiso*.
伴隨子句

瑪麗亞和她想要的人去馬德里。

❷ Ellos trabajan *con cuantos quieren ayudarlos*.
伴隨子句

瑪麗亞和她想要的人去馬德里。

❸ Él fue condenado a prisión *por quienes juzgaron su caso*.
表施事者子句

他被陪審團定罪入獄。

❹ Él fue condenado a prisión *por cuantos componían el jurado*.
表施事者子句

他被陪審團定罪入獄。

■ 練習題

請填入正確的字或動詞變化

1. Ella es tan atractiva que todos los hombres ________ (estar) locos por ella.
2. No es tan atractivo como para que todas las mujeres ________ (estar) locas por él.
3. Hizo el examen tan mal que el profesor le ________ (suspender).
4. Estuvimos esperándole hasta las once y no llegó, así que tal vez sus padres no le ________ (dejar) salir.
5. Este joven gasta tanto dinero que ________ (parecer) como si su padre fuera un millonario.
6. Yo estaba tan harto de ella que la ________ (mandar) a paseo.
7. Le gusta tanto la música de Beethoven que le ________ (comprar) un CD en Alemánia.
8. Veo que tienes muchos discos de Paco de Lucía, así que ________ (regalarme) uno.
9. Las cosas están tan complicadas que ya no ________ (valer) ver los toros desde la barrera.
10. Colócalos de manera que ________ (estar) a mano.
11. Me dijeron que ustedes me ________ (poder) echar una mano, y por eso ________ (estar) aquí.
12. No le des más vueltas, que no ________ (merecer) la pena.
13. El jefe habló muy claro, de modo que todos ________ (comprender).
14. ¿No ves que ________ (ser) muy tarde? Son las once y media, así que ________ (dejar, tú) ya el ordenador y ________ (irse, tú) a la cama ahora mismo.
15. Yo creí que no te interesaba, ________ no me dijiste nada.
16. ________ me gustaría estar en el centro antes de las once, salí muy temprano ________, como sabes, esa carretera tiene mucha circulación.

17. Vamos a empezar nosotros ________ no han venido.
18. Claro, te pusiste mal ________ tomar mucho café.
19. No ________ no haber dormido, sino por todo lo contrario, por dormir demasiado, tienes tanto sueño.
20. Eva va a salir esta noche, no porque le ________(apetecer), sino porque tiene que hacerlo.
21. No puedo estar de acuerdo con usted por mucho que le ________(respetar).
22. Por muy alto que ________(ser), estos pantalones le tienen que quedar bien.
23. No me quiso recibir, pese a ________ (ser) nieto suyo.
24. Al final me quedé sin entrada a pesar de ________ (estar) haciendo cola dos horas.
25. Insisto en ello, aun a riesgo de que alguno me ________ (poder) tomar por tonto.
26. Esperaré un rato aunque no ________ (creer) que ________ (venir).
27. Sacaré las entradas aunque ________ (haber) mucha cola.
28. Saqué las entradas aunque ________ (haber) mucha cola.
29. Aunque no ________ (ir, nosotros), nos habrían guardado nuestra parte.
30. Aunque ________ (discutir) constantemente por cualquier tontería, no pueden vivir el uno sin el otro.
31. Vamos a empezar a cenar a pesar de que ________ (faltar) algunos.
32. Siempre ha hecho su santa voluntad por más que le ________ (decir).
33. No hay más remedio que aguntarlo aunque ________ (ser) un pelmazo.
34. Le habría ayudado ________ no me lo hubiera pedido.
35. Espero que lo traiga, aunque ________ (ser) un viva la virgen y a lo mejor ni se acuerda.
36. Come, ________ tienes menos chicha que la radiografía de don Quijote.
37. Trabaja, ________ no diga la gente que eres un gorrón.
38. La directora ha llamado para que ________ (salir, tú) a recibirla a la es-

tación.

39. Hay ahí un señor, que quiere hablar contigo, para que le ________ (aconsejar, tú) sobre no sé qué tema.
40. Te he enviado unos libros para que los ________ (consultar).
41. Te ayudaremos para que ________ (terminar, tú) antes.
42. Te ayudaríamos para que ________(terminar, tú) antes.
43. Es el mejor camino para ________ (llegar) a dominar un idioma.
44. Lo he hecho para que los problemas ________ (solucionarse) y no ________ (haber) más malentendidos entre nosotros.
45. Tú haz el payaso para que ________ (reírse) todos, bobo.
46. ¿Hay algún sistema para que el estudiante ________ (sentirse) motivado?
47. Para que no ________ (entrar) moscas en la boca conviene no ________ (sacar) la lengua a paseo.
48. En mis tiempos las parejas iban al cine ________ hacer manitas.
49. Me voy. No he venido para que (ponerme, tú)como un trapo.
50. Tienes que andar con pies de plomo para que nadie ________ (abusar) de ti, porque hay a quien le das la mano y se toma el pie.
51. Me gustaría que Luis se quedara aquí con nosotros y que, ________, tú fueras a buscar al niño.
52. Te ha estado más que bien, así, ________ salgas otra vez de viaje te llevas en la maleta unos pantalones planchados.
53. Es normal que tengamos cada día menos problemas ________ vayamos avanzando en nuestro conocimiento del español.
54. ________ salir, mira a ver si hay alguien en la puerta.
55. ________ lo veas, dile que se ________ (pasar) por aquí a recoger sus cosas antes de que me ________ (cansar) y ________ (ir, ellas) a la papelera.
56. Anda, vete antes de que ________ (cambiar) yo de opinión.
57. Cuando ________ (empezarse) algo, parece que nunca ________(verse)

a alcanzar el final, pero no hay mal que cien años dure.

58. ________ hacer el ejercicio anterior lo mejor es tomarse un respiro.

59. Esperamos todos que, cuando ________ (regresar) a vuestro país, os llevéis un grato recuerdo de vuestra estancia en Toledo.

60. No volví a verla ________ regresó de Madrid.

61. Mira, mientras yo voy haciendo las maletas, a ver ________ tú puedes colocar esas cosas.

62. Aquella mañana, cuando ________ (salir, yo) de casa, me ________ (dar) un beso como de costumbre pero algo en el corazón me ________ (decir) que había algo extraño en él.

63. Me gustaría que esperaras ________ él llegara porque te informaría mejor.

64. El trabajo es sagrado. ________, cuando hay que trabajar, no hay disculpas que valgan.

65. Nos vimos ________ salir para el aeropuerto.

66. No te volveré a escribir ________ tú no lo hagas.

67. Yo tengo que salir ahora mismo, ________, por favor, encárgate tú de terminar este informe.

68. Me pongo malo ________ pienso en la barbaridad que han hecho.

69. ________ llamarme tú se lo dije.

70. Lo comprenderás mejor________ discutirlo con él.

71. ________ consiguió ese trabajo no hay quien lo aguante.

72. Hacía tanto tiempo que no se veían que ________ descendió por las escalerillas del avión se fundieron en un largo abrazo.

73. Nos cruzamos ________ entrar en clase. Ella salía y yo entraba.

74. Muchas cosas han cambiado entre nosotros ________ tomamos aquella decisión.

75. Tenéis que estar muy atentos porque ________ yo os dé la señal, tenéis que salir al escenario.

76. Yo no sé qué pasa, pero ________ lo llamo por teléfono me dicen que

ha salido.

77. Se irá tranquilizando ________ pase el tiempo.
78. Avísame ________ llegar al aeropuerto.
79. En el rato que yo estuve a la puerta y luego, ________ tomaba café, no noté que pasara nada raro.
80. Yo que tú lo haría ________ me obligaran.
81. ________ paso por delante de esa pastelería se me hace la boca agua.

附錄-參考書目

●外文書目

ALARCOS LLORACH, Emilio (1980), *Estudios de gramática funcional del español*, Madrid, Editorial Espasa Calpe, S. A.

ALCINA FRANCH, J. y BLECUA, J. M. (1994), *Gramática española*, Barcelona, Editorial Ariel, S. A., 1ª edición, 1975.

ALONSO-CORTÉS, Ángel (1994), *Lingüística General*, 3ª edición corregida y aumentada, Madrid, Ediciones Cátedra, S. A.

ALVAR, Manuel [director] (2000), *Introducción a la lingüística española*, Barcelona, Editorial Ariel, S. A.

ALVAR EZQUERRA, Manuel (1996), *La formación de palabras en español*, Madrid, Arco/Libros S. L.

BELLO, Andrés (1981), *Gramática de la lengua castellana — destinada al uso de los americanos*, Edición Crítica de Ramón Trujillo, Tenerife, Instituto Universitario de Lingüística Andrés Bello, Cabildo Insular de Tenerife.

BOSQUE, Ignacio (1980c), *Problemas de morfosintaxis*, Madrid, Editorial de la Universidad Complutense.

BOSQUE, Ignacio et al. (1990a), *Tiempo y aspecto en español*, Madrid, Ediciones Cátedra, S. A.

BOSQUE, Ignacio et al. (1990b), *Indicativo y subjuntivo*, Madrid, Taurus.

BOSQUE, Ignacio (1994c), *Repaso de sintaxis tradicional: ejercicios de autocomprobación*, Madrid, Cuadernos de Lengua Española, Arco/Libros S. L.

BOSQUE, Ignacio (1996c), *Las categorías gramaticales*, Madrid, Editorial Síntesis.

BOSQUE, Ignacio (1999), 《El nombre común》, en *Gramática descriptiva de la lengua española*, Madrid, Editorial Espasa Calpe, S. A., 3 vols., págs. 3-76.

BRUCART, José Mª (1987), 《La elipsis parcial》, en Violeta Demonte y María Fernández Lagunilla, *Sintaxis de las lenguas romances*, Madrid, El Arquero, págs. 291-328.

ARRETER, Fernando Lázaro (1953), *Diccionario de términos filológicos*, Madrid, Editorial

Gredos.

DE SAUSSURE, Fernando (1989), *Curso de lingüística general*, Madrid, Ediciones Akal S. A.

DEMONTE, Violeta (1999), 《El adjetivo: clases y usos. La posición del adjetivo en el sintagma nominal》, en *Gramática descriptiva de la lengua española*, dirigida por Ignacio Bosque y Violeta Demonte, Madrid, Editorial Espasa Calpe, S. A., págs. 129-216.

FERNÁNDEZ RAMÍREZ, Salvador (1986), *Gramática española – 3.1 El nombre*, Madrid, Arco/Libros, S. L.

FERNÁNDEZ RAMÍREZ, Salvador (1986), *Gramática española – Vol. 4 El verbo y la oración*, Madrid, Arco/Libros, S. L.

FERNÁNDEZ RAMÍREZ, Salvador (1987), *Gramática española – 3.2 El pronombre*, Madrid, Arco/Libros, S. L.

GILI GAYA, Samuel (1976), *Curso superior de sintaxis española*, Barcelona, Bibliograf (11ª ed. 1976)

HERNÁNDEZ ALONSO, César (1995), *Nueva sintaxis de la lengua española*, Salamanca, Ediciones Colegio de España.

HERNÁNDEZ GUILLERMO (1990), *Análisis gramatical*, Madrid, Sociedad General Española de Librería, S. A.

HERNANZ, Mª. Lluïsa (1982), 《El infinitivo en español》, Universidad Autónoma de Barcelona.

KOVACCI, Ofelia (1999), 《El adverbio》, en *Gramática descriptiva de la lengua española* dirigida por Ignacio Bosque y Violeta Demonte, Madrid, Editorial Espasa Calpe, S. A., págs. 705-786.

LAPESA, Rafael (1974), 《El sustantivo sin actualizador en español》, en *Homenaje a Ángel Rosenblat en sus 70 años*, Instituto Pedagógico, Caracas, 1974, págs. 289-304 [Reproducido en I. Bosque (ed.), *El sustantivo sin determinación. La ausencia de determinante en la lengua española*, Madrid, Visor, 1996, págs. 121-137].

LÓPEZ GARCÍA, Ángel (1994), *Gramática del español I. La oración compuesta*, Madrid, Arco/Libros, S. L.

LÓPEZ GARCÍA, Ángel (1996), *Gramática del español II. La oración simple*, Madrid, Arco/Libros, S. L.

LÓPEZ GARCÍA, Ángel (1998), *Gramática del español III. Las partes de la oración*,

Madrid, Arco/Libros, S. L.
LUJÁN, Marta (1980), *Sintaxis y semántica del adjetivo*, Madrid, Ediciones Cátedra, S. A.
MARTÍNEZ, José A. (1989), *El pronombre – II. Numerales, indefinidos y relativos*, Madrid, Arco/Libros, S. L.
Porroche Ballesteros, Margarita (1998), *Ser, estar y verbos de cambio*, Madrid, ARCO / LIBROS, S. A.
PULEO GARCÍA, Alicia Helda y SANZ HERNÁNDEZ, Teofilo (1989), *Los pronombres personales*, Salamanca, Publicaciones de Colegio de España.
QUILIS, Antonio et al. (1996), *Lengua española*, Madrid, Editorial Centro de Estudios Ramón Areces, S. A., 1ª edición, 1989.
REAL ACADEMIA ESPAÑOLA (1996), *Esbozo de una nueva gramática de la lengua española*, Madrid, Editorial Espasa Calpe S. A., 1ª edición, 1973.
REAL ACADEMIA ESPAÑOLA – Comisión de gramática. (1996), *Esbozo de una nueva gramática de la lengua española*, Madrid, Editorial Espasa Calpe S. A.

中文書目（按姓氏筆劃順序）

邱燮友、周何、田博元。1998。《國學導讀(一)》。台北：三民書局。
湯廷池。1981。《語言學與語言教學》。台北：學生書局。
趙元任。1980。《中國話的語法》。（丁邦新譯。1994。台北：學生書局）。香港：中文大學。
劉月華 et al. 1996。《實用現代漢語語法》。台北：師大書苑。
謝國平。1992。《語言學概論》。台北：三民書局。
魏岫明。1992。《漢語詞序研究》。台北：唐山出版。
羅肇錦。1992。《國語學》。台北：五南圖書出版公司。

外文字（辭）典

ABAD, F. (1986), *Diccionario de lingüística de la escuela española*, Madrid, Editorial Gredos, S. A.
ABRAHAM, Werner (1981), *Diccionario de terminología lingüística actual*, Madrid, Editorial Gredos, S. A.
ALCARAZ VARÓ, Enrique y María Antonia MARTÍNEZ LINARES (1997), *Diccionario*

de lingüística moderna, Barcelona, Editorial Ariel, S. A.

LÁZARO CARRETER, Fernando (1979), *Diccionario de términos filológicos*, Madrid, Editorial Gredos, S. A.

MATEOS Fernando, OTEGUI Miguel y ARRIZABALAGA Ignacio (1997), *Diccionario Español de la Lengua China*, Madrid, Editorial Espasa Calpe, S. A.

MOLINER María (1990), *Diccionario de Uso del Español (A-Z)*, 2 tomos, Madrid, Editorial Gredos, S. A.

REAL ACADEMIA ESPAÑOLA (1992), *Diccionario de la Lengua Española*, XXI edición, Madrid, Editorial Espasa Calpe, S. A.

SECO, Manuel y Olimpia ANDRÉS, Gabino RAMOS (1999), *Diccionario del Español Actual*, 2 tomos, Madrid, Grupo Santillana de Ediciones, S. A.

WELTE, Wernr (1985), *Lingüística moderna - terminología y bibliografía*, Madrid, Editorial Gredos, S. A.

附錄-練習題解答

第一章　句子的種類

請在下列各句中填入適當的字或動詞變化，使之成為合乎語法、句法的句子。

1. ¡ *Cuánta* gente hay en la plaza!
2. Ayer el termómetro *marcó* 7ºC sobre cero.
3. ¡ *Vaya* vino bueno!
4. ¡Ojalá *llueva* !
5. ¡ Ojalá lloviera!
6. ¡Que me *salga* bien el examen!
7. *Tal vez* nieva esta noche.
8. *Quizá* la carta se haya perdido.
9. *A lo mejor* la carta se ha perdido.
10. *Probablemente* haya terminado el examen.
11. *Probablemente* ha terminado el examen.
12. Mañana *traed* los ejercicios hechos.
13. ¿*Tienes* ordenador?
14. ¿Nunca *has tomado* whisky?
15. ¿ *Hace* frío afuera?
16. ¿ *Conoce* tu marido a alguien del Ministerio?
17. ¿El ministro *ha dimitido*?
18. ¿No entiendes francés *o* (no entiendes) alemán?
19. ¿ *A él* , le gusta esquiar o nadar?
20. ¿Es él o tú *quien* está equivocado?
21. ¿Él tiene el examen esta semana *o* la semana que viene?

22. ¿La casa es nueva _o_ antigua?

23. ¿Aprendes con él _o_ con el profesor Lee?

24. ¿Tú _crees_ que vamos a patinar o no (vamos a patinar)?

25. Es _igual_ que vayamos al cine o no.

26. Él es doctor, ¿ _verdad_?

27. No hagas ruido, ¿ _vale_?

28. La cena empieza a las nueve, ¿ _no_?

29. Vamos al cine, ¿ _de acuerdo_?

30. ¿ _Qué_ has comprado?

31. ¿ _Dónde_ está el restaurante?

32. ¿ _Cuándo_ vas a España?

33. ¿ _Cómo_ ha sucedido?

34. ¿ _Cómo_ es María?

35. ¿ _Quién_ ha llamado?

36. ¿_Quiénes_ son ellos?

37. ¿A _cuál_ de ellos prefieres?

38. ¿ _Cuáles_ escoges?

39. ¿ _Por qué_ no quieres ir a clase?

40. ¿ _Qué_ te pasa?

41. ¿ _Para qué_ madrugas tanto?

42. ¿ _Cuántos_ años tienes?

43. ¿ _Cuánto_ vale?

第二章　簡單句

填入適當的字或動詞變化，使之成為合乎語法、句法的句子。

1. Elena _es_ la médica de la clínica hospital San Carlos.
2. Elena _está_ de médica en el hospital.
3. El lugar _está_ reservado para Pepe.
4. La casa _es_ de piedra y ladrillo.
5. La película _es_ para morirse de risa.

6. El color _es_ tirando a verde.
7. Los chicos _son_ listos (= inteligentes).
8. Los chicos _están_ listos (preparados).
9. Elena _llegó_ tarde a su despacho.
10. Elena _escribía_.
11. Elena _escribía_ una carta.
12. La frutera _vende_ manzanas.
13. Las manzanas _son_ vendidas _por_ la frutera.
14. Esta llave _abre_ cualquier puerta.
15. Beatriz abre la puerta _con_ esta llave.
16. Ellos nombraron director _a_ Fernando.
17. Elena _hizo_ pedazos la carta.
18. El ladrón fue _detenido_ por la policía.
19. Felipe II _construyó_ El Escorial.
20. El futbolista _se lesionó_ en el entrenamiento.
21. María _se quedó_ quieta.
22. A mí me _duelen_ las muelas.
23. El ladrón, el pobre hombre, _cometió_ muchos errores.
24. Él _está_ (estar) seguro de su poder.
25. María _era_ guapa de cara.
26. El libro, llevo mucho tiempo pensando _comprarlo_.
27. Llevo mucho tiempo pensando en _comprar_ un libro.
28. Llevo mucho tiempo _pensando_ en comprar libros.
29. Los dos países _compiten_ (competir) en fuerzas.
30. Esto _concierne_ a los intereses de la nación.
31. Esto no me _atañe_.
32. _Aconteció_ lo que suponíamos.
33. Me _gusta_ el español.
34. Me _gustan_ los chocolates.
35. No me gusta que _vengas_ tan tarde.

36. María tiene un libro. Este es _su_ libro.

37. María y José _tienen_ un coche. Este es _su_ coche.

38. María y José tienen dos coches. Estos son _sus_ coches.

39. Si no _llueve_, el partido sigue.

40. Si no _lloviera_, el partido seguiría.

41. Si no _hubiera llovido_, el partido habría seguido.

42. No conozco a ninguna persona que _se llame_ Elena.

43. No conozco a ningún lugar que _sea_ (ser) tan bonito como éste.

44. Siempre que _venga_ será bien recibido.

45. Siempre que _viene_ es bien recibido.

46. Cuando _lleguen_ se apoderarán de todo.

47. Estoy _escribiendo_ una novela.

48. Desde mi ventana _veo_ los árboles.

49. Desde mi ventana _veo a_ Elena.

50. Busco _un_ amigo.

51. Busco _a un_ amigo.

52. Hugo da un beso _a_ Beatriz.

53. El cartero le regaló un collar _a_ María.

54. A Marcos _le_ tocó la lotería.

55. _A mí_, me gusta la música clásica.

56. Vivo cerca _del_ colegio.

57. Eso pasó _antes de_ la manifestación. (在…之前)

58. Me acuerdo _del_ viaje a Alemania.

59. Ana se aficionó _a_ la pesca.

60. El presidente amenazó al consejo _con_ su dimisión.

61. Carolina se casó _con_ Hugo en Santander.

62. Carolina y Hugo hicieron un viaje _en_ diciembre.

63. Carolina cuidaba _a_ los heridos con mucho cariño.

64. Las muchachas iban a la fuente _a fin de_ coger agua.

65. La cosecha se perdió _con_ las heladas.

66. Hubo una buena cosecha *pese a* las heladas.

67. Carlos se fue a Valencia *con* Elena.

68. Mandé la carta *por* correo aéreo.

69. Ella iba a la oficina *en* coche.

70. He comprado este diccionario *por* treinta euros.

71. El delicuente fue condenado a prisión *por* un jurado.

72. Ayer *granizó* en varios sitios de la ciudad.

73. *Hay* mucha gente en la calle.

74. *Hace* mucho frío.

75. *Dicen* que va a llover.

76. *Se dice* que va a llover.

77. *Se necesita* empleados.

78. *Se necesita a* unos empleados nuevos.

79. Muchos compañeros de clase admiran *a* Elena.

80. Elena es admirada *por* muchos compañeros de clase.

81. Los heridos en el accidente *son* atendidos por la enfermera.

82. *Se compra* pan.

83. *Se trabaja* mucho aquí.

84. *Se necesitan* empleados nuevos.

85. *Se venden* pisos.

86. El niño *se lava* las manos antes de comer.

87. *Me he aburrido* en la reunión.

88. Él *se queja de* dolores de cabeza.

89. Me voy *de* aquí.

90. Se *me* ha quemado el arroz.

91. Él *(se)* fuma tres cajetillas diarias.

92. Él *se durmió* inmediatamente.

93. ¿ *Qué* lengua habla Carlos de Inglaterra?

94. ¿ *Dónde* está la calle Goya?

95. ¿ *Cómo* está tu familia?

96. ¿ _Quién_ es usted?

97. ¿ _Quiénes_ son estos chicos?

98. ¿ _Cuál_ es tu número de teléfono?

99. ¿ _Cuáles_ escoges?

100.¿ _Cuánto_ cuesta este libro?

101.¡ _Cuánta_ gente hay en la calle!

102.¿ _Cuántos_ años tiene Laura?

103.¿ _Cuántas_ mesas hay en esta aula?

104. _Este_ es mi libro.

105. _Esta_ es mi casa.

106. _Estos_ son mis libros.

107. _Estas_ son mis libros.

108. _Este_ es nuestro libro.

109. _Esta_ es nuestra casa.

110. _Este_ es vuestro libro.

111. _Esta_ es vuestra casa.

112.María tiene un libro. Este es _su_ libro.

113.María tiene dos libros. Estos son _sus_ libros.

114.María y José tienen un cohce. Este es _su_ coche.

115.María y José tienen dos coches. Estos son _sus_ coches.

116.Este vaso es _mío_.

117.Esta camisa es _mía_.

118.Estos vasos son _míos_.

119.Estas camisas son _mías_.

120.Este vaso es _nuestro_.

121.Esta camisa es _nuestra_.

122.Estos vasos son _nuestros_.

123.Estas camisas son _nuestras_.

124.María tiene un abrigo. Este es _suyo_.

125.María tiene dos abrigos. Estos son _suyos_.

126.María y Luis tienen una bicicleta. Esta es *suya*.

127.María y Luis tienen dos bicicletas. Estas son *suyas*.

128.Esta chaqueta americana es mía, *aquélla* es tuya.

129. *Se auxilió a* los heridos en el accidente.

130. *Se espera* que mejore el tiempo.

131. *Se piensa* que acudirán a los tribunales.

132. *Se lee* poco en España.

133. *Se escribe* en abundancia en estos tiempos.

134.Aquí no *se fuma*.

135.No *se vive* mal aquí.

136. *Se castigará* a los culpables.

137. *Se ha perdonado a* los acusados.

138.No se permite *fijar* carteles.

139.Se prohíbe *arrojar* objetos a la vía pública.

140.Necesito *a* mis antiguos empleados.

141.Necesito empleados nuevos.

142. *Se alquilan* habitaciones.

143. *Se necesita* piso alquiler.

144.La camisa *se ha manchado* de pintura.

145. *Se le adormeció* el dolor.

146. *Se me apresura* el pulso al verla. (involuntariedad)

147. *Se nos ha averíado* el coche. (dativo posesivo)

148. *Se me cierran* los ojos.

149. *Nos enfriamos* en el camino.

150.El niño se lava tres veces *al* día.

151.Va *vestido* de mala manera.

152.Va *diciendo* tonterísa por ahí.

153.Va *descalzo* por todo el pueblo.

154. *Voy a* estudiar.

155. *Se aman* con locura.

156.Entre *tú* (tú) y *yo* (yo) haremos un trabajo estupendo.

157.Según *tú* (tú), ¿cómo se pronuncia esta palabra?

158.No entiendo por qué nunca quieres salir con *nosotros* (nosotros).

159.Supongo que eso depende ahora de *ti* (tú).

160.Según *ella* (ella), la despidieron por su impuntualidad.

161.No están contra *mí* (yo), están contra *ti* (tú).

162.*Le* (a ella) conocimos en un restaurante.

163.El cartero *nos* (a nosotros) entregó todas las cartas que tenía.

164.¿Has visto esa película? No, no *la* he visto.

165.(a vosotros) *Os* daremos los regalos más tarde.

166.¿Encontraremos las llaves? No *lo* sé.

167.¿Estás cansada? Sí, *lo* estoy.

168.*Le* dije al tapicero que prefería otro color.

169.*Le* dije a él que prefería otro color.

170.Deberías traérmelo ya. = *Me* *lo* deberías traer ya.

171.Nos estamos informando. = Estamos *informándonos*.

172.*Se* normalmente con ropa muy deportiva.

173.-Vamos a comer la paella. ¿Vienes con nosotros?

-Sí, de acuerdo. Vamos a *comerla*.

174.-Juan, echa esta carta al buzón, por favor.

-¿Cómo? ¿Que echo la carta al buzón?

-Sí, *échala*, por favor.

175.-Luis, ¿has visto a María?

-No, no *la* he visto.

176.-Luis, ¿has visto a ellos?

-No, no *les* he visto.

177.-¿Qué película estáis viendo?

-Estamos viendo la película 'Ronin'.

-¿Que estáis viendo la película 'Ronin'?

-Sí, estamos *viéndola*.

178.Juan: ¿Qué estás haciendo? .

Ana: Estoy cantando la canción de Luis Miguel.

Juan: ¿Que estás cantando la canción de Luis Miguel?

Ana: Sí, estoy _cantándola_.

179.Juan: ¿Qué estás haciendo?

Ana: Estoy tomando un café.

Juan: ¿Que estás tomando un café?

Ana: Sí, estoy _tomándolo_.

第三章　並列複合句

請填入適當的字，使之成為合乎語法、句法的句子。

1. Ayer por la tarde fui al cine _y_ estudié por la noche.
2. Intenté telefonearle, _pero_ no estuvo en casa todo el día.
3. Van a darme un certificado _y_ me lo entregarán mañana.
4. Carlos es estudioso, _por tanto_ aprobará.
5. Toda la noche discutieron _y_ riñieron.
6. María está triste. _Ni_ habla _ni_ come.
7. ¿Vienes con nosotros _o_ vas con ellos?
8. ¿Dices la verdad _u_ ocultas algo?
9. Me lo prestas _o bien_ te lo compro.
10. No te quejes, _antes bien_ debes estarle agradecido.
11. Estudia mucho, _sin embargo_, no aprueba.
12. No pierde belleza, _sino que_ cada día está más guapa.
13. La película es muy famosa, _con todo_, no la encuentro muy amena.
14. No me parece bueno, _más bien_ yo diría que es todo lo contrario.
15. No tengo nada que hacer, _fuera de_ echar estas cartas.
16. Tomó arsénico, _por consiguiente_, murió.
17. Luis es rubio _y_ alto.
18. Dame unas tenazas _o_ unos alicates.
19. Pensé asistir, _pero_ hacía frío _y_ no fui.

20. Caliéntame el café, *pues* está frío.
21. No sabe hacer nada, *salvo* dormir.
22. Ese coche no corre *sino que* vuela.
23. No tienes razón, *así* es que cállate.
24. Me han arreglado el reloj *y* no funciona.
25. *O* entras *o* sales pero no te quedes en la puerta.

第四章　動詞篇

I. 請填入適當的字或動詞變化，使之成為合乎語法、句法的句子。

1. Tú *trabajas* (trabajar) demasiado.
2. Lo *hago* (yo, hacer) ahora por si acaso se me olvida.
3. ¿Cómo *te llamas* (llamarse, tú)?
4. ¿Cómo *se escribe* (escribirse) tu nombre? ¿y de apellido?
5. ¿Qué lenguas *hablas* (hablar, tú)?
6. ¿Qué lenguas *se hablan* (hablarse) en España?
7. ¿Cómo *se dice* (decirse) «bien» en inglés?
8. ¿De dónde *es* (ser) tu profesora?
9. ¿Dónde *vives* (vivir) tú?
10. ¿Qué *hace* (hacer) usted?
11. ¿Qué *estudiáis* (estudiar, vosotros)?
12. Buenos días, ¿me *puede* (poder, usted) dar el teléfono del hospital?
13. ¿ *Tienes* (Tener, tú) hora?
14. ¿Qué número de teléfono *tienen* (tener, ustedes)?
15. ¿ *Es* (Ser) usted la señora Pérez?
16. ¿Cuántos años *tiene* (tener, usted)?
17. ¿Cómo *es* (ser) tu amiga María?
18. ¿ *Hablan* (Hablar, ustedes) español?
19. Sí, puedo *hablar* (hablar) español, francés e inglés.
20. *Vamos* (Ir, nosotros) al cine. ¿Vienes con nosotros?
21. «Good morning» *se dice* (decirse) 'Buenos días' en español.

22. Aquella chica *se llama* (llamarse) María.
23. Todas las mañanas *nos levantamos* (levantarse, nosotros) a las ocho.
24. Yo *trabajo* (trabajar) en Kaohsiung.
25. María *trabaja* (trabajar) en Taipei.
26. Nosotros *vivimos* (vivir) en Tainán.
27. Juan y Juana *viven* (vivir) en Taiwán.
28. Usted *come* (comer) en casa.
29. Tú *comes* (comer) en casa.
30. Vosotros *abrís* (abrir) el libro.
31. Yo *abro* (abrir) el libro.
32. Nosotros *tomamos* (tomar) el café.
33. Ustedes *toman* (tomar) el café.
34. Yo *soy* (ser) Rosa.
35. Nosotros *somos* (ser) estudiantes.
36. - ¿Cómo *está* (estar) usted?
    - Yo *estoy* (estar) bien. Gracias.
37. - ¿Cómo *se llama* (llamarse) usted?
    - Yo *me llamo* (llamarse) Luis.
38. El número de estudiantes que hablan español en esta escuela *es* (ser) de unos 300 personas.
39. ¿Qué lenguas *hablas* (hablar, tú)?
40. ¿Qué lenguas *se hablan* (hablarse) en Japón?
41. ¿Cómo *se dice* (decirse) «bien» en inglés?
42. ¿Dónde *vivís* (vivir, vosotros)?
43. Buenos días, ¿me *podéis* (poder, vosotros) dar el teléfono del hospital San Carlos?
44. ¿Cuántos años *tiene* (tener) su padre?
45. ¿Cómo *son* (ser) tus amigas?
46. ¿Cuánto *cuesta* (costar) este libro?
47. ¿Cuál *es* (ser) la capital de España?
48. ¿Cuántos habitantes *tiene* (tener) Kaohsiung?

附錄 練習題解答

49. ¿Cuánto *dura* (durar) la clase?
50. ¿Cuál *es* (ser) tu dirección?
51. ¿Toledo *está* (estar) muy lejos de aquí?
52. Paco *se levanta* (levantarse) a las ocho de la mañana.
53. Su clase *empieza* (empezar) a las tres de la tarde.
54. *Es* (ser) la una en punto.
55. Tengo que *lavarme* (lavarse) las manos.
56. José y Luis *son* (ser) profesores.
57. Nosotros *lavamos* (lavar) la ropa dos veces a la semana.
58. Tú *sueñas* (soñar) con fantasmas.
59. Este niño *se sienta* (sentarse) en la silla, es muy nervioso.
60. María *se viste* (vestirse) muy bien.
61. Así *empieza* (empezar) todo.
62. Yo *sé* (saber) que estás leyendo un cómic.
63. Paco *es* (ser) alto y *lleva* (llevar) gafas.
64. La noche *cae* (caer), brumosa ya y morada.
65. La luna *viene* (venir) con nosotros, grande, redonda, pura.
66. ¿ *Sabes* (saber) tú quién es aquel señor que lleva gafas de sol?
67. Tus ojos *son* (ser) negros.
68. No saben qué *hacer* (hacer).
69. La casa *desaparece* (desaparecer)como un sótano.
70. Sobre el escudo de la bandera de España. El escudo *consta* (constar) de cuatro cuarteles, en los cuales *se ven* (verse): un león, un castillo, unas barras rojas y unas cadenas.
71. El león. *Es* (ser) fácil *comprender* (comprender) que representa al reino del mismo nombre.
72. El castillo. El castillo *representa* (representar) al reino de Castilla.
73. Las barras. Las barras nos *recuerda* (recordar) a Cataluña y Aragón, unidos en un solo reino por el casamiento de Doña Petronila de Aragón, con Ramón Berenguer IV de Cataluña.

74. Las cadenas: *Es* (ser) el blasón que nos recuerda a Navarra.
75. Las columnas de Hércules: se quiere *hacer* (hacer) referencia al reciente descubrimiento de América, que amplió tanto el límite de los dominios de Imperio español.
76. El yugo y las flechas: *son* (ser) símbolos que *se han tomado* (tomarse) también de los Reyes Católicos, para indicar que la España actual quiere vivir del espíritu inmortal de los creadores de la unidad de España.
77. Hoy no *he estudiado* (yo, estudiar) nada.
78. Hoy *ha sido* (ser) un día estupendo.
79. Todavía no *ha empezado* (emepzar) la clase de español.
80. No *han venido* (ellos, venir) a la fiesta.
81. Juan no *ha terminado* (terminar) la carrera de la universidad todavía.
82. Nunca *hemos conocido* (nosotros, conocer) a una persona tan fea.
83. Jamás *he tomado* (yo, tomar) un café tan amargo.
84. Este verano María y Luisa *han ido* (ir) a la playa a tomar el sol.
85. Aún no *ha llegado* (el jefe, llegar) a la reunión.
86. Este año *ha subido* (subir) mucho el precio de la gasolina.
87. Siempre *ha hecho* (hacer) bien en su trabajo.
88. Esta mañana *hemos desayunado* (nosotros, desayunar) muy temprano.
89. María *ha desayunado* (desayunar) con pan y un café esta mañana.
90. Pepe *ha jugado* (jugar) al tenis esta tarde con sus amigos.
91. Nosotros *hemos comido* (comer) paella en un restaurante español.
92. ¿Qué *has cenado* (tú, cenar) esta noche?
93. Yo *he cenado* (cenar) un par de huevos esta noche.
94. Yo *he perdido* (perder) dos gafas de sol este año.
95. En toda mi vida *he visto* (yo, ver) un asunto tan horrible como éste.
96. Me *ha llamado* (llamar) Luis hace un rato.
97. Mi bicicleta *se ha estropeado* (estropearse) dos veces en los últimos meses.
98. No *hemos tenido* (nosotros, tener) ninguna noticia suya hasta ahora.
99. Os *ha dicho* (decir) el profesor muchas veces que tenéis que estudiar español al menos veinte munutos un día.

100. *Ha llovido* (llover) mucho esta semana.

101.Yo *he suspendido* (suspender) dos asignaturas este curso.

102.Ayer no *estudié* (yo, estudiar) nada.

103.Ayer *fue* (ser) un día estupendo.

104.El jueves pasado la clase de español *empezó* (emepzar) a las 10:00.

105.No *vinieron* (ellos, venir) a la fiesta anoche.

106.Juan *terminó* (terminar) la carrera de la universidad el año pasado.

107.El otro día *tomé* (yo, tomar) un café muy amargo en aquella cafetería

108.El verano pasado *fueron* (María y Luisa, ir) a las Isalas Canarias a tomar el sol.

109.Anteayer *llegó* (el jefe, llegar) tarde a la reunión.

110.El mes pasado *subió* (subir) mucho el precio de la gasolina.

111.María *desayunó* (desayunar) con pan y un café esa mañana.

112.Pepe *ha jugado al tenis* (jugar al tenis) esa tarde con sus amigos.

113.Pepe *jugó al tenis* (jugar al tenis) aquella tarde con sus amigos.

114.Esa noche nosotros *cenamos* (cenar) en un restaurante italiano.

115.Aquella noche nosotros *cenamos* (cenar) en un restaurante francés.

116.¿Qué *compraste* (comprar, tú) ayer por la tarde?

117.Yo *he tomado / tomé* (comer) un montón en las navidades

118.Yo *perdí* (perder) dos gafas de sol en julio.

119.Me *llamó* (Luis, llamar) hace mucho tiempo.

120.Mi bicicleta *se estropeó* (estropearse) la semana pasada.

121.No *tuve* (yo, tener) ninguna noticia suya hasta ese momento.

122. *Llovió* (llover) mucho aquí en 2005.

123.Yo *fui* (ir) a hacer la mili en 1994.

124.Pedro *oyó* (oír) un grito y *se volvió* (volverse) rápidamente.

125.Decoraré la casa *como* a mí me gusta.

126.Pórtate con ellos *como* te dicte tu conciencia.

127.Haré cualquier cosa con tal de que *seas* feliz.

128.Te dejo el coche *con tal de* que seas prudente.

129.Vete adonde quieras *a condición de que* no se entere la policía.

130.Voy de vacaciones _cada vez que_ tengo tiempo.

131.Siempre que _puedas_ haz un poco de ejercicio.

132.Te tratarán como a un rey _mientras / a condición de que_ puedas pagarlo.

133._Mientras_ estoy en casa me siento como un rey.

134.Pela patatas _mientras_ pico la cebolla.

135._De_ haberte odiado, te habría abandonado.

136._A_ ser posible, termínalo ahora mismo.

137.¡Que te _vaya_ bien!

138.¡Quién _pudiera_ volver a empezar!

139.¡Quién lo _hubiera sabido_ a tiempo!

140.¡Si _tuviera_ ahora veinte años!

141.¡ _Si_ me hubieran dado las mismas oportunidades!

142.¡ _Ojalá_ no aparezcan por aquí!

143.¡Ojalá _estuviera_ en tu lugar!

144.¡Ya me _fueran_ míos esos terrenos!

145.¡ _Ya_ me lo hubieran ofrecido a mí!

146.¡ _Así_ se caiga por las escaleras y se rompa la cabeza!

147.¡ _Así_ te mueras!

148.Quizás nadie le _ha explicado / haya explicado_ la verdad.

149.Lo hará, _quizá_ por mi bien, pero no me gusta.

150._Puede (ser)_ que fuera muy duro, pero a mí me ayudó.

151._A lo mejor_ han venido, pero no los he visto.

152._Seguramente_ llamarán, hay que estar atentos.

153._Sin duda_ mañana tendremos buen tiempo ¿no crees?

154.Llévate el paraguas _por si acaso_ llueve.

155.Díselo tú _no sea que_ se entere por otro lado.

156.Me lo llevé _no fuera a ser que_ lloviera.

157._Sea_ cuando _sea_, te escribiré.

158.Si te enfadas, _enfádate_, no me preocupa.

159.Si se va, que _se vaya_, a mí me da igual.

160.Cantase o riese, no lograba que *se fijaran* en ella.

161.Lo *sepas* o no (lo sepas) ya, tendrás que estudiarlo otra vez.

162.¡Que *sea* tan ingenuo!

163.¡Que no *haya venido* !

164.¡Qué aires te das! ¡Ni que *fueras* un rey!

165.*Vaya* cara que tienes. ¡Ni que te hubieran ofendido!

166.Es *como si* nunca hubieras visto algo así.

167.Lo he hecho *sin que* me lo manden.

168.*Que* yo recuerde, esa chica nunca ha estado aquí.

169.Que yo *sepa* , no se puede entrar sin carnet.

170.Que a mí me *conste* , nadie ha pedido ese libro en los últimos meses.

171.*El hecho de* que te gustara, no quería decir que te lo comieras todo.

172.*Que* seas mayor no presupone tu superioridad.

173.El hecho de que te lo *diga* demuestra mi buena intención.

174.El que *estés* aquí, me tranquiliza.

175.Oigo la radio *mientras* me baño.

176.Veían la tele mientras *comían* .

177.Me quedaré aquí mientras *tenga* dinero.

178.No *hables* mientras él toca el piano.

179.Te ayudaré mientras tú me *ayudes* .

180.Aquí trabajamos con muchos operarios *mientras que* ellos lo hacen con máquinas.

181.Viejo *y todo* , es más interesante que mucha gente.

182.*Aun* leyéndolo tres veces, no lo entenderás.

183.*Ni* pidiéndomelo de rodillas, volveré a hacer una cosa así.

184.Será muy guapo, *pero* a mí no me gusta.

185.Si *has entendido* , harás bien el ejercicio.

186.Si *fuera* pez, me pasaría el tiempo bajo el agua.

187.Si *hubieras estado* a mi lado, no me habría pasado eso.

188.Si *tuviera* tus años, actuaría de otra manera.

189.Si me hubiera acordado, te lo *habría / hubiera prestado* antes.

190.Si no hubiera llovido ayer, *podríamos* ir al campo hoy.

191.Si fuera tan tonto como *dices*, no se *habría / hubiera* defendido como lo hizo.

192.Si *has encontrado* alojamiento, dímelo.

193.Si *llueve*, no salgas.

194. *En caso de que* llueve, no salgas.

195. *Si* es el director, no se nota nada.

196.Si tenía dificultades, le *ayudaba* en sus deberes.

197.Deja a la perra encerrada *no sea que* mi tía se asuste.

198.Deja a la perra encerrada para que no *se asuste*.

199.Explicó el problema de modo que todos lo *entendieran*.

200.Esta película ya la tengo de modo que no la *grabo*.

201.Como no *apruebes*, me pondré muy triste.

202.Como no *has aprobado*, tienes que estudiar durante el verano.

II. 現在進行式：請將左邊句子裡的動詞改為進行式

1. El profesor borra algo de la pizarra. / El profesor *está borrando* algo de la pizarra.
2. El chico tira la basura en la papelera. / El chico *está tirando* la basura en la papelera.
3. El chico escucha la música. / El chico *está escuchando* la música.
4. El señor mira e indica algo de lejos. / El señor *está mirando e indicando* algo de lejos.
5. El señor lee el periódico. / El señor *está leyendo* el periódico.
6. La chica busca cosas en el bolso. / La chica *está buscando* cosas en el bolso.
7. La señorita escribe. / La señorita *está escribiendo*.
8. El chico abre la puerta. / El chico *está abriendo* la puerta.
9. La chica bebe agua caliente. / La chica *está bebiendo* agua caliente.
10. El chico mete un libro en el bolso. / El chico *está metiendo* un libro en el bolso.

III. 未完成過去式與簡單過去式：請填入適當之動詞變化

1. *Estaba* (estar, yo) en casa solo y aburrido, entonces *fui* (ir, yo) a mi cuarto, *cogí* (coger, yo) un libro, *me tiré* (tirarse) encima de la cama y *me puse* (ponerse) a leer.

Leí (leer, yo) cuatro o cinco páginas y *me quedé* (quedarse) dormido. Mientras *dormía* (dormir), *oí* (oír) un ruido, *me desperté* (despertarse) y me levanté de un salto; *miré* (mirar) por todas partes, pero no *vi* (ver) nada.

2. Cuando *era* (ser, yo) niña, *iba* (ir) los fines de semana con mis padres a visitar a los abuelos. Mientras los mayores *hablaban* (hablar), yo *salía* (salir) al jardín y *silbaba* (silbar) un poquito. El niño del jardín de al lado *salía* (salir) enseguida y *sonreía* (sonreír). Yo, entonces, *sentía* (sentir) vergüenza y entraba corriendo en casa.
3. *Íbamos* (ir) todos los días a la misma casa. *Era* (ser) una casa grande y vieja; *tenía* (tener) los cristales rotos, *estaba* (estar) muy sucia y *había* (haber) también muebles desvencijados por todas partes. Entrábamos, jugábamos un rato entre aquellos muebles, que *parecían* (parecer) sombras de fantasmas y hacían unos ruidos extraños, y de pronto echábamos todos a correr.
4. El año pasado todas mis clases *comenzaban* (comenzar) a las ocho, menos los jueves, que *empezábamos* (empezar) a las nueve y media. Si el tiempo *era* (ser) bueno, *iba* (ir) en bicicleta o incluso me *daba* (dar) trquilamente un paseo.
5. Cuando *llegué* (llegar) a España *tenía* (tener) veinte años, *conocí* (conocer) a Juana, *nos enamoramos* (enamorarse), *nos casamos* (casarse) rápidamente. *Tuvimos* (tener) un hijo y *nos divorciamos* (divorciarse).
6. *Abrí* (abrir) la puerta y *vi* (ver) allí un viejo. *Era* (ser) uno alto y delgado, *llevaba* (llevar) una traje sucio y *tenía* (tener) barba. Me *pidió* (pedir) dinero. Le *dí* (dar) el dinero y *se marchó* (marcharse).
7. Todos los días *salía* (salir) temprano de casa y se *iba* (ir) al trabajo, pero siempre, mientras *desayunaba* (desayunar), me *contaba* (contar) alguna historia bonita que él mismo *inventaba* (inventar) en aquel momento.
8. Mi padre siempre me *traía* (tener) algo. Recuerdo que un día me *trajo* (traer) un balón de fútbol europeo. Yo no *sabía* (saber) cómo *jugaba* (ugar pero mi padre, que *era* (ser) muy aficionado, me *enseñó* (enseñar).
9. *Eran* (ser) las doce cuando *llegamos* (llegar, nosotros). *Había* (haber) allí unas personas y entre ellas *estaba* (estar) Juana. Me *dirigí* (dirigir) hacía ella, pero enseguida *noté* (notar) que mi presencia le *molestaba* (molestar), así que *disimulé*

(disimular) como pude y *me* *acerqué* (acercarse) a la barra.

10. *Eran* (ser) ya las doce de la noche y me *pareció* (parecer) que *llamaban* (llamar) a la puerta. ¿Quién *llamaría* (llamar) a estas horas? —*pensé* (pensar) yo. *Me acerqué* (acercarse) con cuidado, *miré* (mirar) por la mirilla y no *vi* (ver) a nadie. *Abrí* (abrir) la puerta y efectivamente no *había* (haber) nadie allí. *Se habrá marchado* (marcharse, él) o *habré* *oído* (oír, yo) mal —pensé. Pero en aquel momento vi cómo *se movía* (moverse) algo en el rellano de escalera: *era* (ser) un gato que *salió* (salir) corriendo asustando.

第五章　動詞的時態、語氣 、動貌

I. 請選擇一個正確答案（請注意：符號「☞」後之文字表示更正後正確答案。）

1. ________ ① Los chicos se organizan en parejas para preparar la cena.
   ② Los ingredientes que se ~~necesita~~ (☞necesitan) para preparar la cena son: aguacates, chiles, ajo, limón y cebollas.
   ③ Me ~~saben~~ (☞sabe) mal no escribirte más a menudo.
2. ________ ① ¡Ojalá ~~estoy~~ (☞ estuviera) en tu lugar!
   ② ¡Ya me fueran míos esos terrenos!
   ③ Quizás nadie ~~se~~ ha ~~explicó~~ (☞haya explicado) la verdad.
3. ________ ① Está claro que nadie los ~~tome~~ (☞toma) en serio.
   ② Parece cierto que anticiparán las elecciones.
   ③ No ~~es~~ (☞era) verdad que lo hubiéramos cogido nosotros.
4. ________ ① Es lógico que ~~nieva~~ (☞nieve), estamos en invierno.
   ② Ya era hora de que aparecierais.
   ③ Te he dicho que hoy ~~era~~ (☞es) lunes.
5. ________ ① Puede (ser) que ~~es~~ (☞fuera) muy duro, pero a mí me ayudó.
   ② A lo mejor ~~hayan~~ (☞han) venido, pero no los he visto.
   ③ Sin duda mañana tendremos buen tiempo ¿no crees?
6. ________ ① Te he dicho que compres pan.
   ② Te he dicho que ~~ves~~ (☞veas) esa película.
   ③ Te he dicho que ~~vieras~~ (☞leas) esa novela.

7. ________ ① Seguramente llamarán, hay que estar atentos.

② Díselo tú no sea que se ~~entera~~ (☞entere) por otro lado.

③ Hice lo que me mandó no fuera a ser que ~~tenga~~ (☞tuviera) razón en el fondo.

8. ________ ① Sentía que sus palabras me ~~animaran~~ (☞animaban).

② Sentía que tuviéramos que marcharnos.

③ Les convencí de que ~~hacen~~ (☞hicieran) ese viaje.

9. ________ ① Llévate el paraguas por si acaso no estoy en casa.

② Ser cuando ~~ser~~ (☞Sea cuando sea), te escribiré.

③ Pasa lo que ~~pasa~~ (☞Pase lo que pase), siempre estuvo (☞estaba) a mi lado.

10. ________ ① Me m~~olestan~~ (☞molesta) que tarden tanto en dar una respuesta.

② Me interesa ~~a~~ (☞Me interesa) asistir a la reunión de dirección.

③ Nos preocupa esta situación tan insegura.

11. ________ ① Nos ~~molesta~~ (☞molestan) los ruidos.

② Me parece que ir a la playa no ~~sea~~ (☞es) una buena idea.

③ Yo no estoy en absoluto de acuerdo con tu propuesta. No me parece justa.

12. ________ ① Cuba es la isla más musical de ~~la~~ (☞del) planeta.

② Se puede escuchar y bailar todo tipo de música.

③ Es muy probable que aún ~~está~~ (☞esté) en la escuela.

13. ________ ① Es posible que se ~~hayas~~ (☞haya) entretenido con algún compañero de clase.

② Estará en el cine, tenía unas entradas gratis.

③ No creo que lo ~~ha~~ (☞haya) encontrado.

14. ________ ① He pensado que comeremos fuera.

② No creas que ~~esté~~ (☞está) enfadado.

③ No digamos que ~~sea~~ (☞es) imposible antes de intentarlo.

15. ________ ① No sé si vendrán.

② No creo que ~~ha~~ (☞haya) cambiado mucho.

③ No me dio la impresión de que ~~nota~~ (☞hubiera notado) nada.

16. ________ ① Siento que no nos hayamos conocido hace diez años.
② Comprendo que te ~~duele~~ (☞duela), pero no hay que exagerar.
③ Busco la casa de que me ~~hablaras~~ (☞hablaste).

17. ________ ① Es como si nunca hubieras visto algo así.
② Lo he hecho sin que me lo ~~mandan~~ (☞mandaran).
③ Que yo ~~recuerdo~~ (☞recuerde), esa chica nunca ha estado aquí.

18. ________ ① ¿Está aquí el libro que ~~esté~~ (☞estaba) leyendo?
② Busco una casa que pueda pagar.
③ Hay alguien que ~~quiere~~ (☞quiera) regalarme un coche?

19. ________ ① Los que ~~quieren~~ (☞quieran) ir a la excursión, que se inscriban ahora.
② No hay nada que pueda asustarme.
③ No existe un lugar donde me ~~siento~~ (☞sienta) mejor que en mi casa.

20. ________ ① Que yo ~~sabe~~ (☞sepa), no se puede entrar sin carnet.
② El hecho de que te gustara, no quería decir que te lo comieras todo.
③ El hecho de que te lo ~~dice~~ (☞diga) demuestra mi buena intención.

21. ________ ① Si tuviera tus años, actuaría de otra manera.
② Si me ~~haya~~ (☞hubieras) acordado, te lo habría prestado antes.
③ Si no ~~haya~~ (☞hubiera) llovido ayer, podríamos ir al campo hoy.

22. ________ ① Explicó el problema de modo que todos lo entendieran.
② Haré cualquier cosa con tal de que ~~eres~~ (☞seas) feliz.
③ Te dejo el coche con tal de que ~~serás~~ (☞seas) prudente.

23. ________ ① Voy de vacaciones cada vez que ~~tenga~~ (☞tengo) tiempo.
② Siempre que ~~puedes~~ (☞puedas), haz un poco de ejercicio.
③ Voy de vacaciones siempre que tengo tiempo.

24. ________ ① ¡Que te ~~vayas~~ (☞vaya) bien!
② ¡Quién pudiera volver a empezar!
③¡Quién lo ~~hubo~~ (☞hubiera) sabido a tiempo!

25. ________ ① ¡Si ~~tuve~~ (☞tuviera) ahora veinte años!
② ¡Si me hubieran dado las mismas oportunidades!
③ ¡Ojalá no ~~aparece~~ (☞apareciera) por aquí!

26. ________ ① No creo que ~~ha~~ (☞haya) venido.

② Habrá visto a alguien.

③ Le ~~deciré~~ (☞diré) a mi amigo.

27. ________ ① ¿Estaría enfadada cuando me lo dijo?

② ¿~~Salirá~~ (☞Saldrá) al concierto luego?

③ Creo que ~~saberá~~ (☞sabrá).

28. ________ ① Llevo más de una semana de ~~intentar~~ (☞intentando) hablar con Pablo.

② Cuando él ~~vuelve~~ (☞vuelva) de Colombia, yo ya habré salido para México.

③ No sé exactamente el día, pero yo diría que vuelve a finales de la semana que viene.

29. ________ No queremos________ a la montaña tan pronto.

① subido ② subimos ③ subir

30. ________ Dudaron que él se________ ido.

① haya ② hubiera ③ haber

31. ________ El vino está________ la bodega.

① a ② en ③ de

32. ________ Ojalá mi hermana________ aquí.

① estar ② esté ③ está

33. ________ Siento que no________ venido todavía.

① ha ② haya ③ han

34. ________ Adondequiera que usted________ , lo encontrará igual.

① fuera ② vaya ③ va

35. ________ ¡Como si yo no lo ________ sabido!

① hubiera ② haya ③ haber

36. ________ Está muy joven________ su edad.

① de ② para ③ por

37. ________ Anda________ puntillas para no despertar________ nadie.

① en, a ② de, a ③ con, de

38. ________ En cuanto usted la________ mejor, la hallará muy simpática.

① conoce ② conocer ③ conozca

39. ________ Hoy daré la clase________ ella.

① de ② a ③ por

40. ________ El médico no me permite________ .

① levantarse ② se levanta ③ levantarme

41. ________ Es un demonio________ niño.

① a ② de ③ en

42. ________ Dije que se lo daría cuando lo ________.

① veo ② viera ③ vea

43. ________ Estoy________ llamar y decir que no puedo ir.

① por ② para ③ de

44. ________ Se murió________ tristeza.

① por ② de ③ con

II. 填入正確的動詞變化

1. No queremos *subir* (subir) a la montaña tan pronto.
2. Dudaron que él se *hubiera* (haber) ido.
3. Sentimos no *poder* (poder) asistir a la fiesta.
4. Lo comprará con tal de que *pueda* (poder) obtener el dinero.
5. Era la alfombra más cara que ustedes *hubieran* (haber) podido comprar.
6. Ojalá mi hermana esté / estuviera (estar) aquí.
7. Dije que se lo daría cuando lo *viera* (ver).
8. Aunque *llueva / llueve* (llover), voy a la iglesia.
9. *Venga* (venir) lo que *venga* (venir), lo hará ella.
10. Si yo *voy* (ir) a Sudamérica, estudiaré español.
11. ¡Cómo si yo no lo *hubiera* (haber) sabido!
12. Si *hubiera venido* (venir, él), no lo vi.
13. Siento que todavía no *hayan* venido (haber) venido tus amigos.
14. El médico no me permite *levantarme* (levantarse).
15. Siempre nos ruegan que los *visitemos* (visitar) en Madrid.

16. Quedamos convencidos de que *ha sido* (ser) verdad.

17. Estaban mirándonos como si nos *reconocieran* (reconocer).

18. Adondequiera que usted *vaya* (ir), lo encontrará igual.

19. En cuanto usted la *conozca* (conocer) mejor, la hallará muy simpática.

20. Me sorprende *ver* (ver) a usted por aquí.

21. Esperaba que me *confesara / hubiera confesado* (confesar, él) toda la verdad.

22. No parece que *estéis* (estar, vosotros) muy contentos.

23. Lamentaría que no *hubieran venido* (venir, ellos) a mi fiesta.

24. Deseo que *seas* (ser, tú) feliz.

25. Me sorprendió que tú me *hubieras hablado / hablaras* (hablar) de aquella forma.

26. Sería conveniente que *descansara* (descansar, usted) unos días.

27. Ojalá *vinivera / hubiera venido / venga* (venir) María.

28. El próximo trimestre tal vez *se matricule* (matricularse) en la escuela.

29. El próximo trimestre *se matricula* (matricularse) en la escuela, tal vez.

30. ¡Quién *fuera* (ser) rico!

31. ¡Si *hubiera* (haber) podido vivir en las Islas Canarias.

32. ¡Que te lo *pases* (pasar) muy bien en tu viaje!

33. Posiblemente no *tenga* (tener, él) fiebre.

34. A lo mejor nos *llaman* (llamar) más tarde.

35. Puede que hoy no *pase* (pasar, yo) por tu despacho.

36. Quizá *estén / estuvieran* (estar, ellos) preocupados por ti.

37. ¡Si *consiguiera* (conseguir) trabajar en esa empresa!

38. Si lo hubieras intentado, lo *habrías conseguido* (conseguir).

39. Me alegra que *vengas* (venir, tú) a verme.

40. No queríamos que *estvieras* (estar, tú) solo.

41. Esperaba que me *dijera* (decir, él) lo que había pasado.

42. No parece que *digáis / hayáis dicho* (decir, vosotros) la verdad.

43. Lamentaríamos mucho que no nos *hubieran llamado* (llamar, ellos) por teléfono.

44. Deseo que *esté* (estar, usted) bien.

45. *Me asusté* (asustarse, yo) al verle tan pálido.

46. Sería fastidioso que *lloviera* (llover) sin cesar.
47. Ojalá no le *haya ocurrido* (ocurrir) nada.
48. No dijo *tal*. 他沒說過這樣的話。
49. *Tal o cual* se queja. 有人在抱怨。
50. *Quien / El que* no ha investigado ni estudiado no tiene derecho a hablar.
51. ¡Si *fuera* (ser) tan guapa como ella!
52. ¡Que *te encuentres* (encontrarse, tú) mejor!
53. Les han contestado que *reflexionen* (ellos, reflexionar) sobre su petición.
54. Si alguien *me hubiera dicho* (decirme) que esto ocurriría, nunca lo habría creído.
55. Te prestaré la bicicleta a cambio de que *me ayudes* (tú, ayudarme) en mis tareas de matemáticas.
56. En caso de que el ordenador *vuelva* (volver) a fallar, deberías llamar a un técnico.
57. Te apoyaremos mientras *seas* (tú, ser) consecuente con la decisión que has tomado.
58. Lo compraré caso que te *guste/gustara* (gustar).
59. Si me quisieras como yo te *quiero* (querer) a tí, sería feliz.
60. No iré, pero caso que *vaya/fuera* (ir), te avisaría.
61. No iré, pero caso que *vaya* (ir), te avisaré.
62. Si yo *hubiera nacido* (nacer) más tarde, ahora sería más joven.
63. Como me lo pides tú, lo *haré* (hacer) con mucho gusto.
64. Antes del accidente, le había advertido mil veces que no *condujera* (conducir) tan rápidamente.
65. Estaba rogando a Dios para que le *ayudara* (ayudar) a pasar el examen.
66. Si hubiera visto a María, la *hubiera invitado* (invitar) para que viniera a cenar con nosotros.
67. No he visto que *haya hecho* (hacer) nada en todo el día.
68. No dije que *había visto* (ver) sino que había oído.
69. Cuando *haya* (haber) terminado de trabajar, vendré a tu casa.
70. Así que *puedas* (poder), llámame a la oficina.
71. Lamento que tú no *pudieras* (poder) ir a la escuela de joven?

72. Se lo dije, pero aunque no se lo _hubiera dicho_ (decir), también se habría enterado.
73. Parece mejor que lo haga ahora a que lo _haga_ (hacer) mañana.
74. ¿Vengo a las tres? Más vale que _vengas_ (venir, tú) a las 5.
75. Trabajaba tan mal que no nos sorprende que le _hubieran despedido_ (despedir, ellos) de su trabajo el mes pasado.
76. Deje usted que ella se _siente_ (sentar) a mi lado.
77. No sé cuál _elegir_ (elegir). Estos son más cómodos pero aquellos son más bonitos.
78. Ya verás lo divertidísima que _es_ (ser) esta novela.
79. Ya verás lo bien que lo _pasaremos / pasamos_ (pasar, nosotros) el domingo.
80. Ya verás lo bien comunicado _está_ (estar) este lugar.
81. Les da miedo que _truene_ (tronar) por la noche.
82. Te llamo para que no _te olvides_.
83. Beatriz me _cuenta_ sus problemas.
84. Noemí _es_ muy estudiosa.
85. Cristóbal Colón _descubre_ el Nuevo Continente en 1492.
86. Ya nos _habíamos puesto_ de acuerdo y va y me dice que no quiere hacerlo.
87. Vamos a ver si hay este modelo; si _lo_ hay, me lo compro.
88. Tú _te vas_ ahora y me esperas.
89. Últimamente _he trabajado_ mucho.
90. _Todavía_ no he estado en Granada.
91. _Acabo de_ lavar los pantalones, por eso no se han secado.
92. Mi novia _ha aprobado_ el examen de medicina hace unos meses.
93. Estuvo muy enfermo, _se moría_ (no sabemos si ocurrió).
94. Estuvo muy enfermo, _se murió_.
95. _Nació_ el 1 de abril de 1976.
96. _Estuve_ trabajando allí durante 10 años.
97. _Entró_, _dio_ un beso a su hijo, _se quitó_ el abrigo y los zapatos y se dejó caer en el sofá.
98. Llegué a la escuela, no _vi_ (ver, yo) a nadie y _me fui_ (irse, yo).
99. Las primeras elecciones democráticas después de la muerte de Franco _tuvieron_ lugar en 1977.

100.Cada vez que la *veía*, se me alegraba la vida.

101.Su pelo *era* rojizo y sus labios tenían una mueca de desprecio que le *hacía* parecer inaccesible.

102.¿Qué *deseaba / desea*?

103.Si *pudiera*, me iba ahora mismo.

104.A eso de las seis de la mañana *llegué* a Madrid.

105.En aquellos momentos *se abría* la puerta que nos permitía ver lo que nos habían ocultado.

106.Ya me lo *habían contado*, por eso no me sorprendió.

107.Le pedí que lo *trajera* y al poco rato me lo *trajo*.

108.Su aspecto es sospechoso, porque *tendrá* algo que ocultar.

109.Lo hará para hacerse *notar*.

110.¿ *Serás* capaz de hacerlo tú solo?

111. *Será* muy simpático contigo pero con nosotros es insoportable.

112.¡No lo *matarás*!

113.Para cuando tú llegues, lo *habremos terminado*.

114.Ésta *habrá sido* la casa de algún noble, por eso tiene ese aire de señorío.

115.No ha venido porque *se habrá* quedado dormido.

116.¡No *habrás sido* capaz!

117.Lo *habrá hecho* él sólo pero yo no me lo creo.

118.Pretendería ayudarme *al* decirme aquello, supongo.

119.Te *ayudaría* si pudiera.

120.Antes me gustaba más viajar, *sería* porque era más joven.

121. *Tendría* muchos defectos pero no se puede negar que era un valiente.

122.¿ *Podría* decirme si hay un garaje por aquí cerca?

123. *Querría / Quisiera* hablar con usted.

124. *Deberías / Debieras* ser más prudente.

125.Usted me dijo que, cuando yo *llegara*, ya me *habría preparado* el certificado.

126.Lo *habría entregado* a tiempo pero luego quise cambiar cosas.

127.Por entonces ya *habría tomado* los cuarenta.

128.La *habría hecho*, pero nadie se tomó la molestia de demostrarlo.

129.Le *habría sentado* mal pero no lo dio a entender.

130.Tú me dijiste que *viniera*.

131.Que *se vaya*.

132.Que me *dejen* en paz.

133.Tú te vas de aquí ahora mismo, si no quieres que *llame* a la policía.

134.No saldrás de casa hasta que yo lo *diga*.

135.Ya lo estáis limpiando, *y sin* rechistar.

136.¡ *A* trabajar!

137.¿Por qué no *te callas*?

138.Tú me dijiste: 'No *quiero* ir con vosotros mañana'.

139.Tú me dijiste que *querías* ir con nosotros.

140.Me pidió (que) le *dijera* la verdad.

141.Me preguntó (que) quién *había* llegado.

142.(Yo) quiero *aprender* (yo) español.

143.(Yo) quiero que *aprendas* (tú) español.

144.Está claro que nadie los *toma* en serio.

145.Es un hecho que *está* haciendo mal tiempo.

146.Parece cierto que *anticiparán* las elecciones.

147.No era verdad que lo *hubiéramos cogido* nosotros.

148.Es lógico que *nieve*, estamos en invierno.

149.Ya era hora de que *aparecierais*.

150.Te he dicho que hoy es lunes, que *compres* pan

151.Te he dicho que hoy es lunes, que *veas* esa película.

152.Sentía que sus palabras me *animaban*.

153.Sentía que sus palabras que *tuviéramos* que marcharnos.

154.Les convencí de que no *tenían* razón.

155.Les convencí de que *hicieran* ese viaje.

156.He pensado que *comeremos* fuera.

157.Creo que *has cambiado* mucho.

158.¿Has visto que los geranios ya _tienen_ flores?

159.No creas que _estoy_ enfadado.

160.No digamos que _es_ imposible antes de intentarlo.

161.No recuerdo dónde _vive_.

162.No sé si _vendrán_.

163.No creo que _haya cambiado_ mucho.

164.No me dio la impresión de que _notara_ nada.

165.Hemos pensado que se lo _expliques_ tú.

166.Siento que no _nos hayamos conocido_ hace diez años.

167.Entendemos muy bien que _te hayas comportado_ así.

168.Comprendo que _te duela_, pero no hay que exagerar.

169.Busco la casa de que me _hablaste_.

170.¿Está aquí el libro que _estaba leyendo_?

171.Busco una casa que _pueda_ pagar.

172.Hay alguien que _quiera_ regalarme un coche?

173.Los que _quieran_ ir a la excursión, que se inscriban ahora.

174.No hay nada que _pueda_ asustarme.

175.No existe un lugar donde _me sienta_ mejor que en mi casa.

176.Tenía cerca de 50 años cuando yo le _conocí_.

177._Se dio cuenta de_ que la quería cuando recibió mi carta.

178.Volveré a intentarlo cuando _esté_ yo sola.

179.Cómprate ese libro cuando lo _veas_ en cualquier librería.

180.Voy a decirle todo lo que pienso cuando le _vea_.

181.Me dijo que iría a la reunión cuando _saliera_ de clase.

182.Cuando _te enfadas_, no se puede hablar contigo.

183.Cuando estudiáis mucho, _sacáis_ buenas notas.

184.Cuando _caía_ en la nostalgia, ella lo curaba con alegría.

185.Le escribía cartas muy hermosas cuando _tenía_ tiempo.

186.Aunque no _estoy_ del todo de acuerdo, voy a hacerte caso.

187.Aunque me _haga_ daño, voy a ese masajista que me han recomendado.

188.Aunque *tuvieran* problemas, nadie se enteraba de ellos.

189.Aunque *sea* española, no puedo darte clase de español.

190.Aun cuando *resulta / resulte* desagradable, es la verdad.

191.Por muy hábil que *te creas*, te engañarán.

192.Por muy bien que *esté / estuviera* hecho, le han encontrado fallos.

193.Con todo lo que tú *digas* a su favor, a mí me parece un cerdo.

194.Mal que te *pese*, es más importante que tú.

195.Llegará tarde (aun) a sabiendas de que me *molesta*.

196. Con *ser* el más feo, es el que más liga.

197. *Con* dolores y todo, se ha levantado a trabajar.

198.Con los problemas que *tuve* para conseguirlo y tú lo tiras.

199. *Prohibido* y todo, siguen fumando.

200.No te enfades tanto. ¡Ni que te *hubiera pegado*!

第六章　複合句-關係形容詞子句

填入正確的關係代名詞

1. Aviso para los alumnos *que* juegan en el equipo de baloncesto: esta tarde a las ocho tienen entrenamiento.
2. Los muchachos con *los que* estuvimos ayer me han llamado esta mañana.
3. El asunto del *que* te hablé el otro día parece que pronto se va a arreglar.
4. *Quien / El que* quiera hablar y escribir correctamente español tiene que trabajar seriamente.
5. La policía quería que le enseñáramos todo *lo que* llevábamos en el coche.
6. *El que* tiene boca, se quivoca.
7. *El que* tiene padrino, se bautiza.
8. *El que* la sigue, la consigue.
9. *Quien* fue a Sevilla, pierde su silla.
10. *El que* siembra vientos, recoge tempestades.
11. *El que* no se consuela es porque no quiere.
12. *El que* la hace, la paga.

13. *Quien* bien te quiere, te hará llorar.
14. *Quien* dice lo que no debe, oye lo que no quiere.
15. *El que* mal anda, mal acaba.
16. El presidente ha anulado su visita a ese país, *lo cual / lo que* constituye sin duda un grave incidente internacional.
17. La novela, *la* que compramos ayer, *la* he empezado a leer.
18. Estudiando es *como* llegarás a ser alguien.
19. No hay *quien* pueda contigo.
20. Por la tarde salimos de compra con unas amigas *que* han venido a pasar unos días con nosotros.
21. Esa es la amiga de *cuyo* trabajo te he hablado.
22. Los viajeros que no *tengan* billete serán penalizados con una multa.
23. Esa es la puerta *cuya* cerradura se ha estropeado.
24. Los familiares que *están / estén* ausentes no saben lo que ha sucedido.
25. Pienso intentarlo, *digan* lo que *digan*.
26. Te *guste* o no te *guste*, debes ir a la reunión.
27. Quienquiera que *cometiera / haya cometido* el robo pagará por ello tarde o temprano.
28. Cualquiera que *vea / haya visto* el cuadro pensará que es auténtico.

第七章　複合句-名詞子句

填入適當的字或動詞變化

1. Es importante *conocer* varios idiomas.
2. Soy partidario de que *vayamos* todos al cine.
3. Me *dio* a entender que estaba todo solucionado.
4. Es difícil, pero no es imposible *hacerlo*.
5. Es conveniente que, de vez en cuando, *oigamos* lo que dicen los demás.
6. Pero es muy extraño que, cuando llegaste, *estuvieran* todavía dormidos.
7. Pero es muy extraño que, cuando llegaste, aún no *se hubiera levantado* ya.
8. Me dio la impresión de que no *quería* saber nada del tema.

9. Creo que era necesario decírselo y eso fue lo que *hice*.
10. *Vista* la situación, no era aconsejable quedarse ahí.
11. Claro que soy consciente de que *me juego* en ello mi propio prestigio.
12. Sería conveiente que *preparáramos* la comida el día antes.
13. Sería una lástima que no *aprovecharan* bien el tiempo.
14. Resultó que *vino* su novia y *se fueron* al cine.
15. ¿No es verdad que me *quieres*?
16. Estoy encantada de ser como *soy*.
17. Me da rabia de que *seas* tan pesado.
18. Es ridículo que *te pongas* así.
19. No hay que echar de antemano la posibilidad de que *se pueda* producir un acercamiento entre las distintas posturas.
20. Es que no recibimos la noticia de que *se había alcanzado* un acerdo hasta el día siguiente.
21. El riesgo de que *podamos* perder el control de las movilizaciones es mínimo.
22. Teresa, ilusionada con que *llegue* el fin de semana, no piensa en otra cosa.
23. Quiero que *salgas* un rato a la pizarra y se lo *expliques* a tus amigos.
24. Me contaron que su padre *era* un héroe de la Guerra Civil.
25. No creo que eso *sea* bueno para ti.
26. Estoy seguro de que la fiesta de mañana *tendrá* mucho éxito.
27. He notado que *habéis estudiado* mucho durante esta semana.
28. Los domingos me encanta *quedarme* en la cama y que me *lleve* el desayuno mi mujer.
29. No me gusta que *regreses* tan tarde a casa.
30. Sus padres se oponen a que *salga* con ese chico.
31. Me gustaría *tener* todos los discos de Paco de Lucía.
32. La policía impidió que el ladrón *escapara*.
33. Me di cuenta de que aquel hombre me *miraba* de una forma extraña.
34. No me importa que *mires* un poquito a otra chica.
35. Hizo que todos sus hijos *salieran* a saludar.

36. No le molesta que los demás _sepan_ que _vive_ en la miseria.

37. Es posible que mis padres _vengan_ a verme mañana por la tarde.

38. No es bueno que los niños _vean_ demasiado la televisión.

39. No era cierto que _estuvieran_ todavía reunidos cuando llegó la policía.

40. Me suplicó que no le _dijera_ nada a su padre.

41. Les hizo _llorar_ a todos con sus chistes.

42. Me _emocionó_ que me besara tan apasionadamente a la luz de la luna.

43. Estoy contento _siempre que_ he hecho lo que he querido.

44. Veo que _vais_ comprendiendo el uso de subjuntivo del español y eso me alegra.

45. Es cierto que nosotros los jóvenes _somos_ la esperanza del futuro.

46. Os recomedaría que en cualquier circunstancia _sonrierais_ siempre.

47. Supongo que Noemí no _se enfadará_ por lo del beso.

48. Puede ser que la _conozcas_ (conocer, tú).

49. Es una pena que el descapotable de Juan sólo _alcance_ 200 kms. por hora.

50. Basta que tú lo _digas_ para que tu esclavo obedezca sin rechistar.

第八章　複合句-副詞子句

請填入正確的字或動詞變化

1. Ella es tan atractiva que todos los hombres _están_ locos por ella.
2. No es tan atractivo como para que todas las mujeres _estén_ locas por él.
3. Hizo el examen tan mal que el profesor le _ha suspendido_.
4. Estuvimos esperándole hasta las once y no llegó, así que tal vez sus padres no le _dejaran_ salir.
5. Este joven gasta tanto dinero que _parece_ como si su padre fuera un millonario.
6. Yo estaba tan harto de ella que la _mandé_ a paseo.
7. Le gusta tanto la música de Beethoven que le _he comprado_ un CD en Alemánia.
8. Veo que tienes muchos discos de Paco de Lucía, así que _regálame_ uno.
9. Las cosas están tan complicadas que ya no _vale_ ver los toros desde la barrera.
10. Colócalos de manera que _estén_ a mano.
11. Me dijeron que ustedes me _podrían_ echar una mano, y por eso _estoy_ / _estaba_

附錄 練習題解答

aquí.

12. No le des más vueltas, que no _merece_ la pena.
13. El jefe habló muy claro, de modo que todos _comprendieran_.
14. ¿No ves que _es_ muy tarde? Son las once y media, así que _deja_ ya el ordenador y _vete_ a la cama ahora mismo.
15. Yo creí que no te interesaba, _pues_ no me dijiste nada.
16. _Como_ me gustaría estar en el centro antes de las once, salí muy temprano _porque_, como sabes, esa carretera tiene mucha circulación.
17. Vamos a empezar nosotros _puesto que_ no han venido.
18. Claro, te pusiste mal _por_ tomar mucho café.
19. No _por_ no haber dormido, sino por todo lo contrario, por dormir demasiado, tienes tanto sueño.
20. Eva va a salir esta noche, no porque le _apetezca_, sino porque tiene que hacerlo.
21. No puedo estar de acuerdo con usted por mucho que le _respete_.
22. Por muy alto que _sea_, estos pantalones le tienen que quedar bien.
23. No me quiso recibir, pese a _ser_ nieto suyo.
24. Al final me quedé sin entrada a pesar de _estar_ haciendo cola dos horas.
25. Insisto en ello, aun a riesgo de que alguno me _pueda_ tomar por tonto.
26. Esperaré un rato aunque no _creo_ que _venga_.
27. Sacaré las entradas aunque _haya_ mucha cola.
28. Saqué las entradas aunque _había_ mucha cola.
29. Aunque no _hubiéramos ido_, nos habrían guardado nuestra parte.
30. Aunque _discuten / discutan_ constantemente por cualquier tontería, no pueden vivir el uno sin el otro.
31. Vamos a empezar a cenar a pesar de que _faltan_ algunos.
32. Siempre ha hecho su santa voluntad por más que le _hemos dicho_.
33. No hay más remedio que aguntarlo aunque _sea / es_ un pelmazo.
34. Le habría ayudado _aun cuando_ no me lo hubiera pedido.
35. Espero que lo traiga, aunque _es_ un viva la virgen y a lo mejor ni se acuerda.
36. Come, _que_ tienes menos chicha que la radiografía de don Quijote.

37. Trabaja, _que_ no diga la gente que eres un gorrón.
38. La directora ha llamado para que _salgas_ a recibirla a la estación.
39. Hay ahí un señor, que quiere hablar contigo, para que le _aconsejes_ sobre no sé qué tema.
40. Te he enviado unos libros para que los _consultes_.
41. Te ayudaremos para que _termines_ antes.
42. Te ayudaríamos para que _terminaras_ antes.
43. Es el mejor camino para llegar a dominar un idioma.
44. Lo he hecho para que los problemas _se solucionen_ y no _haya_ más malentendidos entre nosotros.
45. Tú haz el payaso para que _se rían_ todos, bobo.
46. ¿Hay algún sistema para que el estudiante _se sienta_ motivado?
47. Para que no _entren_ moscas en la boca conviene no _sacar_ la lengua a paseo.
48. En mis tiempos las parejas iban al cine _para_ hacer manitas.
49. Me voy. No he venido para que _me pongas_ (ponerme, tú)como un trapo.
50. Tienes que andar con pies de plomo para que nadie _abuse_ de ti, porque hay a quien le das la mano y se toma el pie.
51. Me gustaría que Luis se quedara aquí con nosotros y que, _mientras tanto_, tú fueras a buscar al niño.
52. Te ha estado más que bien, así, _cuando_ salgas otra vez de viaje te llevas en la maleta unos pantalones planchados.
53. Es normal que tengamos cada día menos problemas _a medida que_ vayamos avanzando en nuestro conocimiento del español.
54. _Al_ salir, mira a ver si hay alguien en la puerta.
55. _Cuando_ lo veas, dile que se _pase_ por aquí a recoger sus cosas antes de que me _canse_ y (ir ellas) vayan a la papelera.
56. Anda, vete antes de que _cambie_ yo de opinión.
57. Cuando _se empieza_ algo, parece que nunca _se_ _va_ a alcanzar el final, pero no hay mal que cien años dure.
58. _Después de_ hacer el ejercicio anterior lo mejor es tomarse un respiro.

59. Esperamos todos que, cuando *regreséis* a vuestro país, os llevéis un grato recuerdo de vuestra estancia en Toledo.
60. No volví a verla *hasta que* regresó de Madrid.
61. Mira, mientras yo voy haciendo las maletas, a ver *si* tú puedes colocar esas cosas.
62. Aquella mañana, cuando *salía* de casa, me *dio* un beso como de costumbre pero algo en el corazón me *decía* que había algo extraño en él.
63. Me gustaría que esperaras *hasta que* él llegara porque te informaría mejor.
64. El trabajo es sagrado. *Por eso*, cuando hay que trabajar, no hay disculpas que valgan.
65. Nos vimos *al* salir para el aeropuerto.
66. No te volveré a escribir *mientras que* tú no lo hagas.
67. Yo tengo que salir ahora mismo, *mientras tanto*, por favor, encárgate tú de terminar este informe.
68. Me pongo malo *cada vez que* pienso en la barbaridad que han hecho.
69. *Nada más* llamarme tú se lo dije.
70. Lo comprenderás mejor *después de* discutirlo con él.
71. *Desde que* consiguió ese trabajo no hay quien lo aguante.
72. Hacía tanto tiempo que no se veían que *apenas* descendió por las escalerillas del avión se fundieron en un largo abrazo.
73. Nos cruzamos *al* entrar en clase. Ella salía y yo entraba.
74. Muchas cosas han cambiado entre nosotros *desde que* tomamos aquella decisión.
75. Tenéis que estar muy atentos porque *tan pronto como* yo os dé la señal, tenéis que salir al escenario.
76. Yo no sé qué pasa, pero *siempre que* lo llamo por teléfono me dicen que ha salido.
77. Se irá tranquilizando *a medida que* pase el tiempo.
78. Avísame *al* llegar al aeropuerto.
79. En el rato que yo estuve a la puerta y luego, *mientras* tomaba café, no noté que pasara nada raro.
80. Yo que tú lo haría *antes de que* me obligaran.
81. *Cada vez que* paso por delante de esa pastelería se me hace la boca agua.

筆記頁

筆記頁

國家圖書館出版品預行編目資料

進階西班牙語文法速成／王鶴巘著. 一一三版. 一一臺北市：五南圖書出版股份有限公司, 2018.01
面； 公分
ISBN 978-957-11-9547-6（平裝）

1.西班牙語 2.語法

804.76 106024906

1X4L

進階西班牙語文法速成

作　　者— 王鶴巘（5.8）
發 行 人— 楊榮川
總 經 理— 楊士清
總 編 輯— 楊秀麗
副總編輯— 黃文瓊
執行編輯— 吳雨潔
封面設計— 吳佳臻　謝瑩君
出 版 者— 五南圖書出版股份有限公司
地　　址：106台北市大安區和平東路二段339號4樓
電　　話：(02)2705-5066　　傳　　真：(02)2706-6100
網　　址：https://www.wunan.com.tw
電子郵件：wunan@wunan.com.tw
劃撥帳號：01068953
戶　　名：五南圖書出版股份有限公司

法律顧問　林勝安律師事務所　林勝安律師

出版日期　2013年6月初版一刷
　　　　　2015年2月二版一刷
　　　　　2018年1月三版一刷
　　　　　2022年3月三版三刷

定　　價　新臺幣420元